窗外的柿子红了

丁志方　著

南方出版社

· 海口 ·

图书在版编目（CIP）数据

窗外的柿子红了 / 丁志方著 . -- 海口 : 南方出版
社 , 2024. 8. -- ISBN 978-7-5501-9152-5

Ⅰ . I267

中国国家版本馆 CIP 数据核字第 2024GK7760 号

窗外的柿子红了

CHUANGWAI DE SHIZI HONGLE

出版发行 : 南方出版社

社　　址 : 海南省海口市和平大道70号

邮政编码 : 570208

电　　话 :（0898）66160822

经　　销 : 全国新华书店

责任编辑 : 李　雯

封面设计 : 何昌煦

印　　刷 : 三河市中晟雅豪印务有限公司

开　　本 : 880mm × 1230mm　1/32

印　　张 : 11

字　　数 : 233千字

版　　次 : 2024 年 8 月第 1 版

印　　次 : 2024 年 8 月第 1 次印刷

定　　价 : 98.00元

作者简介：

　　丁志方，江苏省作家协会会员。二十世纪七八十年代，曾在海军某部服役从事过宣传、文化工作。转业后，在扬州市江都区多个部门和单位担任过领导职务。爱好阅读与写作，常有随笔、散文见诸报刊，有散文集《暮色炊烟》（2017 年 12 月南方出版社出版）。

不负厚土

——丁志方散文集《窗外的柿子红了》序

孙德喜

调来扬州工作后，我去得最多的地方是东邻的江都。这缘于我结识了江都的许多朋友，他们的热情相邀，让我经常到江都走走，看看。到江都去多了，我对江都便有了一定的了解和认识。据我看来，江都就是一块厚土。说江都是厚土，一是说这块土地的文化底蕴非常厚重；二是说那块土地上的人与人之间的感情十分深厚；三是说这块位于里下河腹地的土地物产丰厚，经济实力雄厚……这使我喜爱上了江都这块厚土，喜欢上江都的一帮朋友。

生活在江都这块厚土，应该说是一种福分。俗话说："一方水土养一方人。"江都这块厚土哺育出许许多多的杰出人才，其中就有我非常熟悉的创作出闻名遐迩之作的江南才子和才女。李景文、庄晓明、曹利民、汤成难、肖德林、栾碧军、陆华军、花善祥、徐润群、杨恒金、许国江、邵鹤庭……最近，景文给我发来了丁志方散文集《窗外的柿子红了》书稿，勾起了深埋在心底的记忆。多年前还是在景文邀约的一次江都之行中，认识了一位朋友，他就是江都区检察院的老检察长丁志方，由于职业的跨界，相对来说交往不多。现在呈现在我面前的这部厚实的书稿向我表明，他虽然长期从事检察工作，但也是江都这块厚土孕育出来的重要作家。

据了解，丁志方，曾经在浙江那边海军中服过役，这让他走出了家乡，增长了见识，丰富了人生经历，从而为他的创作奠定了基础。然而，真正推动并提升他写作的还是江都这块厚土。江都位于长江北岸，里下河腹地，江河相汇，给了丁志方以灵动之气；江都历史蕴藉丰厚，文化积累厚实，给了丁志方以艺术熏陶；江都作家众多，文学创作蔚然成风，给了丁志方以鼓舞和激励；江都热情澎湃的民众和丰富火热的生活给了丁志方以灵感和创作源泉。于是，丁志方在工作和生活之余，投入到散文创作来。

在文学的主要体裁中，诗歌是最受热捧的，被称为"文学中的文学"与"文学中的贵族"；小说是最受欢迎的，因而也是最畅销的，读者最多的；戏剧文学则由于舞台演出和影视播放也为人们喜闻乐见；相比之下，散文就要冷淡一些，虽然现代人不可避免地阅读散文（除了中小学语文课文以外，还要经常读书报），写散文（除了中小学时代写作文，日常生活中还写书信和电邮，发微信等），但是很少有看重散文的。因而，作家中专门创作散文的则比较少。而丁志方则钟情于散文创作。他未必读过许多散文经典，但是可以肯定他一定读了不少散文；他未必读过散文理论著作，但是可以肯定他一定在散文写作时琢磨过好多；他未必接触过散文大家，得到过大家的指点，但是他以自己的灵性和坚韧的努力探索着散文创作的方式方法……这就使得丁志方的散文具有可贵的质素。

首先，丁志方在散文中写出自己的发现。散文看似平实无奇，既不像诗歌那样充分发挥天马行空的想象，也不像小说那样以肆意虚构稀奇古怪的故事吸引读者，但是由于写出了发现而显示出自己的独特，也就赋予了写作的意义。丁志方虽然不是专业作家，然而具有作家敏锐的观察力。他到山西旅游，在晋源看到了柏树的与众不同。他从树的形态与其所处的寺庙联系起来，发现了该树的人文意义，进而称其为"母子柏"，于是写成了散文《母子柏》。晋源的柏树存在了千百年，来这里造访、拜谒、观赏、游玩的一代代人数不胜数，但是包括导游在内的许许多多人都没有看出柏树的特别之处。当我们读到具有发现性散文的时候，我们不仅增长了见识，加深了对于自然和社会的理解和认识，而且还能够学会从人们习以为常的、不显眼的、十分平常的事物中找到别致之处的方式方法。对于丁志方来说，他在生活中有所发现，表明他不负生活，不负自然造化的赐予。

其次，从丁志方的散文可以看出他是一个非常有趣味的人。我有一个偏见，总觉得，人活在世上，宁可没学历，没官职，没成富翁，但一定要有趣。一个人要有趣味，首先要在庸常的生活中发现有趣的事物，其次以自己的才智给无趣的生活注入趣味。一个作家也应该成为有趣味的人，然后才能写出妙趣横生的作品。一部作品虽然未必成为经典，但是富有趣味，一定会令读者喜欢，乐于阅读，甚至可能爱不释手，一口气读完。散文尤其需要趣味，当然富有深刻的思想文化内涵更好，因为散文所写的往往是平凡琐事，生活的点点滴滴，如果没有趣味就很难吸引读者。丁志方的散文就很有趣味，我随手翻阅几篇，就很感兴趣。"这绝对是一个荡涤灵魂的地方！在加拿大，看尼亚加拉大瀑布，我曾长时间失语，只敢看，只敢听，只敢拍照，只敢呼吸，就是不敢开口说话。"这是《尼亚加拉大瀑布》开头的一段，短短的几句话，就让人觉得很有魅力，什么样的地方才能既让人感到"荡涤灵魂"，又会觉得"长时间失语"呢？一读到这几句，我们就被深深地吸引住了，就会迫不及待地通过阅读想寻找答案：到底是什么样的事物让作者心灵感到如此震撼？

再次，散文写作不是流水账，不是简单地对于各种人和事的纯粹的记录，成功的散文都活跃着一个灵魂。这个灵魂就是作者的思想和感情：有了思想，散文就能够活起来；有了感情，散文就可以感动人。丁志方的散文每一篇都蕴含着的思想和情感。他往往在与事物的对话中表达思想，在叙述、刻画、描写乃至介绍说明中抒发情感。给我印象最深的是《水韵源头》。面对着"汇源雕塑"，丁志方在思索中对雕塑进行了解读。对于事物的解读，可以见仁见智，正如艺术欣赏，一千个读者就有一千个哈姆雷特，问题不在于解读是否合乎作者的原意，也不在于有多少人认同，而在于解读本身。其实，解读就是主客体之间的一种精神对话，就是艺术品在接受者心目中的一次再创造，就是主体将自己的情思与心智投射到客体上去，或者是对艺术品的一次激活。源头公园是江都的一处名胜，其中的"汇源雕塑"应该是该公园的点睛之作，其中必然蕴含着极其丰厚的地域文化底蕴。因而，丁志方的解读也是他的心灵与地域文化产生的一次激发出火花的深情碰撞。

丁志方的散文创作题材多样，内容丰富，既抒发他的乡土之情，又叙述他行走天下的见闻，还抒写了他的人生片段与生活感悟，通过朴实的文字将他的亲情、乡情、友情和爱情痛痛快快地抒发出来。在歌颂人间的真善美的同时，也对一些不良现象提出批评，显示出家乡这块土地赋予他的人文情怀与精神力量。

丁志方生于江都，长于江都，这就注定他对江都厚土的深情。虽然他可以走出江都，到浙江服兵役，到外国游历，但是他是带着江都赋予的眼光去看世界，同时他又以世界赋予他的胸襟和智慧来注视江都，因而他的散文无论是写江都还是写外面的世界，都与江都存在着割不断的联系。他的创作成果也正是他不负江都乃至扬州甚至世界东方这块厚重的土地。

是为序。

2024 年 2 月 4 日于扬州存思屋

（作者系武汉大学文学博士，扬州大学文学院副教授、硕士生导师，长期从事中国现当代文学研究）

目　录

第五辑　乡里乡亲

附　录

第一辑　一地一景

　　阳光普照时，海面上波光粼粼，银光闪闪，向远处看，太阳直射的地方白灿灿的，亮得很刺眼。太阳偏西，阳光斜照时，满目的银光又收拢成一条宽宽的银河，浩浩荡荡，从船舷一直流到天边。

春天的盛宴

　　原本是一次远行的前奏，感觉倒像是一次春游，第一次由江海高速，经启东去浦东机场，不经意间仿佛赶上了一场春天的盛宴。那无边的风光，拨动着我的心弦，也温暖着我的情怀。

　　三月下旬，正是草长莺飞的仲春令月。出发的那一天，碧空如洗，阳光普照，一上高速，我就觉得走进了春天的海洋。

　　隔离带上的红叶石楠，雪红透亮，新生的枝叶，蓬蓬勃勃，像火一样在燃烧，忽而又觉得，这一溜的红叶石楠，簇拥在一起，更像列队整齐的少年儿童，在守候着一场动人心扉的仪式。川流不息的车辆，全都驮着太阳在奔驰，无数个小太阳啊，白灼灼的，火辣辣的，一缕缕耀眼的光束，在流动的高速上你追我赶，闪闪烁烁，好似一场高规格的灯光秀。春天的阳光，宛如妈妈的臂膀，一下子把我搂进了她的怀抱。被宠的感觉真的很好，在阳光的轻拂下，浑身上下酥酥的，麻麻的，仿佛周身的每一个细胞都在跳舞。

　　东方风来满眼春，透过车窗向外看，到处都是春姑娘的身影。村庄、阡陌、野花、杂树，摇身一变，仿佛都成了春的使者，就连筑路时留下来的那些河塘水域，一下子也都变得活跃起来了，你看那水面上，轻纱烟笼，鱼鳞般的水纹，银光闪闪，随风荡漾，虽然看不见鸭子在戏水，一样能感受到鱼欢水暖。

一场盛宴，最诱人的大菜，还是麦苗和菜花。家常的亦是珍贵的。菜花、麦苗，要说都很平常，但大范围地聚到一起，连到一块儿，就觉得非同一般了。真是大手笔啊，恣意随性，泼墨挥毫，没有神笔在手，恐怕谁也描绘不出这样壮美的画卷。

我一直在想，有机会去婺源和兴化看看那里的油菜花，没有想到这高速沿线就有我期待的美景。一大片一大片的油菜花，像是在翠绿的底色上，涂了一层厚厚的明黄色，阳光下显得特别艳丽，微风过处，泛起的涟漪，恰如巨幅织锦在缓缓起伏。透过车窗，我仿佛看到蝴蝶在漫天飞舞，听到蜜蜂在嗡嗡吟唱。我一向就喜欢油菜花，眼前的画面让我格外着迷，那一团团、一簇簇的样子，能不叫人喜欢吗？一枝独秀算什么，这种抱团向上的姿态，才是春天的大美啊！

油菜花是一幅画，麦苗也不逊色，一眼望去，葱绿的麦田，铺天盖地，浩浩荡荡，每一块都像海一样在春风中涌动。麦苗大多与菜花毗邻，这一种黄与绿的交相辉映，格外让人觉得美不胜收。跟油菜花一样，麦苗呈现的也是一种团体美，你看它们，即使在风中嬉戏，还是那样的整齐划一，步调一致，这种众志成城的样子，看上去让人心里觉得很踏实。民以食为天，绿油油的麦苗辉映着丰收景象，我的眼前仿佛幻化出了一张张灿烂的笑脸。

油菜花、麦苗，好像天生就是春天的孪生姊妹，它们长相虽然有别，但情怀别无二致，淳朴自然，亲和友善。

从乡村走出来的孩子，对田野上的一草一木，都觉得特别亲近，一路上我顾不得说话，心里总是想着窗外的那些事。我曾经也是田野上的孩子啊，春天里，我在蓝天下放过风筝，在田埂上挖过野菜，在河塘里钓过鱼虾，在花丛中拍过蝴蝶，也曾掐过麦管，叽叽地吹过麦哨，折过柳枝，在头上戴过花环……

往事如烟，历历在目，一想到这一些，我就有拥抱春天的冲动，要不是赶路，真想请师傅歇一歇脚，让我下车去走一走。我想去田埂上，吹一吹和煦的春风，透一透清新的空气，让蓝天白云带走心中的雾霾；也想去小河边，掬一捧清澈的河水，洗净多年的蒙尘，让童真童趣重新在生命中徜徉；更想在春光里，荡一叶小舟，哼一首小曲，让老朽的灵魂，荡漾出新的涟漪。

穿行在明媚的春光里，我一直浮想联翩，几个小时的车程，不知不觉很快就结束了。下了车，在跟师傅说拜拜的那一刻，我还是觉得有些意犹未尽。

窗外的柿子红了

院子里的那一棵柿子树，刚栽下去的那年春天迟迟不发芽，不死不活，长势堪忧，后来终于活过来了，很快长得枝繁叶茂，果子结得又多又好。这些年，一到霜降前后，满树的柿子就像一个个红灯笼挂在枝头，特别热烈，也特别喜庆。

没事了，我喜欢站在窗口看看，越看越觉得这柿子喜人，看着看着就想走近了去摸一摸，亲一亲。鸟儿过来啄食了，蹦蹦跳跳，叽叽喳喳，好像也掩饰不住内心的喜悦。都说秋天是一幅绚丽的画卷，这满树的柿子应该算得上是秋天的一景了。

柿子红了，够得着的地方，摘下来尝尝鲜送送人，长在高处的从来都不摘，不是怕麻烦，而是故意留着，一来为的是观赏，二来也是想做点好事，给鸟儿提供一点食物。但母亲不理解，看到有鸟儿过来就着急，常常站在窗口，跺着脚，挥着手一个劲儿地吆喝，还三番五次地催我赶紧把柿子摘掉。

可是，她老人家哪里知道，栽这棵柿子树，我的初衷就不是为了收获几个柿子，而是想营造一种景观。这话说起来有点长了，二十多年前的秋天，我去北京检察官学院培训，报到的那天刚到门口，就被院墙外面的那一排高高的柿子树吸引住了。眼前的景观太奇特了，光溜溜的树上，几乎看不到一片树叶，满树的柿子全都红彤彤的，于萧瑟中透着一股勃勃的生机。如此别致的景观，过去我从未见过，第一次见到了感觉特别强烈，从此我对柿子树多了一份关注。后来到湖北山区，到陕西农村，又看到过几次类似的秋色，越看越觉得赏心悦目，于是，乔迁以后，我便及时地在院子里也栽了这么一棵。

留一些柿子在树上，本意是为了观赏，谁知，无意中却给鸟儿提供了美食。年龄大了，好像格外懂得慈悲，平时看到流浪猫、流浪狗，都会萌动恻隐之心，曾经也想为它们做点什么，现在看到鸟儿这么欢喜食用柿子，心里倒觉得是一次修行的机会。流浪猫，流浪狗，以及这一些身形矫健的飞鸟，都是这个地球上生命合唱团的成员。既然鸟儿对柿子如此感兴趣，那就让它们吃一点吧，吃了柿子歌喉可能会更加动听，人与自然也有可能会更加和谐。

这样的想法是矫情吗？要说还真的不是。我曾经看过一个报道，说是在韩国有个地方，每年柿子成熟了，果农们都会故意留一点在树上给鸟儿享用。他们之所以这样做，是因为有一年冬天，寒潮来袭，百年不遇，在冰天雪地里很多鸟儿因找不到食物，一夜之间冻死了。第二年，鸟儿少了很多，正值柿子开花的时候，虫害成灾，当年柿子几乎绝产。打那以后，到了秋天，果农们都会自觉地在树上留一些柿子，给鸟儿过冬。

柿子是讨人喜欢的，柿子柿子，事事如意。为了讨个口彩，小区里不少人家都种了柿子树，有的长得比我们家的还漂亮。有一种中间带勒痕的柿子，个头很大，宛若两个宫灯叠在一起，看上去特别诱人。果实的美，一般都在成熟之后，柿子的高光时刻，同样也是在萧瑟的深秋，这个时候，只要在小区里走一走，都会觉得那悬在枝头的柿子，一个个都像打了蜡似的光彩照人。

从当初的青绿，到现在的橙黄，它们好像把积蓄了一年的力量，都凝结到这果子里了。一个个耀眼的红柿子，点亮了秋色，也愉悦了心情。每每这个时候，我都会劝人家少摘一点，多留一些，还"忽悠"他们说，"柿子留枝头，幸福不用愁"，"留得多，结得多，一家老少欢乐多"。戏言还真的有效果，现在小区里留在树上的柿子明显比以前多了很多，满树的"红灯笼"，确实既饱了大家的眼福，也为鸟儿们提供了一回难得的大餐。

爱出者爱返，福往者福来。自然界的一切，都是相互依存的，唯有和谐共处，方能共生共荣。柿子红了，留一些在树上吧，这种不经意间的善举，或许真的能够收到意想不到的回报。

云上月色

迄今为止，我见过的最美月色，不是在江边，也不是在海上，而是在万米以上的高空。那是个梦幻般的地方，漫天的白云跌到了脚下，云上的世界让人感觉到很清澄，又恰逢望月，满满的月亮，像点亮了的水晶球，白灿灿地挂在天空。月光下的白云，宛如夜幕下的雪原，辽阔、旷远、清幽、静谧。

这是一次晚间空中之旅的意外享受。我临窗而坐，先是发现机翼上多了一处亮光，随着机身的摆动，一会儿圆圆的，一会儿又被拉得长长的，看上去很刺眼也很有趣，抬头才晓得原来是天上的月亮落到了机翼上。这月亮太抢眼了，又圆又亮，开始我还以为是天上点了一盏灯，定了定神，才忽然想起那是月亮。

月亮上方的天幕像蒙了一层雾，呈淡淡的乳白色，渐远渐暗，到了云天交接处，则变成了黛黑色，长长的，隐隐约约，像一片夜幕中的森林。月光如银，整个空间看起来都很清冷。俯视机翼下方，铺天盖地的白云，朦朦胧胧，如诗如画。飞机在云上飞行，美丽的画卷次第展开。云层厚的地方，有的像一座座雪山，连绵起伏，有的像大坝开闸，波涛汹涌，还有的像融化的冰川，满目裂痕；薄的地方，近处如袅袅炊烟，丝丝缕缕，炊烟下面依稀可见熟睡的灯光，远处又像高原的湖泊，圣洁透明，让人想起很多美丽的传说；更多的地方则像如烟的大漠，一览无余，裸露着一道道清晰的波纹。邻座的人都眯着眼睛，而我却完全被这迷人的月色所陶醉了，仿佛置身在仙境之中。

云上的月色，也许没有地上的丰富多彩，白云之上，看不到秀美的乡村，以及村庄里的茂林修竹，看不到曲折的荷塘，以及荷塘里的田田荷叶，看不到林立的高楼，以及高楼里不眠的灯光，但在感觉上仍然有山、有水、有林海、有雪原，而且大气磅礴，波澜壮阔，有一股风云人物气吞山河的英勇气概，又空灵素简，撩人心绪，容易让人想起气质优雅的冷艳美人。这样的意境，刚柔相济，好似英雄和美女的完美统一，让人心生敬畏。

月色总是夹着乡愁和思念的味道，要不李白怎会说"举头望明月，低头思故乡"呢？坐在飞机上享受着美景，我忽然想到了儿时故乡的月色，不，准确地说，不是想到月色，而是想到了月亮。小时候我对月色没有感觉，对月亮却很好奇。记得那时候的月亮，不是挂在树上，就是掉在河里，特别是在中秋时节，那树梢上的月亮又大又圆，仿佛爬到树上伸手就能摸到；而掉到河里的月亮，在大人们的打扰下，又好像是圆了又碎，碎了又圆。

在我印象中，月亮是孩子们的守护神，到了中秋的晚上，几乎家家都要端出小方桌，摆上供品，在院子里，或在门口，让孩子们祭拜月亮，祈求月亮公公护佑孩子一生平安。孩子们也很害怕失去月亮，遇上黑月亮吃白月亮，都会拿出铜盆在庄子里死命地敲，直至吓跑了黑的，白的完全露出了笑脸，才肯罢休。儿时的记忆总是难忘的，故乡的月亮现在还是那么大、那么亮吗？我真想再回去看看，如果需要，我还要为它再敲敲铜盆。

念着儿时，忽然又想到了饮酒，想到了林清玄的《温一壶月光下酒》。云上的月色，虽然找不到"明月松间照"的感觉，但"清泉石上流"的意境还是有的。那是从雪山上流下的清泉，静悄悄地在雪地上、在湖泊里闪闪发光。明月朗照，天地幽幽，这样的时空最适合饮酒。"举杯邀明月，对影成三人"太孤单了，还是叫上几个朋友好。点一盆炉火，围炉而坐，"将月光装在壶里，用文火一起温来喝"。如此氛围，不宜感情深一口闷，最好还是怡情小酌，浅斟慢饮，或谈古论今，或吟风诵月，兴之所至，随心所欲，说不准吴刚看到，还会捧出桂花酒来凑凑热闹。

我正在胡思乱想，忽然窗外变得模糊起来，噢，飞机开始下降了，不知不觉，两个多小时的航程就要结束了。回到地上，我还想着云上的那一片月色……

在邮轮上看海

母亲节前夕，女儿、女婿带着两个孩子，陪妻子和我，坐邮轮到墨西哥湾潇洒了几天。孩子们的精心安排，算是母亲节送给妻子的礼物，而我跟着沾光，倒也玩得很开心。我们乘坐的是"海洋光辉"号，近 300 米长，高 13 层，像海上流动的宾馆。不过，这次海上之旅，我的兴奋点，不在邮轮的豪华，而在有机会看海。

我曾经是一名海军，生命中一段最美好的时光，是和大海朝夕相伴的。已经很久没有接近大海了，这次有机会再走进它，而且是走向深蓝，这让我兴奋不已。

与大海结过生死之缘的人，对海的感情是特殊的，坐在邮轮上，有点时间我就想看海，好像久违的恋人，见了面就想腻在一起。好在我们住的房间是带阳台的，落地门窗，清澈透明，躺在床上都能看到滚滚波涛，如此，我想看海就便捷了许多。

赶巧了，那几天风和日丽，坐在舱室的阳台上看海，就像坐在海景房里。离开佛罗里达西边的 Tampa 港，邮轮一直向南行驶，右边是墨西哥湾，左边是加勒比海，目的地，则是墨西哥的一个小岛。这里的海区跟我待过的东海完全不一样。祖国的东海岛礁很多，船只密度大，海水是泥沙状的。而这里，一个岛屿也没有，水蓝得像墨，航行了几天，我居然没有看到一艘过往的舰船，看到的就是一望无际的大海，和几只逐浪翱翔的海燕。

在这样的天气，别的不看没关系，光看看大海就很有趣。那无风而起的波涛不紧不慢，一波接着一波向后退，白色的浪花随着波涛慢慢地爬上浪尖，又悄悄地躲进波谷，看上去很悠闲，也很从容。有时候我就这么呆呆地坐在那里，一坐就是一两个小时。妻子说我傻，可她哪里懂得我对海的那片痴情。看着这深蓝色大海，我自然想起了中国海军，那会儿我们海军小啊，只能在家门口转转，而现在能走向深蓝，在烟波浩渺的太平洋、大西洋、印度洋上精彩亮相，作为一名老海军，我想想都感到自豪。

天气晴好，海上虽然波澜不惊，但是色彩变化还是蛮大的。中午前后，阳光普照时，海面上波光粼粼，银光闪闪，向远处看，太阳直射的地方白灿灿的，亮得很刺眼。太阳偏西，阳光斜照时，满目的银光又收拢成一条宽宽的银河，浩浩荡荡，从船舷一直流到天边，很壮观，也很诱人。傍晚时，晚霞映照，水天一色，看上去景色就更迷人了。先是橘红色的天空把海水染成了一片金黄，原先的银光闪闪，这时候变成了金光灿灿，不一会儿橘红色的晚霞被火红的落日烧得红艳艳的，天际处的海面又被染成了暗红色，而稍近处则逐步演变成了一片青紫色。这绚丽的画面，真有点像白居易在《暮江吟》中所吟："一道残阳铺水中，半江瑟瑟半江红。"不过诗人赞美的是江，而眼前这海的景色，远远超过诗中的意境。

有时候我也喜欢到甲板上看大海，站在甲板上，视野开阔，看上去大海格外辽阔，特别是在阳光不刺眼的地方看，沧海茫茫，一望无际，这种感觉更加明显。极目远眺，天际处水天一色，分不清哪是天、哪是海。那一刻，我恍惚觉得不是在海上，而是到了天上，又觉得邮轮变成了一叶小舟，自己则像是附在这小舟上的一个微生物。这是自卑吗？应该不是。面对大海，感知渺小，不是妄自菲薄，自暴自弃，而是又一次想到了应谦虚谨慎，低调做人。

　　海上之旅，看日出是大家都向往的，遗憾的是这一次我没有抓住机会。在邮轮上，我们住在右边，向南行驶时，看到的景色多半都在西边，返航时，倒是有一次机会，可那天又睡过了点。醒来时，太阳已跳出了海面，黄灿灿的，又圆又大，不过这时候的景色也很有特色，太阳的四周晕染着一片橘黄色，深褐色的海面上，出现了一道金色的缎带，向着邮轮的方向飘动着，延伸着，仿佛在追逐邮轮似的。

　　海上之旅很快结束了，离开港口时，我几乎是一步一回头。美丽的大海太迷人了，真想回去以后到海边安个家。

湖边日内瓦

日内瓦，美国一个普普通通的小镇，却有着和联合国总部瑞士所在地同样的名字。前些时候，孩子们说要带我们去玩玩，我很好奇，自然也就更加向往了。

小镇坐落在俄亥俄州的伊利湖畔，离匹兹堡不远。那一天女婿开车，十一点钟从家里出发，下午两点不到就到了。下车伊始，第一感觉，不像是一个小镇，倒像是一片森林。一条大道穿林而过，两边的大树，枝叶繁茂，郁郁葱葱。可见一栋栋老旧的小别墅掩映在绿树丛中，看不到行人，有车辆来往，但听不到一声喇叭响。

来这儿旅游都是住民宿，网上下单，输密码入住，从头至尾看不到一个服务员。我们订的这栋小楼，上下两层，足足有三四百平方米，开放式厨房，宽阔的客厅，餐桌、沙发、洗衣机、电冰箱……家居配套，一应俱全。据说，这房子已有一百多年历史了，但依旧收拾得跟新的一样。

自驾游，一切随意。正值盛夏，骄阳似火，过了四点钟我们才开始出门，第一站去的地方就是伊利湖畔，不远，开车几分钟就到了。这儿风景秀美，环境怡人，湖边有一处休闲公园，绿草如茵，古木参天。午后的斜阳，透过婆娑的树叶，洒下一地斑驳的光影，漫步在树荫下面，有一种步入世外桃源的感觉。女婿告诉我，这公园可早了，跟那些老旧的别墅一样，也有一百多年历史了。公园是专为小镇配套的，但听说小镇常住人口还不到一千人，我们转了半天，只看到几个老头、老太牵着狗，坐在长条凳上发呆。

公园的边上就是伊利湖，风平浪静，一望无际。平静的湖面倒映着蓝天白云，近处，有几只飞鸟在空中盘旋，远处，隐隐约约可见缓缓而行的小船。看上去，这伊利湖特别坦荡、内敛，伫立在湖边观景平台上，面对这一泓平静的湖水，我忽然觉得，张狂与傲慢，是那样的卑微和渺小。

游览日内瓦，重头戏是看湖边落日，那一天云霞满天，刚巧被我们赶上了。高光时刻，西沉的太阳，就像一团熔化了的金子，在湖面上洒下了一道璀璨的金光大道。橙色、褐色、明黄、瓷白、宝石蓝、玫瑰红，交相辉映，色彩斑斓，天空连着湖面，远远看上去，俨然就是一幅美丽的风景画。所谓"落日熔金，暮云合璧"，大概也就如此。那一刻，我被彻底震撼了，赶紧掏出手机，"咔嚓咔嚓"，一连拍了几十张这难得一见的迷人画面。

看完落日，时间尚早，我们又开车转了一圈，在一处不显眼的地方，还真发现了一个集镇的影子，后来听说，这是专为游客准备的。地方不大，但灯火辉煌，人流如织，商店、酒吧、KTV、电影院，一家挨着一家。我们无意留恋这些东西，未作停留，一走而过，但外孙女和小外孙有点失落。

第二天，为了补偿他们，我们又专门去了一次。美国人似乎有点另类，天气那么炎热，居然还有不少游人踩着租用的人力三轮车，汗流浃背地游览小镇。这儿还真的很热闹，尤其是那个儿童游乐中心，玩的名堂可多了，儿童赛车、水上碰碰船、攀岩、弹跳、游艺室、空中滑索……都是孩子们想玩的东西。到了这里，两个孩子像放飞的小鸟，叽叽喳喳，飞来飞去，能玩的项目基本玩了一遍。

　　小镇七分宁静三分喧嚣，就我而言，还是更喜欢那一份宁静。在小镇住了两天，每天早上我都先出去走走，没有一点溽热的感觉，空气很清新，徜徉在绿树丛中，只听见树叶在沙沙作响，鸟儿在欢快地啁啾，一个伴奏，一个演唱，听上去特别曼妙。路边小松鼠很多，也很活泼，一会儿爬上树梢，一会儿又蹿上屋顶，跟我一样好像也很开心。树叶上、草地上缀满了晶莹的露珠，像一颗颗耀眼的钻石。站在小镇的光与影里，觉得通体舒泰，神清气爽。

　　有些日子了，我还念叨日内瓦，正是缘于它的本色与平和。

尼亚加拉大瀑布

这绝对是一个荡涤灵魂的地方！在加拿大，看尼亚加拉大瀑布，我曾长时间失语，只敢看，只敢听，只敢拍照，只敢呼吸，就是不敢开口说话。

2005年初，我去过一次这个地方，那一天由于气温太低，没敢多停留，只是匆匆一瞥，就赶紧离开了，但它泄漏的霸气还是让我感到很震撼。十二年过去了，一直期盼着有机会再度重游，今年七月初在孩子们的精心安排下，终于如愿以偿。

上一次去看得不够透，对地名倒是记得很牢，尼亚加拉，"女要嫁啦"，导游的诙谐提示，让我彻底排除了尼加拉瓜的干扰。这一次去之前，我做了一点功课，从度娘那里了解到，大瀑布位于加拿大安大略省和美国纽约州的一个交界处，上接伊利湖下连安大略湖的尼亚加拉河，是它精彩亮相的大舞台，其规模之大，举世无双。

看大瀑布最好到加拿大那一边，尽管尼亚加拉河跨美加而生，但在美国看到的只是侧面，而到加拿大那一边则能一览全貌，看到正面。正是因为这一点，这一次我们一家人特地从美国匹兹堡驱车，提前一天赶到多伦多，第二天才与朋友一道组团前往。

上一次去天公不作美，这一次却艳阳高照，碧空如洗。虽然阳光有些灼人，但风清气爽，还是感到蛮舒适的。临近中午我们抵达景区，透过车窗向外看，只见车水马龙，人流如织，沿岸的护栏已挤成了人墙。大瀑布其实是一个瀑布群，从东到西逆流而上依次为美利坚大瀑布、新娘面纱大瀑布、马蹄大瀑布。游览一般都是顺流而下，为此，驾驶员师傅一直把我们送到马蹄瀑附近。

下车伊始，先声夺人，轰轰隆隆，哗哗啦啦，如雷声滚滚，似暴雨倾盆。我不得不缓一下神，才开始游览。迎着阳光向源头远眺，伊利湖水，仿佛从天边而来，波光粼粼，汹涌而至，宽阔的水面浩浩荡荡，到了跟前却骤然收窄，然后一个急转弯，如万马奔腾直奔谷底，溅起的水花连天接地，如烟似云。移步走到马蹄瀑跟前，我惊呆了，这悬在空中的激流，足足有数百米宽，几十米高，既状若马蹄，又形似银幕，阳光下灿然入目，美不胜收。上面的水域，黛蓝如墨，银光闪烁，一流入瀑布口，马上就变成了青绿色，宛如碧玉，晶莹剔透，而飞流直下时，盛开的水花洁白无瑕，犹如碧玉中的花絮。看着看着，忽然就觉得这马蹄瀑整个就是一个偌大的碧玉坑。

继续向前走，不知不觉就到了美利坚大瀑布和新娘面纱大瀑布景点，隔河相望，这里的瀑布更像一幅画。蓝天碧水间，一大一小两片瀑布，手足相望，从天而降，远看就像厚厚的白云悬挂在悬崖绝壁之上，悬崖底下，乱石纵横，激流涌动，卷起的浪花像一堆堆白雪在罅缝中流动，瀑布前方薄雾飘渺，飞鸟逐浪，看上去清灵虚幻，好像透着一股仙气。大自然的造化就是这样鬼斧神工，比较如此大美，我敢说，世界上所有丹青妙手的精品力作，都会黯然失色。

坐船看大瀑布，最让人魂悸魄悚。下午我和爱人带着外孙女做了一次深度体验。为了防止飞起的浪花淋湿衣服，坐船必须穿上薄薄的塑料雨衣，雨衣的色调，在加拿大这一边统一为红色，而在美国那一边则为一袭蓝色。这一红一蓝在浪花里穿梭、漂泊，应该说也是一道亮丽的风景，但我看上去却感到有些心悬，特别是在马蹄瀑跟前游船掉头时，当船舷直面激流的那一刻，船体迅速下滑，看上去能不捏一把汗吗？

看游船忧心忡忡，坐游船心惊肉跳。顶着风浪穿行，压着激流漂泊，只听到耳边一片喧嚣，是风在吼，还是水在啸？怎么这么狂躁，这么剧烈？腾起的浪花好似暴风骤雨，一波接着一波，密密匝匝，劈头盖脸，又怎么如此恐怖，如此野蛮？我紧紧抓住外孙女的手，不敢轻易挪动脚步。坐船是为了看景的，老闭着眼睛那哪儿行？于是我努力睁开眼睛往外面看：好家伙，大瀑布就在跟前，那种横空出世的架势，现在难以用语言表述，天河决堤，匹练飞空，蛟龙入海，波涛汹涌，白浪滔天，云飞雾罩，怎么说都不到位，思来想去怕不是浅薄如我者所能企及。审美贵在心照，说不清留白也罢。

飞流气吞山河，浪花洗净尘嚣。都说尼亚加拉大瀑布最壮观、最狂野，这一次我算领教了。

黄石公园散记

今年来美国带宝宝，我和夫人有幸去了一趟黄石公园。孩子们没有时间陪同，特地为我们找了一个来自中国广州的旅行团。按约定，丹佛机场指定地点集合，之后，随团乘坐大巴，一路打卡，玩了一个礼拜，其中在黄石公园走马观花，逗留了两天。

黄石公园是一个堪称世界第一的纯野生公园。公园大得离奇，园内仅环山公路就有500多公里，而徒步路径竟长达1500多公里。亿万年来，大自然的鬼斧神工，在这里创造了无数个迷人的景观，湖泊、草地、峡谷、瀑布、高山、森林……还有各种各样的野生动物，纯自然的看点几乎应有尽有。东西南北中，公园分五个区域，我们潦草地兜了两天，只转了大概不到两个区域，看的主要东西，就是热泉、黑松和大峡谷，现分别推出部分镜头，与朋友们分享。

一

春末夏初，乍暖还寒。清晨，站在公园谷地的热泉地带向远处看，只见山峦起伏，白雪皑皑，而看近处，却热气腾腾，"炊烟"袅袅。这一处处平地而起的"炊烟"，就是神奇的热泉景观。

据说，黄石公园的热泉有上万个，是世界任何一个地方的热泉都无法比拟的。第一站，我们来到一个湖边，行走在木质栈道上，随处可见一团团、一缕缕乳白色的气浪，在升腾、飘渺。微风习习，气浪在飘忽、弥散，湖面上宛如轻纱烟笼。太阳出来了，不知不觉在湖面上折射出了一道道绚丽的彩虹，飘飘忽忽，有的竟然飞到了眼前，架到了头顶上，仙境般的感觉，我平生第一次领略。走下栈道，近距离看看这里的一个个泉眼，正在涌动的，咕噜咕噜，倒海翻江像烧开的锅，而暂时平息的，则清澈透明，绿莹莹的底部，五颜六色的四周，晶莹剔透，宛如碧玉。

离开湖畔，又乘车到了一处大山脚下。这里的热泉顺着山坡一截一截往下流，梯田一样的山坡被晕染得色彩斑斓。梯田下方有一处偌大的石板斜坡，水流潺潺，热气腾腾，香槟色、翡翠绿、玫瑰红、紫罗兰……交相辉映，五彩缤纷，整个斜坡俨然就是一幅天然的水彩画。

如此奇观，不可思议，听了导游的介绍才知道，原来这里的地下泉水，富含多种矿物质，热泉经年流淌，沉淀下的便是绚丽的色彩。

看热泉，最有趣的是看间歇泉。所谓间歇泉，就是每隔一段时间喷涌一次的泉水（地下水在岩浆的作用下形成蒸汽，蒸汽向上升腾时会受到水流的阻塞，只有等压力到了一定极限，它才能挟着水流喷涌而出）。行走在热泉地带，只见一个个间歇泉，随着一阵阵轰鸣声，一会儿腾飞，一会儿沉落，腾起的水柱和气浪，极像盛开的花朵。

据说，在冰岛、新西兰、日本等地也有间歇泉的发现，但只有黄石公园的间歇泉，更能展示其恢宏的气势和壮丽的风采。

观赏间歇泉，最震撼的是看"老忠泉"。这一眼泉，总是每隔几十分钟，有规律地向人们展示一次它的风采，由于它的忠厚老实，人们赋予了它"老忠泉"的美誉。"老忠泉"名声很大，来黄石公园的游人，谁都想一睹它的风采。那一天，我们早早地就过去了，只见它在远远的地方被护栏包围着。安全起见，所有的游客只能站在栈道上，远远地欣赏。不一会儿，栈道上就已经挤满了人，就在大家都焦急等待的时候，忽然传来了狮子般的吼声，随即，白色的水柱腾空而起，顷刻间大地上仿佛长出了一株参天大树，足足有几十米高。那一刻，全场沸腾，欢声雷动，人们纷纷举起相机，"咔嚓咔嚓"，留下了这一精彩的瞬间。

看完了热泉，我心里久久不能平静，一次又一次地觉得，这遍地开花的热泉，就是大地母亲捧出的一颗颗滚烫的心！

二

黄石公园，地处巍峨的落基山脉，园内峡谷险峻，山道陡峭，但我们走的这一段还较为平坦，没有高耸入云、松涛盈耳的感觉，倒是仿佛走进了丘陵地带。车窗外青黛交错，色如泼墨。谷地里溪流蜿蜒，如蛇前行。原始古朴的景色，特别吸引眼球。中午时分，大家都有些困倦，车厢内悄无声息，而我却有些亢奋，一直目不转睛地盯住车窗外面。

忽然，眼前出现了一片"电线杆"似的森林，挨挨挤挤，高耸入云，透过车窗，根本看不到它的顶。问导游才知道，这些"电线杆"就是黄石公园里著名的黑松。在我印象中，松树一般枝干遒劲，绿叶如针。而眼前的黑松不要说姿态优美，根本就没有树的感觉。车行时，我突然感到，这不是在欣赏树，而是像在检阅一个个刚毅、挺拔的将士。

车子继续前行，我们来到了一处更大的黑松森林，只见碗口粗的黑松连绵成片，望不到边，看不到顶。森林里横七竖八地躺着一棵棵倒地的黑松，好像从来没有被清理过。据说，美国人喜欢这种原汁原味的自然风貌。举头顺着山坡向上看，远处"电线杆"全都顶着一层稀疏的青黑色，阳光照射下，有些地方明亮得发翠。再往前看，好像有烧焦的影子，走近才发现，这儿确实遭遇过森林大火。树干全都被烧得漆黑，有的表面已经裂成碎块，顶部仅有的一点枝叶，已经荡然无存。但奇怪的是，枯死的老树周围，却生长着许许多多与人齐肩的新苗。

"野火烧不尽，春风吹又生。"听了导游的介绍，我终于明白，黄石公园的黑松之所以名气大，原因不在它的外貌，而在它追逐阳光的冲天精神和浴火重生的顽强意志。

黑松酷喜阳光，而黄石公园又恰恰缺少日照，没有阳光的照射，黑松长出的新枝很快就会枯死。因而，要想维持生命，只有向着太阳，拼命地向上，这就是它只长身高、不长枝蔓的原因。从一定意义上说，黑松的生长，就是一场追逐太阳、争取阳光的竞技。

黑松生命力极强，平均都能活一百多年，最长的可活三百多年。黑松皮薄易燃，极易遭受森林大火的侵袭，但它的果实坚固且耐高温，每当遭遇山火吞噬时，即使被烧焦，还是紧紧地包裹着种子，让它们安然渡过这一关。一旦大火熄灭，松果就会迸裂开来，将种子撒向地面，于是，新一代又会在灰烬中萌生，而且还不断开疆拓土，向远方发展。正是因为这样，偌大的黄石公园，才几乎都成了黑松的家园。

目睹了黑松的姿态，了解了黑松的身世，我对黑松忽然多了一份敬意，打心眼儿里想为它点赞。我赞美黑松，既赞美它追逐阳光、积极向上的精神，又赞美它坚韧不拔、浴火重生的意志。

三

看大峡谷我有些迫不及待，一吃完早饭，就早早地爬上大巴，选择了一个临窗的位置坐了下来。约莫七点半左右，大巴车开始出发，车窗外松柏成片，疏密有致。太阳升起来了，一束束光芒，倾斜着，忽闪着，隔着车窗仍觉得很刺眼。穿过大森林，山越来越高，路越走越险，大巴缓慢地迤逦而上。忽然，耳边传来了哗哗的水流声，探头一看，原来车子拐上了一座石桥，桥下白浪翻滚，水流湍急，两岸枝繁叶茂，色彩厚重，青黛色的植被在白色浪花的映衬下显得格外炫目。过了石桥，很快就到了停车场。一下车，右手边的大峡谷便依稀可见。

在导游的引领下，我们来到了"艺术家观景台"。这名字有故事，有的说，是因一位著名的画家在这里取景，创作了脍炙人口的风景画而得名；也有的说，是园内专职摄影师喜欢这个地方，给起了这么个名字。到底是何成因，无从考证，不得而知。

"艺术家观景台"，确实是看大峡谷的最佳位置。登上去以后，第一眼就觉得很震惊。"V"字形的大峡谷，像是被利剑劈出来的，两边危崖绝壁，怪石嶙峋，光秃秃的没有一棵植物，岩壁上红色、橙色、黄褐色，阳光下熠熠生辉。远处的大瀑布从天而降，声若滚雷，腾起的水雾直冲山腰，如山岚弥漫，氤氲缭绕。落下的瀑布，顺着山势，卷着白色的浪花，直奔观景台而来。在国内我去过千岛湖，去过漓江，也游览过大小三峡，那里的峡谷山青青，水迢迢，给人的总体感觉是秀美，而在这里，我强烈感受是壮美，就像康巴汉子一样，阳刚，坚韧，充满了力量。

据说，大峡谷是黄石河中间的一段，上万年前就形成了。滔滔黄石河水，不舍昼夜，经年不断，流进高山，穿过火山岩，才创造了这一人间奇迹。峡谷中瀑布很多，有上瀑布、下瀑布、高塔瀑布、火洞瀑布等，但最著名的就是在这里看到的下瀑布，落差九十多米，比著名的尼亚加拉大瀑布还要高出一倍多。

一会儿，太阳越过了南边的山峰，天空云消雾散，壮美的大峡谷，在光与影的辉映下，五光十色，璀璨夺目，高耸险峻的岩壁，好像涂上了厚厚的油彩，闪烁着耀眼的光泽。不知何时在瀑布倾泻的地方，飞出了一道彩虹，像彩色的拱桥，横跨绝壁两岸，气势恢宏，美不胜收。

游览大峡谷，我感慨万千，面对这壮美的景观，我相信人定胜天的力量，更敬畏大自然的鬼斧神工。

域外游三题

校园一瞥

威廉玛丽大学，地处美国弗吉尼亚州。

校园里古木参天，浓荫匝地。刚下过一场暴雨，红色砖块铺设的林荫道上，湿漉漉的，干净得只剩下几片落叶。下沉式的大草坪，像一个绿茵茵的人工湖，中规中矩的长方形，四周郁郁葱葱，繁花似锦。盛夏时节，外面的太阳火辣辣的，而这里却是一片清凉。

恰逢暑假，很难看到步履匆匆的莘莘学子。漫步在林荫小道上，只见绿树丛中一座座红色的建筑若隐若现，使得原本就很幽静的环境，又多了几分神秘的色彩。

我感到好奇，随即问了一下度娘，才知道这所学校非同小可：1693年创办，其历史仅次于哈佛，学校规模虽然不大，但光环却很耀眼，曾经先后出过三任美国总统，四位联邦大法官，以及众多的参议员、内阁成员等，那位大名鼎鼎的托马斯·杰斐逊，《独立宣言》的主要起草人，就毕业于这个地方。

了解这一段历史，再回过头来看看这些大树，忽然觉得它们都很有定力。遒劲挺拔，枝叶蔓披，裸露的根系，偾张奔突，犹如龙爪，突出地面，恣意伸展，其古怪的样子，就像一个个活化石。根深叶茂，几个世纪的坚守，它们一定也懂得了这个成才的道理，要不然，怎么可能长出这等气质。

我很喜欢这一方天地，尤其喜欢这一些大树，在这里转了一圈，处处都能感受到超强的精神辐射。真羡慕在这里读书的孩子们，无疑，他们都是天之骄子。

小镇风情

威廉斯堡小镇，毗邻威廉玛丽大学，临水而建，古朴典雅。

这里曾经是英国的殖民地，商店、旅馆、教堂、住宅，各式各样的建筑，至今还保留着古老的欧式风貌。徜徉在鹅卵石铺设的街道上，仿佛走进了狄更斯法的故乡，空气中荡漾着锈蚀的流行小调，弥漫着混合的烟熏芳香，在绿树的环抱下，被鲜花簇拥着的老房子，好像有着说不完的故事。

小镇是恬静的，也是悠闲的。这次巧了，去的那天上午正好赶上集市，街上人流如潮，熙熙攘攘。摊铺、遮阳棚，看上去跟中国的农贸市场差不多，但卖的东西却不完全一样，这里没有鱼虾家禽，多半是瓜果蔬菜和各类鲜花。卖花的人多，买花的人也很多，有一种类似凡·高笔下的那种小向日葵最抢手，我们转了一圈，回头想买几枝带在路上，结果找了几家全都卖完了。

说是集市贸易，我看更像休闲聚会。很多人过来都牵着狗，看得出，心情完全是闲适的，熟悉的碰到一起，就站下来聊聊天，有的还亲亲热热地摸摸对方的狗，就像摸着对方家的宝宝。有人兜兜转转以后，索性就不走了，干脆坐到商店门口，摸摸狗，拉拉家常。人平和，狗也很温顺，不管谁摸它，好像都是一副乖乖的样子。

小镇上的人很热情，见谁都是笑嘻嘻的。我们在那儿拍照时，不断有人主动要为我们服务。外孙女酷爱宠物，坐在店门口的一个老太太，居然要送她一只漂亮的小猫。

小镇很迷人，离开这么久了，我还经常想起那个地方。

海边拾零

海浪、沙滩、比基尼、遮阳伞，夏日的海边，总是那么浪漫，而在弗吉尼亚，这样的浪漫好像又显得太过奢侈，太过张扬。

我在国内，去过三亚的大东海、普陀的千步沙、大连的老虎滩，但像弗吉尼亚这样的海边气势，还是第一次见到，风情万种的人群，金光闪闪的沙滩，前赴后继的海浪，浩浩荡荡，连绵不绝，真的就是一道亮丽的风景线。海滩即城市，在这里海滩与城市同名，难怪有人说，弗吉尼亚海滩，才是世界上最长最快乐的海滩。

那天下午，我们到的时候正在涨潮，大海像开足了马力，隆隆的轰鸣声，像闷雷一样在海边滚动。一排排巨浪，前呼后拥，卷着雪白的浪花，哗哗啦啦地冲向沙滩，又匆匆忙忙地掉头就跑。无数矫健的身影，在浪尖上翻滚，在沙滩上嬉戏。当然，更多的人是待在沙滩上晒太阳，看热闹。

大海真的太神奇了，岸边波澜壮阔，远处却风平浪静，那水天交界处，看上去也就是一条长长的直线，只有到了近处，才能看到湛蓝的海水在徐徐涌动。难道这就是蓄势待发？我好像明白了什么，就觉得，岸边的汹涌澎湃，离不开海上的徐徐涌动，惊涛拍岸很壮观，不疾不徐更曼妙。都说人生不经过岁月的打磨与历练，很难收获鲜花与掌声，那一刻，我仿佛又一次得到了启示。

坐在沙滩上看大海，我一次次被海浪点化，那浪击沙滩时的坦荡，仿佛在告诉我，到任何时候还是率真最痛快；那上下沉浮的浪花，似乎也在向我重复着一个人生道理：失败并不可怕，只要能坚守，每一次跌入谷底，无疑都是爬上巅峰的开始。

潮涨潮落，生生不息，大海才叫诲人不倦。

纽约街头新感觉

特朗普当总统的第二年夏天，我陪朋友又去了一次纽约。虽然距上一次去已经有十多年了，但这一次去，神经中枢好像不敏感，几乎找不到久违的兴奋点。

记得 2004 年冬天，我第一次去的时候，那感觉真的是耳目一新，怦然心动。到的那一天，出了机场，天已经黑了，爬上巴士，就觉得好像行驶在灯的海洋里，满眼的橘黄色，铺天盖地，浩浩荡荡。快进市区了，只见林立的高楼，全都睁着雪亮的眼睛，扑面而来的场景，犹如 3D 大片，气势恢宏，震撼人心。

接下来的两天，像赶兔子似的跑景点，自由女神像、布鲁克林大桥、时代广场、第五大道、华尔街、帝国大厦、联合国总部、洛克菲勒中心……能去的地方，都尽量去点了一下卯。

纽约市区，横的叫街，竖的叫大道，没有漂亮的地名，全都冠以序号。初次到访，最令我屏息震撼的，就是天际线。苍穹之下，一座座高楼撑起的空间，错落有致，有棱有角，看上去似乎很傲慢，但又不得不承认，这才是真正意义上的"天际线"。那两天，穿梭在这些纵横交错的街与大道上，我不断想起一位美国诗人的话，大意是，不同的城市，鸽子的命运截然不同，巴黎的鸽子最舒坦，古建筑优雅开放，而纽约的鸽子，处境险恶，生下来就得学会垂直起落，还有那无数的玻璃陷阱，等着去识别躲闪，否则，在万丈深渊的空间，一不留神非被撞死不可。诗人的意象，打通了我的感知，那一次在纽约，见到鸽子，我都会打心眼里高看一眼。

置身纽约街头，犹如陈奂生进城，就觉得空气里流淌的都是财富和文明。华尔街，虽然狭窄拥挤，却神秘得令人窒息，站在证券交易所大楼跟前，看着游人排着队，抢着跟铜牛合影，我懂得了什么叫"牛皮轰天"。时代广场，地处三角地带，虽绝无广场可言，但色彩绚丽的霓虹灯，滚动播放的大屏幕，足以让人眼花缭乱，来自世界各地的游客，川流不息，摩肩接踵，其场面，真有几分朝圣的意味。第五大道，素有"梦之街"之称，这里是奢侈品和时尚的大世界，任意推开一家门面，都是世界顶级品牌，走了一个来回，我才发现，自己原来是那样的孤陋寡闻。

而这一次去，这些感觉全都不复存在了。同样在华尔街，游人好像少了很多，那一天也许我们去得早一点，证券交易所大楼跟前，多少显得有些冷清，倒是在拐弯口的特朗普大楼前，有些人在看稀奇。好像多了一些卖铜牛工艺品的摊位，但基本上没有生意。往日的牛气不见了，人们跟铜牛合影，好像也没有以前那么兴奋。

走在第五大道上，却见到了让我匪夷所思的场景。不断有黑人男子，背着大得出奇的土工布包袱，就像背着鼓鼓囊囊的降落伞，在人群中穿行。他们会突然在行人道上铺展开来，兜售各种水货，基本是女式用包，爱马仕、香奈儿、LV，各种名牌，应有尽有。好像有人在管理，卖一会儿，他们就会惊恐地卷起铺盖走人。街头巷尾做小买卖的也很多，一不留神，就会碰到卖零食的小推车，那"哧哧"升起的缕缕青烟，确有几分烤羊肉串的味道。最不协调的还是那些乞讨的流浪汉，有的裹着被子睡在墙角下，有的闭着眼睛坐在路牙上，但身边的乞讨书，却都一致诉说着他们的种种不幸与痛楚。

纽约，不是人间天堂。看着眼前这一幕幕景象，我突然想起了女婿的那个同学，一个非常优秀的中国留学生，在哈佛做了两年博士后，信心满满地到纽约找了份工作，原以为可以在这里大展宏图，谁知道壮志难酬，生活得很累。他住的地下室，只有几个平方，月租却要 3000 多美金，为了节省开支，一日三餐，多半在附近的中餐厅叫一点外卖，或干脆窝在家里，就着奶酪啃面包，由于压力太大，没有几年就患上了抑郁症，后来换了地方，情况才得到了改善。据说，这个情况不是个别现象，在纽约吃抗抑郁药的比例高得吓人。

可能受到了一些心理暗示，这一次徜徉在纽约街头，没有觉得有明显的视觉冲击和心灵震撼，就市容市貌而言，我感觉还不如北京、上海。坐船去看自由女神像，码头上到处都是烟头纸屑，岸边的景观，也绝对没有上海外滩雄伟壮观，绚丽多彩。

重游纽约，感觉彻底变了，是纽约落伍了，还是世界进步了？是感觉迟钝了，还是眼界拓宽了？离开后，我还经常这样问自己。

秋游红石峡

霜降前夕，我们几家子组团去山西境内游览了几天，途经河南焦作时，顺道去了一趟云台山。那里景点很多，据说全部看一遍起码要两天。由于行程很紧，我们只能看些精华部分了，于是进山以后，第一站导游就把我们带到了红石峡。

这真是一个赏心悦目的地方，刚步入景点，就像走进了画中。离景点入口处不远有一座小桥，站在桥上，向右远眺，那红褐色的大峡谷，陡峭嶙峋，游龙似的直抵大山深处，看上去极为壮观。两边点缀着许许多多绿色植物，在红色崖壁的映衬下，显得生机勃勃。谷底，一条清澈的溪流，托着白色的浪花，从远处蜿蜒而至，让阳刚之处多了一丝丝少有的温柔。

过了小桥，道路两边婆娑的树叶被季节晕染得绚丽多彩，目之所及，大都是金黄和深红色，但也有黄中带翠、翠中生红、红中隐紫、紫中有褐的，不过最抢眼的还是金黄色。

走到底部，穿过一个狭窄的山洞，才真正踏上了游览的小道。虽然不在长假，但游客还是络绎不绝，有的地方还显得很拥挤。漫步在峡谷里，有一种置身仙境的感觉。游览的小路犹如挂在岩壁上，一直伴随着蜿蜒的溪流向着大山深处前行。小路的左边是红色的峭壁，右边则是万丈深渊。探身峡谷深处，云雾缥缈，深不见底，只觉得夹着水雾的凉风，飕飕地从耳边吹过，既让人胆战心惊，又让人如梦如幻。这里的岩石全是紫红色的石英砂，整个崖壁全都红得发紫。层层叠叠的岩石，有的圆润，有的尖锐，有的挂在崖壁上，有的悬在头顶上，看上去既阴柔、融通，更硬朗、彪悍。峡谷的对面，很多地方长满了碧绿的青苔，有许多小瀑布从峭壁中流出，溅起的水沫在阳光的照射下，晶莹剔透，流光溢彩。

纵观整个峡谷，犹如大山裂开的一道口子，其长度恐怕有2000多米。这到底是如何形成的，崖壁上镶嵌的说明介绍说是若干亿年以前，这里也曾经是海滨沙滩，随着海平面的上升与下降，海水的潮涨与潮落，沧海逐渐退变为山脉，进而出现了这一奇特的峡谷景观。文字是苍白的，看了还是一头雾水。

继续前行，景色越来越迷人。跨过高高的木桥，走进峡谷的另一侧，岩壁显得更加高耸，而峡谷则浅了许多。峡谷里流水清澈，倒映着红色的崖壁，荡漾着蓝天白云。水面上散落着形状各异的石块，大的像魔方横斜在溪流中。流水泛起的白色水沫，遇上红色的石块，显得特别纯洁。溪流的前方有一座石坝，石坝下面挂着两道雪白的水帘，阳光下色彩斑斓，熠熠生辉。

这一段景色太诱人了，大坝上游客更多。我走过去一看，原来上面是一个大水潭。潭的一角有一块龟状的巨石伸向了水面，许多人争先恐后走上去拍照，导游说，这叫独占鳌头。为了图个开心，我也上去拍了两张。

离开大坝，拐了几个弯，不知不觉就走到了游览的终点。这个句号画得太精彩了，对面崖壁上的大瀑布，从山顶上飞流直下，轰轰隆隆的水流声像狮子一样在吼，腾起的水花朦朦胧胧似云雾缭绕。而左边山体上只留下了一道缝，弯弯曲曲，细长狭窄，真有一点"何年鬼斧劈层崖，鸟翼飞来一线开"的感觉。一边很狂放，一边又很婉约，真的叫人流连忘返。

　　沉浸在壮美的山水之间，大自然的鬼斧神工总是让人惊叹不已。有人说，游览景点什么都不要带走，只要带走记忆就行，看来这一次我做到了，红石峡给我留下的记忆终生难忘。

母子柏

　　太原晋祠里有一处景观树，当地人叫"齐年柏"，我看了以后，觉得改为"母子柏"更有趣。当然，我是即兴戏言，但在场的导游和同行的游客都认同我的说法。回来想想，越发觉得这景观树神奇，于是就想说道说道。

　　说到这景观树，还得先给晋祠点个赞。晋祠确实是太原境内值得一去的名胜所在。那里殿堂楼阁，亭台水榭，悉数掩映在茂密的古树之中，看上去翁郁青翠，幽雅宁静，犹如世外桃源。置身其中，好像步入了仙境，有说不出的美妙感觉。有人说，"到太原不去晋祠，就犹如到北京不看故宫一样，会留下遗憾"，这话可能有点夸张，但也不是没有道理，我去晋祠，就有一种美不胜收、流连忘返的感觉，如若不去，别人说起来，也许真的会觉得懊恼。

　　游览晋祠，最让我感到震撼的，是那些参天大树，遮天蔽日，郁郁葱葱，有的几个人展开双臂都难以合围，很多的已有几千年的历史，而且也都有说不完的故事。什么长龄柏、复生槐，还有白毛杨，等等，每个故事都很诱人。特别是圣母殿旁边的那两株苍郁的古柏，看看它们的姿态，再听导游讲讲，就觉得更有意思。

这两株古柏，左边一棵老干虬枝，形如卧龙，据说是周代所植，距今已经有3000多年历史。这一株古柏，当地人习惯叫它"齐年柏"，之所以这样叫，是因为同一年在它的右边也栽过这样一棵柏树，遗憾的是，1000多年前，右边这一棵古柏被当地百姓砍伐了，说来这是很煞风景的，一段时期，"山水依然，风景顿殊"，让人不忍观看。奇怪的是，后来在砍伐过的地方，又自然生长出了一棵，距今也有1000多年了。这一棵树，像男子汉一样，英姿飒爽，挺拔直立，当地人说它是"撑天柏"。而周代的那一棵，则像历经沧桑的老人，倾斜在右边这株"撑天柏"的树杈中，这一撑一靠成了晋祠里的一个奇观，导游说，"这叫老有所依，或者叫母慈子孝"。她这么说，好像并不牵强，而是更加有趣了，于是我脱口而出，应该叫"母子柏"。我的戏言得到了大家的一致认同，导游调侃地说，回去就申请旅游局更名，以后接待客人就讲"母子柏"。

"母子柏"浓荫疏影，苍劲挺拔，与难老泉、宋代侍女像同被誉为"晋祠三绝"，并且是祠里八景之一，历来为文人墨客歌咏颂赞。据说，北宋大文学家欧阳修曾经赞誉这里是"地灵草木得余润，郁郁古柏含苍烟"。明末清初的著名思想家、文学家、书画家傅山先生，曾书写"晋源之柏第一章"七个大字，勒石镶嵌在树旁的墙壁上，使得这千年古柏更加熠熠生辉。

"母子柏"长得很神奇，再看看它生长的地方，就觉得更奇怪了。这两棵古柏长在圣母殿左边，它们的后边又正好是苗裔堂。苗裔堂，民间称之为奶奶庙，或者叫作子孙殿，是旧时民间百姓祈求生男育女的地方。苗裔堂前面长出"母子柏"，好像选对了地方，而且相得益彰。再说，这里的苗裔堂，跟其他地方的还不太一样，其他地方多半有名无实，有的地方只有一位娘娘，常常还是当地某一著名女性的化身，而这里却有七位娘娘，分别是催生娘娘、送生娘娘、乳母娘娘、子孙娘娘、引蒙娘娘、痘疹娘娘、斑疹娘娘。据说旧时候一年到头，这里香火很旺，特别是农历三月二十子孙娘娘的生日和农历四月十四的还愿日，更是人山人海，热闹非凡。这里娘娘们的神殿上，过去都摆满了高不盈尺的泥娃娃，有男有女，有胖有瘦，求子心切的妇女们，来堂里上香许愿，临走的时候只要怀揣一个，回去多半自有灵验。

　　当然，这都是传说，不过，苗裔堂前面长出了这样的"母子柏"，倒有一点匪夷所思，这难道是圣母在昭示天下：这里的娘娘不但能送子，而且送的一定都是孝顺儿郎。

鸣沙山与月牙泉

鸣沙山与月牙泉，听起来就令人神往。到敦煌的第二天，一吃完早饭我们就乘车去到了这个地方。站在高高的沙丘上，远眺浩瀚无垠的大漠，最抢眼的，就是那一道道刀刃一样的山脊，远近高低，连绵起伏，阳刚而又阴柔。

东汉时候，这里叫沙角山，也叫神沙山，到了晋朝才改叫鸣沙山。去的路上，驾驶员师傅就告诉我们，这鸣沙山东西长约 40 公里，南北宽约 20 公里，其主峰海拔高度在 1700 米左右，刮大风时，鸣沙山会发出美妙的声音，这声音时而如丝竹，时而又像雷鸣。遗憾，我们是秋天去的，不在刮风季节，没能听到这天籁之音。

游览鸣沙山，第一个项目就是去滑沙。按照导游的指引，在指定地点，我们套上一副鲜红的防沙脚套，就深一脚浅一脚地向滑沙场方向走去了。行走在沙漠里，每走一步都很艰难，一脚下去，脚底下就滑滑地往下陷，用力越大，陷得越深。到了滑沙场我们都已经汗流浃背，再抬头一看，滑沙点那么高，那么陡，同去的几个朋友都打了退堂鼓，只有我和老周还想逞能。于是我们便随着稀稀拉拉的人流，沿着沙坡上人工铺设的木梯，低着头一步一步地往上爬。开始觉得还行，但还没有到半山腰，我就累得够呛，老周比我轻松些，一直走在我前面，而我只好走一段歇一段。这沙山好像会长似的，站在半山腰往上看，爬了半天还是那么高，而回头看，不禁打了个寒颤，山脚下已似万丈深渊。半中不续，没有退路，只好鼓足勇气继续往上爬。到了山顶上，我的心几乎要跳出胸腔，再看看山下，吓得两腿直打哆嗦，一个天上一个地下，这怎么下得去呢？那一刻我很懊恼，后悔自己不该癫狂。看着别人流星似的往下滑，我更感到恐惧。轮到我了，怕也无济于事，只好坐到滑板上，听从工作人员摆布。他让我两只手撑在后面，我感到很别扭，想调整一下姿势，没有来得及，就呼地一下被推了出去。到了半山腰，只觉得滑板一扭，顷刻间我被甩出了很远。下面的同志吓得哇哇叫，我还好，爬起来定了定神，又艰难地爬上滑板继续滑行。这次滑沙，尽管很累，也很狼狈，但多了一份体验，感觉到，值！

离开了滑沙场，我们又骑上骆驼，当了一回"沙漠王子"。骆驼很高大，看上去也让人胆怯，但有主人牵着，都很温顺。上去时，它们恭恭敬敬地跪在地上，行走时，一步一步很有韵律。骑骆驼的感觉比滑沙好多了，结队而行的骆驼，排着长长的队伍，像一条舞动的彩练，又像天上奋飞的大雁，看上去让人很舒心。行走在大漠深处，我忽然觉得好像到了海上。那四周的沙浪，多像我当年在海上遇到的波涛啊，时而湍急，时而舒缓，时而萦回涡旋，时而跌宕起伏，而一溜驼队也如同当年我们出海的编队，豪情满怀地一会儿驶上浪尖，一会儿又躲进低谷。此情此景让我兴奋不已，我不由得摘下头上的太阳帽，伸开双臂疯狂地舞了起来。当"沙漠王子"的感觉很新鲜，回到起点了，我们几个都赖在骆驼上多拍了几张照片。

在沙漠里兜了一圈，最后我们来到了月牙泉。这是鸣沙山精华所在，一汪清澈的泉水，百十米长，一二十米宽，悄悄地横卧在鸣沙山脚下，这让我十分好奇。我听过一些关于它的民间传说，但那都是神话，到底是什么原因营造了这一奇观，我很想问个究竟。导游善解人意，不等我们提问就给我们做了解释。她说，水的纯洁是因为地下泉水一直在循环流动，而不被沙子填埋，主要是南北两侧的沙山海拔高，吹进山坳里的风，在空气力学的作用下，会向上盘旋，于是周边山坡上流下来的沙子，在风力向上的情况下，又被送回到山的另一侧。听了这样的解释，我还是觉得不可思议，莫非鸣沙山、月牙泉就真的是一对不离不弃的生死恋人？

月牙泉挨着鸣沙山，清澈透明，色彩绚丽，好似柔情的女子依偎着刚毅的汉子。有人说月牙泉大月套中月，中月套小月。大月是金色的沙岸，中月是岸边碧绿的水草，而小月就是那湛蓝的泉水。这样说其实不很准确，要我说，沙岸、水草都是装点月牙泉的镶边，有了这样的镶边，月牙泉才变得格外精致秀美。

月牙泉的故事很多，当地人都说，很早以前泉里生长着一种非常珍贵的铁背鱼和七星草，这种鱼和草人吃了以后，不但不得病还能长生不老，所以月牙泉又叫"药泉"。直到现在，每逢端午节，当地人都会从四面八方蜂拥而至，围着月牙泉顺时针转上一圈，祈求这一年健健康康，平平安安。为了讨个吉兆，我们几个也兴致勃勃地顺着月牙泉转了一圈。

世间万物，最美的莫过于大自然的造化。游览鸣沙山，最让我流连忘返的还是这千古不变的月牙泉。

追忆东山岛

月牙似的海湾拱着一方汹涌的海水，白色的浪花，一波接着一波亲吻着沙滩，风一吹，岸边的沙子打着转儿在飞舞。海面上朦朦胧胧，锚泊的渔船，零零散散，依稀可见。陡峭的悬崖边上，馒头状的怪石，层层叠叠，错落有致，从水边一直长到岸上。遍地的灌木，郁郁葱葱，葳蕤峥嵘，好像在石头上生了根。

这是多年前，我在福建东山岛记录下的一段文字，也是这个地方给我留下的一处抹不掉的印象。

1976年夏天，我随部队在那里参加了三个多月的三军合成登陆演练。那时候没有电视，没有手机，休闲时间，除了看书，最多的就是散步。岛上芳草萋萋，绿树成荫，夕阳西斜，漫步在海边，吹吹海风，看看大海，是一种难得的人生体验。

我们常去的一个海边，离驻地很近，出门左拐，穿过古镇向东不远就到了。这是一处充满野性的地方，原始、荒蛮，怪石嶙峋，惊涛拍岸，来到这里，最吸引眼球的，是悬崖边上的那一块巨石——足足有一间房子那么大，上尖下圆，悬空斜立，巍然地"搁"在一块倾斜的磐石上，看上去随时都有可能坠入大海。

第一次见到它，我们是小心翼翼地走过去的，到了跟前竟然发现有两个小男孩，光着身子仰卧在下面。见到我们了，他们兴奋地翘起了双脚，使劲地在蹬这块巨石，嗨，巨石还真的颤动了。看到这一幕，我们都惊呆了，而那两个孩子却若无其事，一个劲儿地说"轰动石，轰动石"。我们不太懂他们在说什么，看看上面的石刻，才明白他们说的是"风动石"。

我们很好奇，弯下腰来看看，发现这风动石与下面的接触点，居然只有巴掌大小，真的太不可思议了！"风动石"，顾名思义就是风都能吹得动的石头，奇怪的是，就这么一块看起来摇摇欲坠的巨石，多少年来却安然无恙。据说，1918年这里发生了7.5级地震，山石滚落，屋毁人亡，风动石却毫发无损。七七事变后，日本人曾出动军舰，套上钢索，企图把它拉掉，结果，多条钢索被拉断，风动石依然纹丝不动。

自从发现了这一块神奇的"风动石"，我们就经常去那里散步。几乎每次到那里，都有孩子热情地为我们做蹬石表演。时至今日，当初的画面，依然清晰地定格在我的脑海里。

忘不了东山岛的风光，更忘不了东山岛的老乡。那年演练，东山岛上一下子涌进了大批的部队，岛民们对部队的那种关爱，深深地打动着我们每一个人。拥军的故事，过去只是在文艺作品里见过，而那时候却实实在在地发生在我们身边，一切为了训练，处处为军人着想，成了东山人民的自觉行动，我们指挥部住的那几间房子，就是一户人家主动让出来的。

训练的那段日子，我们几乎天天都被拥军的故事感动着：有的年轻人刚结婚就把新房让给部队住；有的祖孙一道，抱着鸡子，拎着鸡蛋，从很远的地方赶到部队表达心意；有的妇女忙里偷闲，起早带晚到部队洗洗涮涮；就连到镇上办个事情，哪怕是买一点日用品，拍一张照片，乡亲们都主动让解放军优先。那时候，我经常到锚泊点上送文件，不管什么时间，站在道头上，只要一挥手，船老大们都争着为我当义务交通员。他们满脸沟壑，黝黑的脸庞上堆满了笑意，热情得就像邻居家的大伯。

东山人民对解放军的爱，与他们内心深处的恨直接相关。上岛以后听了战前动员，我们都知道，东山人民几乎家家户户都有一本血泪史。这个岛上有个叫"寡妇村"的地方，我们散步曾去过那里。夕阳下的村子显得特别宁静，路边的小草有些芜杂，看不到人，甚至也看不到蹒跚的鸡鸭。这个村子曾经遭受过国民党军队的掳掠。我的笔记本上有一段当年的摘录：1950 年 10 月，国民党军队从东山岛撤退时，强行"抓壮丁"，带走了几千名青壮年，而这个只有 200 余户人家的村子，就有 147 名男子被强行掳走，其中 91 人已经结婚。真是爱有多深，恨就有多深！

离开东山岛已有几十年了，我还是常常想起这个迷人地方，很想有机会再去走走。我想去看看岛上现在的风光，更想去会会那里可亲可敬的老乡。

马兰印象

感谢一位老领导邀约，去年十月中旬，我终于有机会去了一趟马兰基地。到新疆第二天，朋友开车，早上从乌鲁木齐出发，穿过天山山脉，向着西南方向一路前行，临近中午就抵达这个心仪已久的地方。这里像是大漠中的一片绿洲，一下高速，映入眼帘的尽是蓝幽幽的马兰花和哗啦啦的杨树林。

马兰之行，接待我们的是一位团参谋长，姓沈，江苏滨海人，朋友的朋友。我们到的时候，他已经等候在门口。

走近马兰，第一印象就觉得庄严、霸气。基地的大门出奇地开阔，一字排开，年轻的哨兵英俊挺拔，两边分列，门口的花坛像个大转盘，色彩斑斓，花团锦簇，花坛中央，红色"马兰"，两个大写的行书，熠熠生辉，赫然醒目。走进营区就像走进国防公园，东西南北，一条条笔直的柏油大道，把营区切割得整整齐齐。道路两旁，绿树葱茏，浓荫匝地，满眼的杨树、柳树和老榆树，开枝散叶，携手并肩，仿佛联手在这里织起了一道道绿色屏障。

作为共和国核武器摇篮，这个地方现在知名度很高，过去却荒无人烟，连个名字都没有。据说，第一支部队进驻之初，就曾经为地名纠结过，后来还是遍地盛开的马兰花触发了一位首长灵感，于是，才有了马兰这个美丽的名字。

参谋长是个热血青年，说起马兰，他特别敬佩老一辈革命家，吃饭时他告诉我们，核武器试验基地，原先苏联人帮我们选择的地方是在敦煌，那个地方太小，搞不了大名堂，有一批老革命坚决反对，后来国家才易地选择了马兰。他说，马兰可不一样了，仅爆炸试验中心占地面积，就跟我们江苏不相上下。真是天佑中华，如此试验场地，世界罕见！现在参观马兰基地，去不了试验中心，那地方离这儿有几百公里，到马兰只能在机关附近看看。

吃完午饭，稍事休息，我们首先去了马兰广场。这里处于营区中心，东面是马兰礼堂，西面为机关大楼，南边设文化活动中心，北面建核试验展览馆，展览馆上方"听党指挥，能打胜仗，作风优良"十二个红色大字，阳光下粲然夺目。很想去展览馆看看，遗憾那一天闭馆，我们只能在周边找找感觉。行走在营区里，"祖国在我心中"，"艰苦奋斗干惊天动地事，无私奉献做隐姓埋名人"，几条充满血性的标语，一次又一次撞击着我的心灵，那一刻，我好像真的一下子就懂得了，什么叫家国情怀，什么叫使命担当。

离开营区一路向北，车行一个来小时，参谋长又带我们去了一个叫红山军博园的地方。这里是一个小盆地，四周大山耸立。据说，基地组建之初，就驻扎在这个地方。那时候他们完全与世隔绝，面对四周赭色的大山，马兰人习惯把这片土地称为红山基地，20世纪80年代末，基地搬走以后，现在这里已成为旅游打卡点。车子沿着盆地边缘前行，窗外的大山几乎寸草不生。面对眼前的苍凉和壮阔，我忽然觉得，这确实是一个成就事业和造就军人的地方。

进了军博园，我们首先去看了将军楼。去之前就听说，当年张爱萍、张蕴玉将军和邓稼先、程开甲等一批大科学家就住在那里，我以为条件应该不错，到那儿一看，原来是几栋小二楼，红墙平顶，灰不拉几，室内陈设也极为简陋，透过窗户，能清楚地看到里面的架子床、旧衣柜，若论条件还不如现在普通住宅。

将军和专家居住条件尚且如此，其他人住所呢？听参谋长说，那个时候红山有一万多人，刚开始那会儿，住房很紧张，许多人只能住山洞，钻地窝子。所谓地窝子，真的就是一个窝，地上挖个坑，上面盖上草，马马虎虎，如此而已。但红山人无怨无悔。参谋长动情地告诉我们，这些年他接待过许多老马兰，提起当年，都说再苦再累不可怕，最怕的是完不成任务，辜负党和国家厚望。

离开将军楼，我们又去爬了一下蛙鸣山。蛙鸣山坐落在天山脚下，山顶上那一尊昂首高歌的蛙，夕阳下，通体亮堂堂的，像镀了一层金。相传，这只蛙是嫦娥化身，嫦娥本是后羿妻子，奔月之后得道成仙化为金蟾。锁在月宫里的她，因思念丈夫心切，一日便偷偷下凡，孰料，被王母娘娘发现了，一句"定字咒"，便把她定在了这个小山包上。亿万年过去了，金蟾痴心不改，仍然呼唤有情人终成眷属，据说，每逢月圆之时，小山包周围还会有蛙声回荡，现在很多人专程赶过来，就是想听一听这一片神奇的蛙鸣。

蛙鸣山曾经是马兰人乐园。参谋长告诉我们，那个时候红山极其荒凉，文化生活又非常枯燥，闲暇时候，马兰人唯一能去的地方，就是这个蛙鸣山，他们在蛙鸣山嬉戏，在蛙鸣山登高，在蛙鸣山遥看天山，在蛙鸣山憧憬未来。如今，从红山走出去的每一个人，心中都有一座抹不掉的蛙鸣山，尤其是红山的孩子们，蛙鸣山就是他们心中的圣地，故地重游的马兰人，没有人不来蛙鸣山。

我们一边听参谋长介绍一边拾级而上，我很想揣摩当年马兰人的乐趣，但始终找不到那一种感觉。伫立在金蟾边上，面对四周的大山和山下的戈壁，我忽然觉得蛙鸣山就是一部马兰史，它见证了共和国的惊天壮举，承载着一群中华儿女的不平凡岁月，而今它还在呼唤有情人终成眷属吗？或许更多的是在为马兰人放歌吧。

从蛙鸣山下来，走到一棵连体老榆树跟前，参谋长又绘声绘色地给我们讲了一段故事。说是在第一颗原子弹爆炸前夕，北京某部研究所，有一位年轻的女同志，突然接到所里通知，去罗布泊参加核试验，第二天她什么都没有说，只是告诉丈夫去出差，就孤身一人从北京来到了红山。几个月后，有一天她在这棵老榆树下等车，忽然发现远处走来一位军人，形体很像自己丈夫，她瞪大眼睛，等走近一看，果然就是他！原来在她离家后不久，丈夫也接到了同样通知，但他也是什么都没有说，打起背包就出发，跟着就来到了这里。如此相逢，太突然了，顷刻间两个人紧紧地拥抱在一起，彼此泪水很快就打湿了对方衣衫。上不告父母，下不告妻儿，"一寸丹心图报国"，有这样的好儿女，是祖国的骄傲！张爱萍将军听到这个故事，深深地被这一对年轻人打动了，于是，他动情地把这一棵老榆树叫成了夫妻树。夫妻树的故事也深深地打动了我，离开时，我情不自禁地举起右手，心底油然升起一股崇敬之情。

马兰之行，走马观花，给我留下的印象却很深刻。高山仰止，景行行止，而今我越发觉得，马兰人就是一道民族脊梁！

水韵源头

东风送暖，斜阳流金。

下午，兜兜转转，我和夫人不经意间又一次走进了源头公园。徜徉在水边栈道上，一边是悠悠的芒稻河，波光粼粼，江水如练，一边是盛开的海棠花，临风照水，灿若云霞。阳春三月好风光，这段时间我每次走到这里，都会萌生一种人在画中行的感觉。

乔迁新居后，离源头公园近了，出门溜达，脚一跷说去就去，如今，公园的旮旮旯旯，可以说都留下了我们的足迹。去得多了，越来越觉得，那里的每一条游道，每一处景观，仿佛都沾着《春江花月夜》的潮水，朦朦胧胧，水韵十足。

从主入口开始，这里好像就与水牵上手了。"南水北调东线源头绿廊"，一排银色的大字，卷着浪花横卧在入口下方，上方的弧形天棚，犹如滚滚前行的波涛，一浪顶着一浪。进了大门往前看，那连绵起伏的小丘，意象中不就是一江春水吗？

过"饮水思源展示馆"，顺时针方向绕公园一圈，水的涟漪，一圈套着一圈，一路欢歌一路荡漾。

踏上廊桥一路向南，携手同行的是"五湖缩影"。骆马湖、洪泽湖、宝应湖、高邮湖、邵伯湖，一湖一景，惟妙惟肖。若是夏天过来就更漂亮了，岸上绿树成荫，水中多姿多彩，荷叶、菡萏、芦花、菖蒲……生机勃勃，摇曳生姿，漫步在湖边游道上，用心揣摩这一个个浓缩的景观，真有一点如临其境的味道。景观是微缩的，视野是宏大的，一路徘徊过去，依稀能感受到这五大湖的博爱与无私。

"五湖缩影"的尽头就是"汇源雕塑"，三片洁白的塑体，鼎足而立，抱着三个金灿灿的圆环，高高地矗立着，赫然醒目。雕塑是抽象的，如何解读？"江淮之水，都汇于此"，自然是应有之意，而耀眼的金环呢？是说这水路流光溢彩，还是说江都是黄金宝地？我估猜，应该兼而有之。自古以来，运河流经的两岸，就是中国最富裕的地方，黄金水道的美誉，早为世人所知，而江都作为南水北调源头上的一颗明珠，谁不愿它像金子一样灿烂呢？

雕塑是公园的亮点，也是标志，打造者是用了心的。拾级而上，底座一圈的墙体上，外面镌刻着历代文人墨客有关长江、运河的诗文，里面则是这一带从古至今有关故事的浮雕。最有趣的是脚下的铺设，完全就是源头一带的水系图，廖家沟、三江营、金湾河、邵伯湖……一条条耳熟能详的水路清清楚楚，真真切切。

离开"汇源雕塑"往北，便是一条临水的风光带，这里与水有关的景观就更多了。随便说两处吧——

"江螺桥"。桥虽不大，但很别致，深栗色的栏杆，像张开的双臂，也像灵动的波涛，既率真坦诚，又温婉优雅。桥下乱石丛中那一字排开的磨盘，似乎在刻意营造一种风水。这里是园区连接芒稻河的唯一通道，潺潺的流水，像个调皮的孩子，经常吐着银色的浪花在磨盘上嬉戏、奔跑。秋天，潮水大的时候，会有鱼儿做跳水表演，每每那个时段，江螺桥就成了最佳看台。

"江月待君"。这是一处亲水平台，岸边蒹葭苍苍，杨柳依依，水上，船来船往，轻纱烟笼。这岸边的芦苇，春天过来看最有意思，上面枯枝萧瑟，下面新叶盎然，大自然的生生不息，一次又一次启迪着人们的认知：谁说人生一世，草木一秋？草木年年翻新篇，"人生代代无穷已"。

逛源头公园，我最喜欢到的就是这个地方，往水边一站，不知不觉，就会觉得气定神闲，心旷神怡。"江月待君"，这个出自《春江花月夜》的景点，太有诗意了！其实，源头公园如此美妙的地方还有很多，"明月望楼""江天一色""闲潭落花""碧波画舫"……哪一个拎出来都是水灵灵的，但不知为什么，我就偏爱"江月待君"。伫立在亲水平台上，想象着月光下的美景，江流绕芳甸，月照花林霰，流霜不觉飞，白沙看不见，这到底是怎样的一种扑朔迷离啊，我真想找个机会去好好地感受一下。

"问渠那得清如许？为有源头活水来。"逛源头公园，亲近自然，享受生活，常常激起我饮水思源的感慨，心里总是美滋滋的。

回岑港　逛老街

说到岑港，知道的人可能不多，其实，历史上这个地方曾有过惊天动地的时刻，嘉靖年间，戚继光奉朝廷之命在东南沿海组织抗倭，有一战就发生在这里。遗憾，这场战争代价太大，赢得有些尴尬，后来的知晓率并不是很高。而今，岑港是共和国的一个军港，年轻时候，我的一段海军生涯就是在这里度过的。

这个地方位于舟山定海的西边，依山傍水，山清水秀，是一个天然的良港，也是一个风光旖旎的小镇。小镇上有一条老街，离我们驻地很近，出了司令部向东，越过一个小山坡就到。那时候没有事了，几个战友碰到一起，就喜欢到老街上逛逛。

老街依山而建，近山的一面，顺着山势随意攀爬，另一面则在水田边上恣意铺陈。街道古旧沧桑，石头垒砌的墙体、院落，自下而上爬满了绿色苔痕，并不规整的麻石路面，圆润、光滑，岁月打磨的痕迹清清楚楚。在这条老街上我走了近十年，那里的每一块石板，可以说都留下过我的足迹。

这条老街，虽然没有多少掌故，也没有一处可以擦亮的文化遗存，但在我和我战友们的心里却是一个很有故事的地方。转业以后，我曾经回过一次老部队，因为时间关系，只是在码头上逗留一下，就匆匆离开了。这些年，我一直想再回去看看，尤其想再到老街上逛一逛，在我的撮合下，去年国庆节之后终于如愿成行。

那是一个惠风和畅的日子，我们几个战友找了一辆车，带着夫人，专门开启了一次第二故乡之旅。一路上很顺利，早上从江都出发，下午就到了定海。下了跨海大桥就到了岑港，在战友老冯的接应下，第一站去的地方就是老街。一踏上这片故土，我的心跳就开始加速，那感觉犹如阔别多年重回故乡。我们一边溜达一边观光，三十多年过去了，当初小镇的风貌依稀可辨，食品站、供销社、理发店、邮电局……往日的场景，一幕幕在脑海里回放。老乡们大概知道了我们的身份，不断有人主动跟我们搭讪："汝那（你们）海军哎，嘎许久没维（回）来啦！"久违的方言听上去特别亲切。在部队的时候，我经常到书店买书，柜台里面的那一位大姐，一位面容姣好、温婉贤淑的上海知青，每次有了好书她都会给我留几本……"大姐，你现在还好吗？"那一刻，我在心里突然又念起了她。

走到老街的入口处，同去的老杨突然乐呵呵地说起了"情报处长"，他说的这个人我们都熟悉，一个修皮鞋的残疾人，四十来岁，脑袋出奇地大，走路时弓着腰，一只手撑在大腿上，一瘸一拐非常吃力。别看他其貌不扬，但消息灵通，口齿伶俐，战士们在镇上有一点小情况，他都能说得活灵活现，因此收获了一顶"情报处长"的桂冠。"侬晓得哇，又有一个小娘辈被汝那搞走咪。"笃笃笃、笃笃笃，他一边钉着鞋底，一边跟你聊天，"汝那海军厉害哎，一双毛皮鞋，几个铁罐头，就把阿拉小娘辈（小姑娘）搞定了。"说话时他喜欢歪着脑袋看着你，一副神神叨叨的样子。提到"情报处长"老杨特别兴奋，我想这个家伙当初跟这位"处长"肯定有过交易（戏言）。

徜徉在老街上，忽然发现了当年的镇政府，样子一点没有变，但门口的牌子，已换成了老年活动中心。这个地方对我们来说至关重要，当年我们的"上岗证"（结婚证书）就是在这里领的。说来很有意思，那个时候结婚证上没有照片，军人去领证，政府可能出于照顾，不要求两口子都到场，我去办证的时候，另一半的手印就是请一个战友代摁的。那一年我们旅行结婚，我和爱人分别从部队和家乡赶到上海，有了这一张"上岗证"，我们才得以愉快地一路前行。同去的几家子经历跟我们相仿，看到这个领证的地方，夫人们都很激动，一个个搂着老公，心满意足地在门口补拍了好几张照片。

离开了这个领证的地方，向前走了没有几步，不经意间又看到了那个裁缝店。沿街的窗户还是原来的老样子，门没有开，四周也看不到一个人，我们趴在窗口往里看，当初的位置上还摆着一台缝纫机。这个店我们当年来得比较多，为了臭美我们多次去改过军装（嫌水兵服难看，偷偷地改成"四个兜"，裤管比较肥，也会悄悄地剪掉一点点）。店主人是一个年轻的少妇，身材婀娜，皮肤细腻，背后始终垂着一条乌黑油亮的大辫子，她不太爱说话，面容和善，一副温文尔雅的样子。那一天我们在窗口徘徊了好久，都指望能再看一看这位"白雪公主"，结果很失望，离开时我在心里真的萌生了一种"人面不知何处去"的感觉。

　　几十年过去了，老街基本上保持了原有的风貌，或许这是政府在故意留住乡愁。离开了岑港，我心里久久不能释怀，故地重游，老街唤醒了我美好的记忆，也撩拨着我那根敏感的心弦。

第二辑 所见所闻

　　出来干活儿，自带午饭，一人一个保温罐，饭菜搁在一起。吃饭的时候，两口子总是坐在一起，常常一声不吭，我夹一块菜给你，你夹一块菜给我，相互间的那一种谦让，看上去非常温馨。

两则新闻

海内天涯，无问西东。说两则不相干的域外新闻吧，或许能为你茶余饭后侃大山，增加一些别样的话题。

新闻之一，与一只犬有关——

晚饭前，我坐在地板上陪小外孙搭积木，外孙女则黏着妈妈，有一搭没一搭地说着学校里的趣事。无意中，我好像听她说，一年级有个小男孩，每天带着一只狗去上学。

离谱的新闻，一下子引起了我的关注。我知道美国人喜欢养狗，其实国人现在也一样，手里牵的，怀里抱的，车上坐的，早就屡见不鲜了，但带着狗去上学，还是第一次听说。

真的，不骗你，一只大大的狗，全身黑黢黢的，还穿着一件绿色的小马甲呢。外孙女看到我有些疑惑，又一次神啾啾地打着手势跟我重复了一遍。这是怎么回事？我这人好奇心重，迫不及待地想弄个明白，孩子们理解我，随即跟我做了一些解释。

原来是这样的，这个小男孩患有严重的孤独症，而且大白天也会"梦游"，家长担心他在学校里出事，便特地花大价钱，专门给他配了一只服务犬，陪着他一起上学。这只犬整天拴在他的腰上，走到哪儿跟到哪儿，就连吃饭、上厕所，也从不离开一步。

狗跟人在一起，同学们害怕吗，万一兽性发作，咬人了怎么办？不会的，它可乖了，坐在教室里就跟小学生一样，我们天天从那里经过，从来就没有听它叫过。外孙女看到我有些担忧，便一个劲地夸这只狗听话。女儿也跟着说，爸爸你不知道啊，服务犬都是经过严格训练的，可灵了，只要穿上小马甲，就会收起狗的天性，跟优秀员工一样，爱岗敬业，忠于职守。

不管多好，毕竟是狗，就算孩子们不害怕，难道家长们就不反对？怎么会呢，这种事情在美国很正常，没有人会大惊小怪的。面对我的疑问，女儿的回答依然很自信。当然后来我听说，学校也很负责，专门安排了一名员工，看着狗陪着孩子。

说到这里，这一段该画句号了，你是觉得服务犬有意思呢，还是觉得与犬同在的关爱与包容更值得关注？

新闻之二，与枪支有关——说这一段，得先平息一下情绪。

吃完晚饭，我还沉浸在服务犬的故事中，女儿却收到了一条吓人的微信，说是外孙女学校里面，有个学生在家里偷了一支手枪，弹夹里面装满了子弹，悄悄地藏在书包里带进了学校。微信来自一位中国家长，她的女儿跟我外孙女同在一个年级，但不在一个班，说是带枪的孩子，就在她姑娘班上。

美国本来就是一个枪击案频发的国家，去年在孩子们单位附近发生过一次，现在硝烟快飘到家门口了，这能不叫人担忧吗？听到这个消息，我的心咯噔一下悬了起来，就觉得原本很祥和的学校，瞬间变得危机四伏。女儿也很紧张，随即就给这位家长打电话了解情况，哪晓得，得到的信息格外怕人。

电话那一头的家长告诉我女儿，带枪的孩子是去年刚转学过来的，原先就是因为有暴力倾向，之前的学校把他给开了，他的家人出于无奈，特地举家搬迁，才转到了这所小学。现在这孩子依然很霸道，还扬言要杀人，她姑娘就曾多次遭到他恐吓，这一次他真的带枪了，班上孩子没有一个不害怕。

恐怖的消息，很快在家长中传得沸沸扬扬，有人报警了，更多人直接给校长和老师打了电话，令人不解的是，校方却矢口否认，说这是一起谣言。怎么是谣言呢？明明白白不止一个同学看见了，校方为什么不承认，难道他们真的不便言说？

要说，这确实是一个棘手的问题。听到这个消息，我想得最多的是这个家庭，如果家庭好，愿意配合，这个问题不难解决，就怕家庭有问题，那就复杂了。谁知道，我的担心还真是个问题，这个家庭的父亲果真性格暴戾，曾经有过案底。这次事情发生后，警察到他家里家访，他不但不予配合，而且气急败坏，当晚就给老师写了一封信，据说言辞很不友好。当然家访和写信的事，也是在家长之间流传的，学校同样予以否认。

奇怪的是，否认归否认，学校的工作其实没有缺失。那几天，有一名警察和校长天天跟这孩子在一道，而后又有一名老师天天关注他的书包。不过，工作再细，大家还是不踏实，这几天这则新闻还在持续发酵，我一颗悬着的心，也始终没有着落。

两则新闻碰撞到一起，这在美国社会是一种巧合吗？有一点说不清道不明，我想，还是见仁见智，各抒己见吧。

华人百家宴

　　匹兹堡有个片区，星期六晚上华人要组织聚会，网上报名，菜肴自备。我一听有百家宴的味道，孩子们兴趣很浓，说得天花乱坠，我好奇着，却也犹豫着。

　　百家宴，是中国有些地方的传统民俗，在电视上看到过，一个村子或者一条街，成千上万的人聚在一起，谈天说地，把酒言欢，有的仪式感还很强，似乎有祈福的意思，开宴前，全体起立，举杯祭拜，那一种场面才叫震撼。而这里华人有限，聚会能搞出什么名堂？我和妻子都有些迟疑，不太想去凑这个热闹。

　　孩子们却乐呵呵的，活动当天，上午就到店里买了些熟菜和点心，不能扫他们的兴，去就去吧，好在地点就在孩子们这个小区的活动中心。下午不到五点他们就要过去，我以为太早，谁知，到那儿一看，道路两侧的汽车已经排起了长龙，许多人拎着篮子，端着盆子，匆匆忙忙地往这儿赶。偌大的休闲大棚里人头攒动，落地音响正在唱《我的中国心》，"长江、长城、黄山、黄河……"张明敏那浑厚的男中音，一声一声，如滚滚的浪花，在秋风中飘忽。再看看草地上，这一边临时竖起的充气城堡，一帮孩子正在里面爬上爬下，蹦蹦跳跳，那一边是固有的游乐场，有的孩子在追逐嬉戏，更多的则是在家长的陪同下溜滑梯、荡秋千。到了大棚里面，我们好不容易找了个座位刚坐下，外孙女和小外孙就溜到城堡里去了。

匹兹堡的夏天太阳灼人，但一到背阴的地方就很凉爽。一会儿工夫，大棚里已座无虚席，很多人只好到树荫下去聊天。这样的聚会，不仅孩子们开心，大人们也很高兴，许多家长三个一群、五个一堆聚在一起，笑逐颜开，眉飞色舞，好像都有说不完的开心事。坐在我们旁边的是一位来自成都的外婆，和女儿一道，带着两个小外孙，大概也是第一次参加这样的活动，看上去她非常兴奋，不断地向我们竖起大拇指，夸中国人了不起。

组织这样的聚会是需要有些能耐的，牵头的是一位中年妇女，台湾人，就住在孩子们这个小区，齐肩的短发，戴一副眼镜，面容很和善，一看就是个既热心又很干练的人。这会儿大家都在谈天说地，只有她带着几个人在忙忙碌碌。据说，那天所有的活动器材，包括有些菜肴，都是她找人赞助的。

六点钟快到了，忽然，她走到我们跟前，砰砰地拍起了桌子，开始我们几个以为她打节奏，造气氛，于是也激动地跟着拍了起来，没想到才拍几下，音乐停了，大棚里骤然安静下来。这时候，只见她一骨碌站到凳子上，亮着嗓门发话了。她首先感谢大家对聚会的支持，感谢老四川饭店为聚会提供了特色菜肴，接着宣布自取菜肴的顺序：小朋友优先，老长辈跟上，年轻人稍后。说完了，大家便按顺序自觉地排起了长队。

这次聚会，几十里以外的家庭有的都赶来了，菜肴自然非常丰盛，七八张接在一起的长条桌上，一溜儿依次摆得满满当当。回锅肉、香辣蟹、麻婆豆腐、宫保鸡丁、红烧猪蹄、椒盐羊肉串、凉拌粉皮、油焖茄子、炒面、煎饺……还有各种糕点和水果饮料。很多人家亮出了绝活儿，带来的都是家乡特色，那一份热情与真诚，真让人喜出望外，怦然心动。看到这个场面，我和妻子都为没有做一道像样的家乡菜，感到很遗憾。

聚会人多，大棚里根本坐不下，若干人就端着盆子，游走在草地和树荫之间，来来往往，边吃边聊，那种热闹场面犹如赶集。都说老乡见老乡，两眼泪汪汪。在国外，华人就是老乡，汉语就是乡音，大陆也好，台湾也罢，哪怕素不相识，走到一起，都有说不完的话题。那一天的活动，一直持续到晚上十点多钟，许多人还觉得意犹未尽。听孩子们说，这样的聚会每年举办一次，只要有可能，大家都会赶过来，为的就是多一些接触，多一些交流。

散场了，音响里还在唱《我的中国心》，"无论何时，无论何地，心中一样亲……"这首歌我不知听过多少遍，那一刻才真正听出了感觉。看着流连忘返的人群，我心里也一直"澎湃着中华的声音"，原以为不起眼的一次聚会，没想到却浓烈着如此感人的情结。

免费的午餐

再游普陀山，觉得最新奇的还是那一顿免费的午餐。这个被誉为海天佛国的小岛，我在舟山当兵的时候就曾经去过，退役后有机会又重游过几次，对那里的海岛风光以及游客香火，早就有过感受，但享用免费的午餐，还是第一次。

这一次故地重游，我们是几个老战友偕夫人同行。时值金秋十月，去的那一天正好赶上当地的佛教文化节，岛上车水马龙，人流如织，从朱家尖乘船开始，就有一种挤得透不过气的感觉。好在定海的老战友为我们联系了接送车辆，如此省去了我们很多麻烦。

在普济寺，随着拥挤的人流，烧香拜佛转了一圈，出来时已近中午，上了车，驾驶员师傅说是要带我们去品尝一顿免费的午餐，说着说着，不一会儿就到了一个叫作"雨花斋"的饭店门口。这个地方离普济寺不远，但相对比较冷清。饭店设在一家市场监督所的对面，门头上的招牌绿底黄字，"雨花斋"三个字像一簇盛开的油菜花，粲然悦目。饭店门口一对身着米色马甲的年轻人，双手搭在腹部，不断倾着身子，毕恭毕敬地向客人致敬。

我们好奇地走进了饭店，百十平方米的餐厅几乎坐满了人，唯有靠门口的那张七号台还空着，别无选择，只好就地入座。出于新奇，我们难免有些兴奋，说话的声音可能大了一点，随即，一名同样身着米色马甲的年轻女子，悄悄地走了过来，俯下身子轻轻地嘱咐我们：小点声，等着叫号排队，吃多少拿多少，不要浪费，吃完了用热水把碗涮涮，不要剩，全部喝掉。这时候我才注意到，桌号的牌子上，一面印有"够了就好，舍了就好，做了就好，吃了就好，了了就好"的"雨花斋五了"字样，另一面印有"感恩词"，诸如"感恩天地滋养万物，感恩父母养育之恩，感恩农夫辛勤劳作，感恩素食滋养我身"等。除了牌子，桌子上还有一只暖水壶，"惜食惜水，不为惜财，只为惜福"，壶上的招贴十分精致，那大红的"福"字，尤其炫目。"善俭一分，必得一分福德，少费一粟，必获天地护佑"的温馨提示，如醒世恒言，跃然纸上。

轮到我们去领取饭菜了，大家都悄无声息，排在队伍里面，心灵深处瞬间有一种被净化的感觉。这里的工作人员大概都是志愿者，米色马甲是他们的统一标配，俭朴、友善也好像是他们的共同品格。领取饭菜的地方，四名志愿者，一个人分发碗筷，一个人打饭，两个人打菜，个个和蔼可亲，热情周到。分发碗筷的志愿者显得尤其谦恭，每发一次，都向客人颔首致意一次。

那一天的蔬菜共有四样，百叶炒药芹、红烧老豆腐、金针炒木耳、笋尖煮干丝，品种虽然不算多，但全都罩在玻璃柜子里面，清清爽爽。我要了一个红烧老豆腐，一个炒药芹，走到桌子跟前刚刚坐下来，就有志愿者为我送来了一碗紫菜汤。吃饭了，没有一个人讲话，只听到碗筷在亲密接触时发出"笃笃笃"的声音。

饭吃完了，把餐具送到回收处，我故意在餐厅转了一圈，看到墙上一段文字，才知道"雨花斋"的免费午餐是文全长老施舍的。文全长老现在人称"雨花长老"，浙江人士，自幼信佛，50岁出家，63岁返回故里，2012年农历六月十九于广安禅寺雨花楼坐化西归，世寿84岁，离世前，捐出了一生积蓄，开创了这片"雨花斋"，也让世人多了一处安放灵魂的处所。

这一次回舟山，战友们的招待都很丰盛，但我觉得吃得最舒服的还是那一顿免费的午餐。有这样的感觉，绝不因为是免费以及素食，而是在那样的环境用餐，心灵的深处就像被清泉冲洗过了，觉得特别通透。再游普陀山，"雨花斋"刷新了我的印象，而今文全长老不在了，免费的午餐还在继续，有那么多志愿者相助，相信"雨花斋"一定会变为"常青园"，其倡导的博爱、节俭、感恩的理念，也会日益深入人心。

梅与雪

下了一夜的雪，早上起来，拉开窗帘一看，外面的世界完全是一片银装素裹，大地白了，房子白了，一枝一叶全都白了。寒江雪柳，玉树琼花，在这童话般的世界里，最漂亮的，要算那一些落叶树木了，本来光秃秃的枝干，好像干巴巴的铅笔素描，可现在，全都披上了白毛绒的外衣，仿佛成了毛茸茸的精致绣品。

雪还在下着，漫天的雪花，纷纷扬扬，飘飘洒洒，天地间，浑然一色，气象万千。

这是一场多好的雪啊！如此纯洁，这么厚重，真是多年不见了。去年冬天，我曾在《还是梅花最可人》一文中，感叹过有梅无雪的无奈，说是独步早春的感觉一样很好，其实那是一种心理调节，何尝不想领略一下风雪严寒中梅雪争春的风采呢？但这几年白雪公主就是不肯轻易眷顾。

午后，雪稍停了一些，很快就有人在朋友圈里晒雪景、晒雪人，那冰花弥漫的景观，神态各异的造型，让人心旷神怡，美不胜收。看着这一张张图片，我不由得想起了儿时堆雪人、打雪仗的场景，特别是打雪仗时，那一种你追我、我追你、一边追一边砸的疯狂，仿佛就在眼前。遗憾的是，这样的野性，如今已经沉淀到了记忆的深处，不过，堆雪人的冲动好像依然存在，但那一刻，我最想做的，不是堆雪人，而是去踏雪寻梅。于是，不顾雪后路滑，换上胶鞋，带上手机，我就径直走出了家门。

小区里蜡梅很多，其实，不用寻找，我全都知道它们长在哪里。沿着被碾轧过的车辙，一边走，一边挑了几棵品相好些的素心梅，尽情地满足了一下好奇心，并拍下了一些珍贵的雪后写真。雪中赏梅，感觉跟往日真的不一样，梅花的本质特征就是不畏严寒，下雪的日子，开满黄花的枝干，顶着那一堆堆白雪，看上去就觉得特别有精神。要说梅花与雪，其实哪一个都占尽了春色，但有梅无雪，或者有雪无梅，似乎都觉得不够完美，梅花没有雪花映衬，好像空有一段暗香，同样，雪花没梅花点缀，色彩也显得有些单调，而现在它们联手了，就觉得迎春的效应得到了有效的放大。

一路寻芳，一路品赏，忽然想起了南宋诗人卢梅坡的诗句："梅须逊雪三分白，雪却输梅一段香。"此时此刻，身临其境，就更觉得诗人对梅与雪的评判，既入木三分，又妙趣横生。

隔日，雪后初霁，有位老领导应邀来江都小聚，没有想到，还特地为我捎来了一幅书法作品，打开来一看，居然就是卢梅坡的《雪梅二首》，八尺对开，气势恢宏，这既让我喜出望外，又让我感到十分惊讶。赏梅归来，我一直在脑海里琢磨着这两首诗，想不到老领导就在这个时候，为我写下了这个内容。这是因为梅与雪的巧合，还是领导真的摸透了我的心思？不管如何，丁酉年冬日，首场大雪以后，能有这样的收获，我是感到很欣慰的。

　　好东西，自然爱不释手，百看不厌。这几天没有事了，我就打开来欣赏一下。这幅作品，既灵动秀美，又端庄匀称，越看我心里越欢喜，在这严寒料峭的冬天，陶醉在这诗与书中，就觉得梅与雪交相辉映，春天离我们越来越近了。

　　你看，梅雪牵手，多神气啊！一路走来，好像春姑娘似的，翩翩起舞，联袂而至。

关乎狗的几段故事

大千世界，无奇不有。

前年来美国，外孙女隔壁班上有一只狗，天天堂而皇之地坐在教室里跟孩子们一起上课。听到这个新闻我感到很好奇，了解后才知道，这是一只服务犬，它的小主人——一个一年级的小学生，患有严重的孤独症，有事没事经常一个人"梦游"，小男孩家长怕孩子出现意外，特地花钱给他配了这么个伴儿。狗整天拴在腰上，就像是孩子的贴身卫士，走到哪儿跟到哪儿。

这狗会咬人吗？我有些担心。外孙女一个劲地说，不会的，不会的，它上课跟小学生一样，从来不下位也不吭声。女儿也跟我说，服务犬都是经过严格训练的，可灵了，穿上小马甲，就会收起狗的天性，爱岗敬业，忠于职守。

嗨！巧了，今年来美国，又遇到了几件这样的事。

小外孙蛀了一颗牙，我陪女婿带他去一家儿童专属的牙科诊所看医生。一进门，导医台里面的护士就热情与我们打招呼，旁边一只哈巴狗，也立马迎上来举起两条前腿，不断地向我们作揖。这是一只米色的卷毛犬，打扮得像个小女生，脖子上扎个蝴蝶结，两只下垂的大耳朵被染成了粉红色，萌萌的样子可爱极了。它好像也是诊所的一名员工，导医台边上那个矮矮的台子大概就是它的岗位，没有事了，它就静静地坐在那里待命。

躺在牙医专用的椅子上，小外孙显得很紧张，医生问他要不要把狗狗叫来陪陪他，他点点头表示需要。"Daisy"（黛赛），护士清脆地叫了一声，门口的卷毛犬，嘚嘚嘚地进来了，医生努努嘴，它倏地一下跳到台子上，乖乖地趴到了小外孙的身上。护士抓起小外孙的手摸摸它的头，它一动不动，把个小脸紧紧贴在小外孙的胸口，很快就打起了呼噜，一声接着一声，很匀称，也很有节奏，一会儿还叽叽咕咕地像是在梦呓。小外孙完全着迷了，脸上露出了甜甜的笑意。不知不觉，牙补完了，卷毛犬也醒了，它跳下来抖了抖身子，看了看主人，便一摇一摆地走了。打呼噜莫非是装的，忽然我就觉得，这卷毛犬不简单，一定是个老江湖。

说过了聪明的狗狗，再说一段驯狗的故事。

三月初的一个周末，女儿陪两个孩子出去学钢琴，女婿开车，顺道带我们到附近的公园走了一圈。大地回春了，公园里的游人很多，跑步的、骑车的、遛狗的，各色人等川流不息。我们不想在人多的地方凑热闹，河边正好有两个人钓鱼，就过去看了一会儿。回头时，发现门口的大路上，有一队人牵着狗来来回回，走走停停，走近了一看，原来是一帮狗在主人的陪同下接受队列训练。队伍很长，足足有一百多米，黑黑的教练站在队伍一侧，忽前忽后，走来走去，他身上带着扬声器，一边走一边喊口令：

"Heel（跟上）！"狗在右侧，跟在主人后面刷刷地往前走。

"Turn（调头）！"转过身来，狗直往主人身上扑。

"Forward（前进）！"一阵撒娇后，这些狗又继续跟着口令前行。

"Stop（停）！"人与狗一起戛然而止。

"Sit（坐下）！"狗伸伸舌头乖乖地坐到了主人身边。

其间，有一只狗不听话，教练可凶了，上去一把就把它拎了出来，先狠狠训了一通，而后又对它进行了单个教练。狗也是个小蜡烛，到了教练手里尿得像个孙子。

最后，要说的这个故事就更奇葩了。

孩子们住的小区，有一家中国人，夫妻俩都很年轻，男的是卡耐基梅隆大学的助理教授，女的是全职太太在家带孩子，但学历也是个研究生哦。两口子生有两个女儿，小日子过得开开心心。去年他们抱回来一只比格犬。平时我们两家走动比较多，这狗对我们也很熟悉，见到了就直往身上蹦，像个淘气的孩子。

对这只狗，两口子宠爱有加，给它买吃的、买穿的、买玩的，帮它刷牙、洗澡、修指甲，还定期送它去体检。前些日子，狗快一岁了，两口子本想为它开个生日party，但那一阵子，疫情形势严峻，想想没敢造次，但生日那一天，还是为这只小比格好好地庆贺一下。女主人亲自为它做了生日蛋糕，戴了生日皇冠，晚上为它点了蜡烛，唱了生日歌，在主人的授意下，狗还趴在蛋糕前许了愿。当晚，他们就把这一套照片给我们发过来了，我看了直想笑，特别是那个许愿的镜头，让人忍俊不禁。我本想开个玩笑，告诉他们比格的愿望，就是想女主人再生个小弟弟，但想想还是免了。

故事讲完了，纯属侃大山。狗是人类最忠诚的朋友，狗模人样到底比人模狗样讨喜。

卡 卡

卡卡是邻居家的一条犬，在它眼里，或许我就是它的好朋友。

现在，只要我走到院子后面，它就会跑过来，往地上一趴，一声不吭地看着我。"卡卡，卡卡。"我每次都这样叫它两声，陪它待一会儿，离开时，我挥挥手，它马上一骨碌爬起来，趴到栏杆上，还是一声不吭地看着我，眼神是那样的迷离和空洞。

卡卡有着军犬的血统，长得很帅气，可以算得上高大上了。油亮亮的皮毛，除了四肢和腹部呈淡淡的土黄色，脊背、脸部都是浓浓的深褐色。这家伙很威猛，站起来可以跟主人比肩，出去溜达，主人不挺着肚子仰着身子，绝对拉不住它。

初识卡卡，我着实吓了一跳。离开家几个月，回来后第一次收拾院子，刚走到后面，"呼——"随着一声咕噜，一条猛犬，突如其来地扑到栏杆上，昂着头向我狂吠。

第二天，邻居男主人告诉我，这条犬是朋友从部队带回来送给他的。那段日子，他对卡卡可上心了，在它脖子上系上了小铃铛，专门给它买了个漂亮的小房子，怕它中暑，还特地在它房子边上装了个小电风扇，每天早上骑着摩托车带它出去溜达，三天两头给它洗澡冲凉。这澡洗得可考究了，每次都要打上沐浴露，搓揉半天，直到浑身上下像堆满了雪，才开始用清水冲洗干净，等到擦干了身子，还要给它喷上香水，认真地梳理一遍皮毛。

男主人对卡卡宠爱有加，女主人好像不爱待见，从来没有看到她近距离接触过它。后来不知道什么原因，男主人与卡卡的接触也越来越少了。饲养也变得粗放了，一盆狗粮一碗水，狗窝里放着，爱吃不吃，爱喝不喝。情感的骤然冷却，让人有些匪夷所思。

失宠的卡卡很无聊，一段时间，我总是看到它在院子里面追野猫，扑小鸟。主人门口的水池里养了一些甲鱼，它经常趴在水池边上，伸出爪子去捞，好大的甲鱼噢，居然就被它捞出来了，四脚朝天躺在地上，像个驼子似的，任它来回拨弄。主人扔给它一个垫子，本是让它睡觉用的，它却用来玩耍，衔到东衔到西，反过来复过去。

开始，卡卡靠自娱自乐打发时光，后来大部分时间，则蜷缩在院子里，不是蜷缩在门口，就是蜷缩在墙旯旮上。它很少进窝，全部活动空间，就是这个不大的院子，躺够了就起来踱步，弓着身子优哉游哉，一副无精打采的样子。

然而，只要看到男主人，它还是一个劲地往他身上扑，又是舔又是挠，像个调皮的孩子。它对主人可负责了，往门口一站，就像忠诚的卫士，坐那儿别看它眯着眼睛好像打盹，一旦有了情况，立马利剑出鞘。有一个拾荒的老头儿，经常从它门口经过，每次只要闻到气味，它就会冲到门口，朝着他来的方向叫个不停。夜里它从来不休息，我起夜时走到窗口，都会听到它摇着铃铛在院子里巡逻。

卡卡对主人很忠诚，对我这个邻居也很照顾，只要有陌生人走进我们家院子，它都会隔着栏杆狂吠。有一次我从外面回来，它破天荒地跟在后面叫，我觉得有些奇怪，便顺着它的嘴巴往前看，噢，我明白了，原来我们家门口停了一辆破旧的摩托车，卡卡是在提醒我，院子里进了陌生人。

聪明的卡卡讨人喜欢，也令人同情，我没有事了，就过去逗逗它，久而久之，它对我产生了依赖。有一段日子，一到下午，它就在我书房后面叫，开始我以为有情况，后来才发现，它是在叫我过去陪它玩。看到我过去了，它就摇头摆尾蹦来蹦去。兴奋之后，它会乖乖地坐下看看我，我手一挥，它就会隔着栏杆跟我跑，"一二一，一二一"，来来回回，像个训练有素的战士。

卡卡现在对我们一家人可好了，我和爱人出去有事，只要打它门口经过，它都会跑过来默默地送上一程，有时候晚上我们回来迟了，老远听到脚步声，它就嘚嘚地跑过来迎接，夜幕下那一双眼睛直愣愣的，亮得像个水晶球。

跟卡卡混熟了，就格外觉得它可怜，守着一方小天地，等于整天关禁闭。孤独是一杯苦酒，卡卡心里有感觉，眼神会说话，看得出来，它那脸上明明白白写满了渴望。现在，一听到卡卡在叫，我就觉得，它既是在履行职责，也是在呼唤关爱。

烟道里的白头翁

这房子可能好久没有住人了，搬进来我就觉得，抽油烟机的排烟管里好像有鸟儿安了家。

老房子卖了，新房子还没有装好，这个地方便成了我和夫人的临时居所。房子不错，南北通透，电梯上下，进出很方便；环境也很好，绿化率高，离公园近，天不亮就听到鸟儿一唱一和。

我和夫人有个习惯，没有事了喜欢翻翻闲书。住进来的第二天，我刚刚捧起书本，就听见厨房间的吊顶上有鸟儿在啁啾，"叽叽喳喳"很热烈，像演员在表演口技。放下书本，我抬头看看，没有找到疑点，扭头却发现抽油烟机的管道在哆哆嗦嗦。这是一段裸露的烟道，像拉开来的手风琴悬挂在吊顶下方，动静大的时候，烟道晃晃悠悠，那"嘚嘚嘚"的响声，像老屋的床顶上老鼠在梭巡。发现这个情况，我第一反应：烟道里可能有鸟窝。

起初，我以为是麻雀，悄悄地走近窗口，侧过身子往外一看，原来是一群白头翁盘旋在烟道口，它们嘎嘎地叫着，扑打着翅膀，伸着小腿儿，一副要落不落的样子。这帮家伙可调皮了，一会儿抢着往烟道里钻，一会儿又"嘎——"的一声，全都滑到楼下的广玉兰上。如此来来回回，不休不止，看上去很快活。

有鸟儿相伴，容易产生幻觉。接下来的日子，我常常有置身庭院的感觉，一听到鸟儿欢歌，就觉得芳草依依，清风拂面，"嘚嘚嘚，嘚嘚嘚"，原先烦人的蹦跶声，听起来也有一种别样的雨打芭蕉的韵味，欢快、明亮。但夫人不适应，几次要我找人把烟道换掉，我敷衍着，不说换也不说不换。我想，烟道里有鸟窝，或许还有嗷嗷待哺的雏鸟，现在就换掉，不是毁了它们的家，要了它们的命吗！鸟儿是人类的朋友，也是生命大家庭中的成员，对它们下手，我于心不忍。知道我态度暧昧，夫人也动了恻隐之心，后来鸟儿再闹腾，她顶多拍拍手吓唬一下，那一段时间她做饭一直不肯用抽油烟机，我问她为什么，她说还不是跟你学的，怕熏到鸟儿呗。

要说这一群白头翁，胆子也真的够大了，烟道仿佛就是它们的家也是它们的乐园，有时候我们推开窗户向它们挥挥手，它们竟然还会盘旋在窗口，肆无忌惮地进进出出。闹腾得厉害的时候，烟道会一点点往下沉，我害怕脱落，轻轻用手托一下，它们立马会安静下来，但一会儿又我行我素，故态复萌。

盘旋在洞口的白头翁，不是一只两只，起码有六七只，七八只，很多时候它们嘴上都叼着虫子。烟道里有鸟窝、有雏鸟，我相信我的判断，但有一点我不明白，一条烟道能安几个家？一窝雏鸟有鸟爸和鸟妈，难道还会有鸟叔和鸟婶？

有白头翁相伴，日子有趣得多，没想到，它们也会说走就走，如今烟道倒是平安无事了，但我这心里却老是没着没落。

我们也是陈奂生

陈奂生感冒发烧，稀里糊涂住进了县招待所，一觉醒来，发现自己睡在一张棕绷大床上，盖着"三面新"的被子，他晓得自己身上不大干净，立刻不由自主地缩成一团，就怕四仰八叉弄脏了被子；房间里的地板，亮得照得见人的影子，下床时，他不敢穿鞋子踩在地板上，一直把鞋子拎在手里，光着脚走来走去；墙边上有两张出奇的矮凳子，里外包着皮，比太师椅还大，他不知道叫什么名字，用手捺捺，知道里面有弹簧，却不敢坐，生怕压瘪了弹不起来。

这些都是小说《陈奂生上城》里面的几个细节。

20世纪80年代，陈奂生的故事曾经为人们津津乐道，那个时候，人们笑话他土气，少见多怪。若干年后，我忽然觉得，我们这些笑他的人，其实也是陈奂生。

记得有一年，上级部门的领导，为了犒劳我们这些长期在基层当家的老同志，借外出学习考察机会，带我们到成都、九寨沟一带转了几天。一路上我跟邻县的Z君住在一个房间，这老兄比我大几岁，人很朴实，曾在多个部门任过职。第一天在成都住酒店时，手续办好了，我跟在他后面去找房间，到了门口，这老兄突然一拍大腿："不好，钥匙没有了。"说着掉头就往回走，一边走一边低着头找钥匙。我跟后面，眼睛向下在帮他搜索，走了几步，猛一抬，忽然发现钥匙在他手里。"钥匙不是在你手里吗？""哪里有钥匙啊，就剩个光板子啦！"真是哭笑不得，我告诉他，这个牌子就是钥匙。他还是莫名其妙："钥匙不是都挂在牌子上吗？"走到门口，我拿起我手里的那个牌子往锁里一插，绿灯亮了，拔出来一拧把手，"嗞"的一声门开了。Z君摇摇头，禁不住自己也笑了。

找钥匙闹了一出笑话，晚上洗漱，这老兄又出了一次洋相。他年龄比我大，洗漱的事情让他先做，我在外面看电视，他磨磨蹭蹭在里面弄了半天，一出来就嚷嚷："他妈的，酒店的牙膏就是不行，怎么弄都挤不出来，不管它了，只好在屁股上开了个口子。"我问他怎么开的，他说："用牙咬呀。"我说："你又外行了，牙膏盖子上不是有个锥子吗，反过来摁一摁就行啦。"说完，我特地给他做了个示范。"妈的，不够人性化，这么简单的方法，为什么不交代清楚？"这一回Z君没有笑，而是对服务显得有点不满意。

其实，Z君的遭遇，我也遇到过。那个时候住酒店，小牙膏都是美加净的，美加净，名牌呀，不用可惜，即使自己带了牙膏，还是喜欢用酒店里的。第一次，不，有过好几次，我都不知道，那盖子上有个小锥子可以用，跟Z君一样，都是在屁股上咬个口子。我老老实实跟Z君袒露了这个小秘密，这一回他又笑了，还在我肩上狠狠地拍了一下："原来你也是老土噢！"

除了用牙膏，在酒店用肥皂我也闹过一次笑话。那一回，几个朋友去银川，难得阔派了一下，住酒店一个人一间。进了房间，我就先洗手，卫生间那个小肥皂有麻将牌那么大，黄澄澄的，油亮亮的，有一点像蜜蜡，我拿起来擦擦，擦来擦去擦不出泡沫。酒店用沐浴露、洗发精，难道这肥皂也是经久耐用的肥皂精？我自己在心里犯嘀咕，不好意思问人，晚上继续用这个肥皂洗衣服，没有泡沫就没有泡沫，没有泡沫汰起来更方便。第二天，觉得不对头了，晚上吃饭之前，我就说了这个事情，同去的一位老兄顺手在我鼻子上抹了一把："老土，上面包着塑料皮，看不出来呀？"一句话，无意间把大家都逗乐了。回到房间，我拿起那块肥皂看了又看，滑滑溜溜，还是看不到封口，我试着用指甲这边抠那边抠，才揭开了那一层看不见摸不着的皮。

《陈奂生上城》当初能一炮走红，固然跟作者号准了时代脉搏有关，但文笔诙谐、细腻，主人公陈奂生形象搞笑、可爱，不能不说也是重要的原因。人这一辈子，哪个都有认知局限，谁都有可能成为陈奂生，孤陋寡闻也好，少见多怪也罢，无所谓，生活中爆出一些笑料，这日子或许才会更有趣。

隔世的"水上人家"

离开柬埔寨的那个上午，在小导游的鼓动下，我们自费去了一趟洞里萨湖。增加这个项目，不是为的领略湖光山色，而是想去那里看一看与世隔绝的"水上人家"。

从入住的酒店到湖边码头，大概只有20多分钟车程，去之前就听小导游说过，洞里萨湖与湄公河相连，是东南亚最大的淡水湖。到了那里一看，果然一片苍茫，辽阔的湖面，浩浩汤汤，横无际涯，犹如迷人的大海。

踏上简陋的码头，登上小木船，穿上救生衣，一次意想不到的水上之行，便在"哒哒"的马达声中拉开了帷幕。出了港口没有多远，就看见左侧的"红树林"边上，有一些破旧的小房子在水上漂浮，房子周边尽是水葫芦、塑料瓶、烂菜叶，搅动起来散发出一股腥臭味。"红树林"是导游说的，何为"红树"，我说不清楚，依我看就是一些郁郁葱葱的杂树，整个林子全部淹在水里，只见树冠，不见树干，就像一片绿色的蘑菇云。紧挨着"红树林"的这些小房子，多半搭建在柴油桶上，好像都是用彩钢板拼凑起的，看上去乱七八糟，破破烂烂，浪起时，摇摇摆摆，晃晃悠悠。

柬埔寨地处热带，不分春夏秋冬，只有雨旱两季，随着季节转换，洞里萨湖的水位变化很大，水上人家傍水而生，一年都得迁徙好几次。我们去的那一天正好赶上这里的送水节，这是一个雨旱更替的日子，有的人家早作准备，已经在着手动迁。小木船拉着破木屋，犹如老牛拉破车，气喘吁吁，缓缓而行。

　　水上人家很多，已经形成了若干个村落，但居住在这里的都不是柬埔寨人，而是越南人。这些人从何而来？有的说是越南部队攻打"红色高棉"后留下来的散兵游勇，也有的说是越南南北战争期间逃过来的难民，到底是什么原因，我没有研究，但不管怎么说恐怕都与战争有关。这一帮人，越南不接受，柬埔寨不承认，不但不承认，一度还要把他们赶尽杀绝，后来能到湖上落脚，据说还是西哈努克亲王开的恩。几十年来他们就跟野人一样，打鱼为生，自然繁衍，赖以生存的破房子，充其量就是一个窝，房子之外，浊浪滚滚，一片汪洋。

　　三十多年了，生活在这里的越南人，大约已有几十万。如今水上不但有学校，有医院，有商店，而且还有警察局、教堂。水上生活，都得走水路，小孩子出门怎么办？穿行在这些村落里，我心里不断在犯嘀咕。到了一个学校附近，正好赶上放学，水面上的场景，让我触目惊心。一个个小木盆，还有四四方方的泡沫盒，竟然就是孩子们回家的交通工具。坐在里面的孩子，几乎都光着背，没有桨，就靠双手划行，沉浮在浪尖上，好像随时都有可能倾覆。

　　游览途中，我们去了一家杂货店。店里一名妇女正在船边上给小姑娘梳头，站的地方很玄乎，挪动一下就可能掉到水里，但孩子不害怕，大人不担心，看得出她们对水上生活的风险早就习以为常。

刚到这家杂货店，我们就看到远处有一个小男孩，划着白色的泡沫盒，在往这里靠拢，接着，又有一名妇女，划着一艘小船过来了。这小船窄窄的，状如柳叶，小得可怜。女人盘腿坐在船头，不断地划桨调整船体，两腿之间还夹着一个周把大的小女孩，后面船舱里站着的小男孩，稍大一点，脖子上挂着一条怕人的蟒蛇（据说在这里蟒蛇是孩子们的唯一宠物），正在一个劲地向游客伸手。上船之前，小导游就反复交代，越南人乞讨，给一点零食可以，千万不要给钱。这些柬埔寨人好像都很痛恨越南人，提起来就咬牙切齿。按照小导游的说法，我们先向柳叶舟上递了几个面包，船上的妇女随手给女孩塞了一个，后面的小男孩没有捞到，急得哇哇直叫，旁边泡沫盒里的男孩也眼巴巴地望着我们，不能让他们失望，随即我们又给这两个小男孩分别递了几个面包。就在我们刚要离开杂货店时，旁边又来了一艘柳叶舟，格局跟前面一模一样，船头的妇女，盘腿夹着小女孩，光背的男孩，脖子上挂着大蟒蛇，莫非这就是标配？这时候，我们身边零食已经掏空了，只好放下几个零钱匆匆走人。

没有比较，恐怕也就没有痛苦。水上人家与世隔绝，吃喝拉撒都在水上，那种生活之苦无异于流放，但他们好像感受不到。我们去了几个村，看到不少人家的大人、孩子都坐在那里闲聊，在这里几乎家家户户都有一个吊床，不管是大人还是小孩，躺在里面的都显得优哉游哉，看到游船过来，有的还笑眯眯地挥手致意。

结束了这一次行程，我心里一直沉甸甸的。地球那么大，除了水上，难道就不能给他们一点栖身的地方吗？

做生意的柬埔寨孩子

　　"买吗？一袋一美元，人民币十块。"做生意的这些柬埔寨孩子，大多在十岁上下，男孩、女孩都有，黑黑的皮肤，大大的眼睛，瘦得就跟参鲦子似的。他们每个人手里都拎着几个塑料袋，袋子里装的不是削过皮的菠萝，就是小个儿的土香蕉。

　　这些孩子大多都光着脚，只有少数的趿拉着拖鞋，就这么在停车场的砂石路上来回奔跑。见到游客过来了，会一窝蜂地围上来，死缠硬磨，一股势在必得的架势。

　　外出旅游，上当的次数多了，现在我一般不跟这些人搭讪，更不要说这些年幼的孩子了。同行的王先生喜欢逗趣，这不，就被一个小男孩缠住了，脚前跟到脚后，想躲也躲不开了。问题是他并不想买，不管小男孩怎样说，他都不愠不火，就是不肯掏银子。我夫人有点可怜这孩子，掏了十块钱，买了一把香蕉，可这孩子还是不依不饶，缠住王先生。"不是买过了吗？""不！你买了，他没有买。"我夫人想解围，孩子却提高了嗓门，露出了一副很委屈的样子。

　　这些孩子，别看他们很野，语言天赋都很好，做生意，能用几国语言和客人交流。去的前几天，我刚好在网上看到一段视频，在吴哥窟附近，有个柬埔寨小男孩好像故意在秀语言，不断用汉语、英语、日语、韩语、法语等多种语言向一位中国游客兜售纪念品。其间，还唱了一段在我们国内曾经很火的《我们不一样》，歌曲中有一句唱词，"我们在这里，在这里等你"，被小男孩巧妙地改成了"我们在这里，在这里给你卖东西"。"会说这么多外语，跟谁学的？"女游客显得很惊讶，俯下身子好奇地问孩子。"跟游客学的。"小男孩咪咪一笑，露出一副很得意的样子。视频中的小男孩，那几天成了网红，到了柬埔寨才晓得，像这样会说几国语言的孩子，在这里比比皆是。

柬埔寨是个穷得叮当响的国家，未成年人很多，所到之处都能看到成群结队的孩子。造成这个情况我想是有原因的，在红色高棉时期，这个国家几乎惨遭灭亡，全国近 800 万人口，有 200 多万不是被杀害，就是死于饥饿和疾病，这些人多半都是青壮年，战后国家修复，自然需要不断补充新生力量。另外，这个国家不养老，没有退休金制度（客观上没有多少老人可养，一度平均年龄 51 岁，60 岁以上就很稀罕），于是，养儿防老便成了大家共同的选择，据说，在这里一家都有五六个孩子，多的能有八到十个。

孩子多，国家穷，抚养便成了大问题，尽管政府采取了一些措施，比如，慈善医疗，九年义务教育等，但真正有条件上学的孩子还是少之又少，不是因为离学校路途太远，就是因为要帮父母亲养家糊口。学不了文化，只能过早地学习谋生的技能，在柬埔寨旅游，走到任何一个景点，都会遇到很多做生意的孩子。除了卖水果，兜售明信片、纪念品的，还有的头戴神兽头盔，等着与客人合影，赚一点微薄的报酬，有的看上去很不起眼，就挎着相机为客人有偿服务。穷且益坚，这些孩子好像都应了中国的这句古话，没有一个向游客乞讨，那一种只图自食其力的自尊，让人心生敬意。

小不点大能耐，要说这些孩子，真的很有本事。在小吴哥，我们刚走进景区，就有一个会拍照的小男孩，一直跟着要为我们服务。收费不高，一张五块钱，看人家孩子怪可怜的，拍就拍一张吧，于是，我们跟王先生两口子，按照这孩子指定的景点，美美地留了一个影。拍完了，我们都在想，他没有问我们地点，马上到哪儿找我们收钱呢？在小吴哥转了一圈，等我们回头去停车场时，没有在意，这孩子居然在路上拦住了我们。旅游点上游客如织，熙熙攘攘，他凭什么就能找到我们，难道有跟踪定位仪？那一刻，我们真打心眼里佩服他的用心与机灵。照片拍得很清晰，我们怀疑背景是合成的，但天衣无缝，制作得很精美，看得出技术不一般。

贫穷是不幸的，但贫穷也是一笔财富，看看这些孩子，你能说，他们所拥有的就一定比我们少吗？

凄美的"芦柴花"

看上去她大概只有七八岁，但怀抱婴儿的样子，倒有一点像小妈妈。婴儿躁动不安，她吃力地摆动着身子，那一束乱哄哄的头发，像一根折断的芦柴花，倒挂在后脑勺上。

秋分已经过去了，早上出门，街头到处流动着时髦的秋装，但怀抱婴儿的小姑娘还是趿拉着一双塑料拖鞋，着一身单薄的夏装。那一件白色的衬衣，像在锈水里泡过的，脏兮兮的完全失去了本色，灰色的短裤，不男不女，框框当当一直罩到膝盖下面，使得原本就很瘦削的身子，看上去就像岸边的芦苇。

"哇"的一声，婴儿突然哭了起来，她赶紧腾出一只手，拍拍他的后背，这一招一式，忽然让我想起央视舞台上有过的"小不点大能耐"。在这一档节目里，台上的小朋友，个个身手不凡，每次看他们秀才艺，我都惊叹不已。而眼前的这个小姑娘，可怜得像个小花子，要说与他们相提并论，绝对风马牛不相及，但她带宝宝的那一副成熟样子，同样让我觉得，是一种了不起的大能耐！

怀里的婴儿还在哭，小姑娘从兜里摸出了一盒饮品，熟练地插上吸管，塞到了宝宝嘴里。哭声消停了，但小姑娘还是来来回回，一边走一边晃，嘴里还轻轻地哼起了小曲儿。

我和妻子都是极具同情心的人，但是遇到职业乞丐，尤其是遇到呼天抢地的家伙，还是会选择远远避让。这孩子是干啥的？到菜场门口乞讨，是受人指使吗？起初我们心有疑虑也想绕道，但看她那状态，又觉得好像与职业乞讨无关，她不向路人伸手，周边也找不到牵线人，那种本真的样子，真让人看了心疼，于是在进菜场之前，我们还是先过去对她表示了一点意思。

买完菜我出于好奇，特地走到小姑娘跟前，俯下身子，试图了解一些她的来龙去脉，可她不太能听懂我的话，只是喃喃地说："谢谢你们啊，好心人啦……"小姑娘近乎自言自语的回答，让我摸不着头脑，后来还是旁边一位老嫂子，给了我一些信息。

原来这一家子是外地人，春天才来到了我们这里，这个家庭可能发生了变故，就妈妈一个人带着两个孩子住在附近一户人家的车库里。原先妈妈在一处工地上打工，小姑娘在家里带宝宝，前些日子，妈妈腿摔断了，这几天小姑娘才出来乞讨的。

生活的艰辛催人早熟，听了老嫂子的介绍，我和妻子打心眼里觉得这小姑娘懂事，妻子还特地掏出手机，给小姑娘拍了几张照片。就在我们准备离开时，接下来的一幕，更让人感到很诧异。

一位打扮入时的中年妇女，看到男人从菜场过来，扒开袋子一看，就唠叨起来，她大概嫌他菜买得不太好，男人先是不吭声，后来被说急了，顺手就将一袋东西，扔进了旁边的垃圾箱里。"愣种！"这一下女人更火了，声音居然越来越大。

"阿姨，不要吵了。"小姑娘随即走到垃圾箱跟前，捡起那一袋东西，送到了他们面前。我以为她会自讨没趣，谁知道，这一回女人很给面子，立马接过小姑娘手中的袋子，接着又从自己的手提兜里拿出两只包子，递到了小姑娘手上。"谢谢阿姨！"小姑娘有点不自在，羞涩地低下了头，中年夫妇或许也是被感动了，居然停止了无谓的争吵，不声不响地离开了。

这一幕在我脑子里，后来很久挥之不去。逆境往往是成功的催化剂，我祝愿这羸弱的小姑娘能有一个美好的明天，也相信这一根凄美的"芦柴花"，总有一天会昂起头颅，笑傲秋水蓝天。

孩子们的万圣节

文化的差异，真的不可思议！

这不，万圣节快到了，你看，美国小区的这些人家门口，好端端的草地上，有的竖起了一块块墓碑，安放着一个个骷髅以及一具具仰面朝天的尸骨；有的既放骷髅、尸骨，还在树上挂起了一幅幅鬼的剪影，阴沉、恐怖的样子，要多吓人有多吓人。但美国人无所谓，尤其是那些孩子们乐此不疲，照样在这样的草地上嬉戏、奔跑。

万圣节前的一段时间，小区里一般都会有一个很受孩子们欢迎的游戏——糖果传递。热心人启动，将各式各样的糖果装在两个塑料筐里，悄悄地放到一个人家门口，然后，击鼓传花似的在小区里传递，传到哪一家，哪一家的孩子就会挑出一些自己喜欢的糖果，再补上一些新的品种，接着往下一家传。筐里有若干张白色的小鬼剪影，收到过筐子的人家，一定得记得拿出一张贴在门上，不然，还会再次受到孩子们的骚扰。

糖果筐的传递，都是在晚上。我曾经陪外孙女和小外孙出去送过两次，两个孩子可开心了，一个人端一个筐，一直跑在前面，他们怕我暴露目标，不肯让我跟在后面，都叫我躲起来，不是躲到大树后面，就是躲到灌木边上。美国人的小区，没有路灯，有的就是人家门口的几张壁灯，橘黄色的灯光，稀稀拉拉。但孩子们一点不害怕，在昏暗的灯光下，挨家挨户跑，一旦找准目标，丢下箩筐，按一下门铃，拔腿就跑，然后，躲到一处隐蔽的地方，等待对方反应，如果迟迟不见动静，还得再去按。游戏规则就是这样，既要让人家知道，又不能被人家发现。

万圣节，是西方社会的一个传统节日，其来历说法不一，有的说是迎接新年的节日，有的说是庆祝丰收的节日，还有的说是教会里的弥撒仪式，但主流说法，有点像我国的中元节。说是，这一天夜晚，故人的亡灵会回到故地，在活人身上找寻生灵，借以再生，人们因害怕遭遇鬼魂，于是，便佩戴奇奇怪怪的面具，穿着五花八门的服装。而今，这个鬼节，已演变成了一个喜庆的节日。

喜庆的日子，对孩子们而言，从糖果传递就开始了。在这一段时间里，学校和社会上有关这一类的娱乐活动几乎不断，诸如游行、聚会、演出等。商家也借机炒作，挖空心思推出奇奇怪怪的服装，予以配合。活动时，孩子们都会穿上这些奇葩的衣服，最多的是装扮成大侠、女巫。我有幸参加过一次这样的音乐会，上台的小演员，都成了既吓人又搞笑的妖魔鬼怪。

在万圣节到来之前，有一样活动，是专为孩子们定制的，那就是刻南瓜灯。那一阵子，到处都有南瓜卖，清一色的大南瓜，全都是橘红色的，家家都会买几个放在门口，留给孩子们备用。刻南瓜灯，孩子们最喜欢聚在一起，我陪过他们一次，在一户人家家里，十多个孩子，一人一套专门的工具，锥子、小刀、勺子，事先备好的图案，笑脸、蝙蝠、猫头鹰。他们可开心了，一边刻一边听音乐，整整玩了一个下午。南瓜灯刻完了，集中展示，拍照留念，然后一起吃饭、聊天，热热闹闹，真的跟过节一样。

当然，最让孩子们兴奋的，还是万圣节之夜的要糖。"不给糖，就捣蛋"，这一天，他们历来可以"恣意妄为"。不过，现在基本上不存在要了，家家户户早就做好了准备，糖果装在盆里，放在门口的桌上，想要，任意拿就是了。一吃过晚饭，天还没有黑，孩子们就会穿着各种奇装异服，拎着篮子，提着口袋，成群结队去要糖。我们所在的匹兹堡地区，冷得比较早，万圣节之夜，气温有的已降至零度左右，但天再冷也挡不住孩子们欢快的脚步，出了家门，随处可见奔跑的"长颈鹿""黑熊""蜘蛛侠""蝙蝠侠"以及形形色色的"女巫"。奔跑的结果，除了满头大汗，自然，个个满载而归，喜笑颜开。

同频共振

"爸，晚上蜜蜜有一场篮球赛，一块儿去看看吧。""好啊！"女婿的提议正中下怀，这倒不是一定要去看这场比赛，而是待在家里久了，就想出去散散心看看热闹。

蜜蜜是我的外孙女，正在美国一所私校读初一。这孩子个头不高，长得也比较单薄，但偏偏活泼好动，尤其酷爱体育，游泳、跑步、溜冰、打球……哪一样她都很感兴趣，而且玩起来从不觉得累。不过，时间有限，现在的体育活动就剩下溜冰和打球了。溜冰一个星期五次，每次至少一个半小时。她身材苗条，动作灵活，教练说她好像就是为溜冰而生的，但打篮球就怪了，生得这么小巧，不知道校队为什么会选中她？

晚上的这场比赛，昨天我就听说了，今天既要溜冰，又要去打篮球，我和太太都不赞成，又不是主力队员，有什么必要这样折腾？但女儿、女婿坚持要让孩子去，说这是本学期的最后一次比赛，按计划应该打两场，因为第二场正好赶上溜冰考级，参加不了，第一场再不去，教练肯定有意见，蜜蜜也不会同意。他们说的似乎合情合理，我们还能说什么呢，罢了罢了，只好听之任之。

一天两场活动，接送安排，他们事先商量好了，前一段溜冰，女儿负责，后一段打球，女婿接送。我们5:00准时从家里出发，雪后初霁，暖阳夕照，道路两边一堆堆残雪像是天上飘下来的云，陶醉在这童话般的世界里，不知不觉就到了冰场门口。这里车来人往，川流不息，溜冰的、打冰球的孩子很多，一个个在家长的陪同下，拖着大包小包进进出出，搞得跟专业运动员似的，不就是个业余爱好吗，装备上为什么要这么正式？

很快，女儿跟外孙女出来了，上了车我们就往球场赶。今天，他们打的是客场，从冰场到比赛的那一所学校起码有40分钟车程，饭是来不及吃了，女儿提前买了几个汉堡，上了车，蜜蜜先对付着咬了几口，接着就急急忙忙换衣服。像赶场子的戏剧演员换行头似的，脱下了紧身的溜冰服，换上了印有编号的大汗衫、大裤头。6:15左右到了目的地，车窗外灯火阑珊，寒气逼人，停车后找赛场时，我穿着毛衣毛裤，还觉得冷飕飕的，蜜蜜穿着汗衫短裤，套着一件薄薄的棉袄，还一直说不冷。路上遇见她的一个队友更厉害，就穿着汗衫短裤，跟在爸妈后面走，真不知道哪来的这么大火。

场地找到了，两支球队的小队员们，正在做热身运动。进了场，蜜蜜脱下外套就奔向了她们的那一支队伍。这是一个像模像样的室内体育场，场内灯火通明，四周看台叠起。疫情期间，场内观众不多，大多是孩子们的爸爸妈妈、爷爷奶奶、姥姥姥爷。我们找了个相对安全的地方刚刚坐下来，开球的哨音吹响了，我抬头看看墙上的电子钟，正好是6:30。

两支球队的运动员都悉数到场了，除了上场的，边上还坐着一排板凳队员。原先我以为小女生打篮球，一定是松松垮垮，乱七八糟，哪晓得她们个个训练有素，身手不凡，这边传球快攻，那边盯人防守，出其不意，攻其不备，配合默契，精彩纷呈。场内气氛很热烈，掌声不断，所有的家长都在不断地为孩子们鼓劲加油。比赛一共四节，每节 6 分钟，蜜蜜到第四节才轮到上场，女婿随即举起手机给她摄像，她跑得很快，打得也很积极，但毕竟块头太小，控制不住球，上场仅仅 2 分 07 秒，就又被换了下来。

那一天，我们到家已经 8 点多钟了，为了这 2 分 07 秒，前后折腾了 3 个多小时，我感到不可思议，孩子们却很坦然，女儿还不无诙谐地跟我说："爸爸，这就叫同频共振，家家如此。"

同频共振，家家如此？女儿的话发人深省。这些年，我们多次来美国，确实看到很多家长，为了孩子的训练，起早贪黑，奔波劳碌。为什么会出现这种现象？文化认同，物质条件，人才标准，选人机制，或许是绕不开的话题。

最美夕阳红

这场景留在我脑海里已经有些日子了，至今印象还很清晰。今年暑假在美国，女儿女婿自驾游，带我们出去转了一圈。返程的那一天下午，在华盛顿郊外，我们去了一家事先预订好的老四川饭店。走进餐厅，临窗而坐的一桌老人，一下子抓住了我的眼球，清一色的中国老头老太，一个个仿佛都散发着珍珠般瑰丽的光彩。老太太都很时尚，银色的大波浪、短碎发，淡妆、口红、翡翠手镯、珍珠项链，有的还穿着新潮的披肩衫，看上去就跟明星似的。而先生们又个个都是绅士模样，稀疏的头发，打理得服服帖帖，穿着也很讲究，不是花格子短袖衬衫，就是大红的短袖T恤。夕阳晚照，窗帘血红透亮，老人们个个红光满面，神采奕奕。

我们进去的时候，他们好像已经结束了晚宴，一桌人坐那儿就是品茗清谈。服务生把我们安排在他们边上，我的座位紧挨着他们，能清楚地听到他们谈话的内容。端午节刚过没几天，他们的话题好像离不开粽子，你一句，他一句，个个都像孩子似的沉浸在美好的回忆之中。有两个操闽南口音的，坚持说花生粽子好吃，另外的几个，则有的说咸肉的香，有的说枣泥的爽口。

"路漫漫其修远兮，吾将上下而求索"，忽然有位老先生摇头晃脑地从《离骚》说到了屈原，茶汤袅袅升起，雾气中的老先生显得有几分滑稽。

孩子们在点菜，我没有事，故意侧过身子，微笑着给了他们一个表情包，随即一桌人都向我颔首致意，旁边的一位老太太还主动跟我搭讪，当知道我们是扬州人时，其中的一位老先生突然来了兴趣。"淮左名都，竹西佳处"，他口中念念有词，不断夸赞扬州是个好地方。接着，又说到了扬州八怪，说到了何园、个园，说到了瘦西湖、平山堂。提到扬州，他如数家珍，我既感到自豪，又觉得惭愧，身为扬州人，对扬州的了解，有些地方还不如这位老先生。后来他还跟身边的老头老太，介绍了扬州的炒饭和狮子头。看他对扬州这么熟悉，我以为是遇见了老乡，交谈后才知道他原来是杭州人。他告诉我，早年来美国读书，他有个最要好的同学是扬州人，受他的影响，扬州在他心中早就扎下了根，前几年，扬州搞城庆，这位老同学还拉他一起又去过一次扬州，说到激动处，他向我竖了竖大拇指，一连说了几个扬州比华盛顿好。

这一桌老人是干什么的，我不便打听，但直觉告诉我，他们一定都很有身份。看着他们那聊天的神态，我自然想到了歌曲《夕阳红》，"最美不过夕阳红，温馨又从容，夕阳是晚开的花，夕阳是陈年的酒"，这不就是这一桌老人的最好写照吗！一次素昧平生的邂逅，后来我之所以经常念起，原因就在于他们的优雅与闲适。

那一天，这一桌老人先我们离开了酒店，临别之时，有一对老夫妻要我猜猜他们的年龄，我以为也就 70 来岁，老先生握着我的手，不无自豪地说，太太今年 86，他已经 90 岁啦。他还告诉我，他们这一帮人来美国都 60 多年了。我真不敢相信，这一些耄耋老人能活得这么年轻，原先我以为优雅闲适就是一种美，那一刻才觉得，优雅闲适或许还是长寿之道呢！

晨光下的一对老人

　　一把轮椅，两位老人。坐在轮椅上的老太太，戴一副眼镜，体形富态，面容和善，一头银色的短发，打理得清清爽爽；推车的老爷子，也戴着一副眼镜，面色红润，身材魁梧，一顶灰色的太阳帽好像是他的标配。两位老人明显与众不同，给人的感觉都很优雅，一看就知道是一对有文化的老夫妻。

　　每天，当清脆的鸟声啄破沉睡的黎明，这一对老夫妻就会出现在小区的环形步道上。这是一处新建的小区，环境整洁，设施齐全，蜿蜒的环形步道，不多不少正好 1000 米。步道两边芳草萋萋，绿树葱茏，业主们一早一晚都喜欢在这条步道上散步、健身。

　　我是去年夏天，入住这个小区不久后遇见这一对老人的。那时候，老太太还没有坐轮椅，是老爷子搀着她溜达，老爷子一手搀着老太太，一手还拎着一个折叠的小圆凳，两个人紧紧地挨在一起，一步一步慢慢地走，走一段，老爷子就扶着老太太坐下来歇一会儿。

　　"天意怜幽草，人间重晚晴。"这一对老人仿佛成了小区的一道亮丽的风景线，所有晨练的人见到他俩都会投以崇敬的目光。那一阵子，我也经常向老人点头致意，并多次想跟他们聊聊天，但他俩好像不太爱讲话。对这一对老人我心里一直好奇着，有一天，乘老太太坐下来歇歇的当口儿，我还是停下脚步跟他们搭讪上了："两位长辈好，今年高寿啊？"老爷子向我笑笑说："我87，她85。""噢，看不出来啊！听你的口音好像不是江都人啊？""对啊，我们是浙江台州的。""怎么到我们这里来啦？""这儿好啊，我们就过来了。"一问一答，几乎没有一句多余的话，不久，季节转换，凉意渐起，早上再出门时，就很少再见到他们了。

今年开春以后，晨练的业主明显比去年多了许多，但就是看不到这一对老夫妻，一度我还真的有些惦记。后来等到再见面时，发现老太太已经坐到轮椅上了。"这是怎么啦？"见到这一幕我有些惊讶，不由自主地放慢了脚步。"喏，不小心摔了一跤。"老爷子没有多说什么，笑了笑，推着轮椅，擦肩而过。

接下来，我们天天见面，天天招呼，时间一久，自然而然地好像熟悉了很多。有一天我见到他俩在路边的小游乐场休息，便走过去跟他们打招呼："二位老人家，早上好啊！""好、好、好，你比我们好。"老爷子这一次显得特别高兴，说话声音都比往日亮了许多。"冒昧地问一句，你们都是老师吧？""是的。噢，我是，她不是。"

没想到，这一回老爷子很健谈，他告诉我，他是学数学的，1957年从南京大学毕业，毕业后分到了上海，在一所中学当数学老师，"文革"期间调到兰州，一直干到退休。说到进上海，老爷子有些激动，不无自豪地说："那一年能进上海的也就三个人哎！""那后来怎么又去了兰州呢？""老婆、孩子在兰州，调上海根本不可能，我反正在哪儿都一样，干脆就向她们靠拢了。当然了，也有些别的原因，促使我下了这样的决心。"他还告诉我，老太婆小时候是随哥哥去的兰州，后来在那儿读书也就在那儿工作了。说到老太婆，老爷子有点动情，一手扶着轮椅，一手搭在她的肩上，不无感慨地对我说："这一辈子我欠她的太多了！""老头子啊，你看你又来了又来了！"老太婆仰起头来看看老爷子，眼睛眯成了一道缝，一脸的笑意比路边的玫瑰花灿烂。

那一次聊天以后，我越发觉得这老两口有故事，但不好打破砂锅问到底。其实，如此"绚丽的晚霞"，不问已足以让我陶醉。一段时间，我老想到这对老夫妻，想到那一把轮椅，我在想，推轮椅的，倘若不是老爷子而是保姆，或者说即便不是保姆而是他们的子女，老太太会有这样的感觉吗？少年夫妻老来伴，真正的老来伴，大概才是人生最大的幸福吧！

"十年修得同船渡，百年修得共枕眠。"真羡慕这一对老夫妻，几十年琴瑟和鸣，耄耋之年了还能这样不离不弃，如此幸福，真是前世修来的好姻缘。

真心地祝福这对老夫妻，祝他们一生平安，福寿绵长！

一组平民写真

恩爱夫妻

几年前，我们家装修的时候，朱师傅两口子给我们留下了深刻的印象，至今我和妻子还经常念叨起他们。

这两口子，当年都 50 开外了，但看上去就像 40 多岁。朱师傅高高的个子，人很精干，他的夫人生得小巧，一副与世无争的样子。他们家住在仪征后山区，每天到我们江都干活儿，来来回回，都是朱师傅骑一辆半新不旧的摩托车带着夫人。仪征到江都有几十公里，早上 7 点半上班，两口子从不迟到。

朱师傅是瓦匠，手艺很好，夫人跟在后面做小工，是再好不过的搭档。早上一到工地，夫人忙着拌黄沙、和水泥，朱师傅点上一根烟，拿起铁锹就过来帮忙。准备工作就绪了，朱师傅埋头干活儿，夫人则赶紧过去烧一壶水，先给朱师傅泡一杯茶。两口子心有灵犀，朱师傅需要什么，诸如，换一桶毛泥，挑几块瓷砖，续一杯水，点一根烟，不用开口，只要一个眼神，夫人就会及时递到他跟前。那一年我们家里装修，砌墙、贴瓷砖这些事情，都是他们两口子干的，活儿做得无可挑剔，铺设的地砖，平平整整，严丝合缝，至今看上去，还是找不到一点瑕疵。

这两口子不太喜欢拉家常，干活儿一直喜欢听扬剧，随身带的收音机，里面有个特制的卡，从早到晚播放的都是扬剧唱段，什么《梁祝》《恩仇记》《女驸马》等等。一边干活儿，一边听扬剧，倒也让人觉得其乐融融。

出来干活儿，自带午饭，一人一个保温罐，饭菜搁在一起。吃饭的时候，两口子总是坐在一起，常常一声不吭，我夹一块菜给你，你夹一块菜给我，相互间的那一种谦让，看上去非常温馨。吃完饭朱师傅习惯眯一会儿，夫人就坐在他边上打盹儿，似睡不睡的状态下，还不断挥挥手，给朱师傅赶赶蚊蝇。

夫妻恩爱，虽苦犹甜。装修的那些日子，我很羡慕这两口子，大富大贵，穿金戴银，又怎么样？不离不弃，相濡以沫，才让人觉得小日子和和美美。

编外物业

编外物业，是我们这个小区业主对老胡的评价。

老胡原本是一个收废品的，早先骑一辆三轮车，现在鸟枪换炮了，开了一辆蓝色的小三卡。他来自邳州乡下，在我们这个小区进进出出，少说也有八九年了，头几年，就是收购纸盒子、旧电器、破门窗之类的废品，有时候也义务帮人家做点杂事，诸如打扫卫生，清运垃圾，装卸材料，等等。

他人高马大，开始我以为他年龄不小了，后来知道才40多岁。他勤快、厚道，见到谁都笑嘻嘻的，业主们觉得他人好，只要有废品都愿意送给他，而他对别人的回报，则是有求必应，随叫随到。我们家装修的时候，外墙面砖不够用，一时商家又脱货，他知道了，居然骑着三轮车，利用午休时间，带我们到他熟知的一个垃圾场，捡回了一堆一模一样的废弃面砖，救了我们急，省了我们钱。

时间久了，小区里可收购的废品越来越少，现在老胡更多的时候则是在物业上打零工，修个路面，通个下水道什么的，他做事踏实，让人放心，不少业主有活儿，也愿意交给他打理。老胡哪来的这些本事，我一直纳闷，后来他同乡告诉我，他本来是个瓦匠头儿，原先在新疆一个工地干活儿，老板跑了，几十万工程款无法兑现，为了不让弟兄们寒心，他硬是砸锅卖铁把手下人的工资给开了，之后一气之下，便另辟蹊径，带着老婆孩子来到了江都。

老胡干活儿，不计较报酬，业主的小事情不收钱，物业上叫干的事情，少一点也无所谓。小区的雨水管道，经过我们家院子的一段恰巧漏水，一下雨，地面就塌陷，让人很恼火。管道埋在地下两米多深，维修非常困难，前几年物业找人，花掉3000多元没有解决问题。后来我建议找老胡试试，物业同意，但只肯出500元。不能这样坑老胡，我如实跟老胡讲清了难处，告诉他要价可以再高一些。没想到老胡却说，算了，有钱慢慢赚，大差不差行了。

如此风轻云淡，让人感到很舒服。后来我常想，眼光长远，怡然知足，也许就是老胡的过人之处。

工匠书生

小史曾经让我很恼火，他做的阳光房，有一个地方难以断漏，找他维修，一直拖拖拉拉，但事情过后，我还是喜欢他。

小伙子人老实，淮阴乡下人，个子不高，皮肤黑黑的，圆圆的脸上，架着一副近视眼镜。他有一个显著特征，嘴唇厚，就像非洲黑人一样，厚得好像说话都不太灵便。

第一次接触小史，他就给我留下了不错的印象。我们家里想做一个阳光房，别人带信给他，他骑着一辆电瓶车过来了。手里拿着一个文件夹子，抓着一把卷尺，到现场看了一下环境，量了一下尺寸，随即就在纸上画了几张草图。我一看创意不错，其中的一张，屋顶有棱有角，几个坡面的设计跟主屋非常协调，一问造价，也觉得合理，于是，立马跟他签订了协议。

施工之初，他一边做事一边饶有兴趣地跟我谈隋炀帝，话题是由扬州一处工地挖出了隋炀帝墓引起的，对此事他好像非常关注，尽管说得有些吃力，但还是津津乐道。他说杨广是一个有争议的皇帝，死因特殊，下葬的地方一直是个谜，这一次的偶然发现，无疑拨开了千古疑云。我看他谈吐不俗，对他自然又多了一份好感。后来发现他工具箱里藏有一本《隋唐演义》，施工的那几天中午，两个徒弟在边上玩手机，他却旁若无人地在看这本书。

小史喜欢看书，但做事情效率不高。听说他家庭比较困难，我就劝他，还是先少读一点闲书，多挣一点钱养家糊口。可他倒好，不以为然地对我说，不能只想到做事挣钱，人还是要有点其他追求，我有条件了，就想办一个家庭书屋。

他的话不就是"生活不只眼前的苟且，还有诗和远方"的翻版吗？听他这么说，我蛮开心的，在人生的道路上，多少人疲于奔命，他能有这样的情怀，着实让人高兴。

几年过去了，听说他的业务有了新的拓展，我为他高兴，也衷心地祝愿他家庭幸福，好梦成真！

搭档夫妻

　　这是镇西一处卖早餐的路边店，或者说就是一个卖早餐的铺子。铺子紧挨着东山墙，山尖上开门，里外一体，门外，几根锈蚀的钢管支撑着破旧的彩钢板，一只烤箱，几张条桌，剩下的就是炉子、灶台，以及大大小小的铁锅、钢精锅；里面有两小间，靠门口的一间为"雅座"，里面一间是做烧饼、堆杂物的地方。

　　这个铺子虽然简陋、局促，但早餐内容却很丰富，烧饼、油条、麻团、糍饭、豆浆、牛奶、面条、稀饭，大众消费，应有尽有。生意也很红火，客人川流不息，有买早饭的，烧饼油条，麻团糍饭，塑料袋一扎，拎了就走；也有吃早饭的，上班族图个方便，吃完了嘴一抹，把钱走人，快快活活。

　　经营这家早餐店的，是一对中年夫妻，来自里下河水乡。男的生得很小巧，长年穿一件不相干的蓝色工作服，一身粉尘，就像从面缸里爬出来的；女的倒像个汉子，五大三粗，红光满面，整天好像都有使不完的劲。

　　认识他们，是因为我经常去那里买烧饼。这家店的烧饼不错，碱做的，炭烤的，甜的，咸的，葱油的，插酥的，吃起来有一种传统的香味。而且个头大、分量重、芝麻多、品相好，价钱又公道，大的一块五，小的才一块。东西好，品种多，什么人过来，都会找到适合自己的口味。年轻人来了，多半喜欢买葱油的，我却最喜欢插酥的，甜的，咸的，一买就是十几个，每年去美国探亲，由于不喜欢那里的面包，都要带一些过去调剂口味。

这家早餐店，男主内女主外，男的待在里屋一门心思做烧饼，女的应付门市挡挡上，虽然请了两个帮工，但炸油条、包糍饭、切牛肉、下面条这些事，都是女主人亲自操刀。高峰时段，忙得不亦乐乎，好在来的都是熟客，主人忙不过来，客人自己动手。

我每次过去买烧饼，女主人不是在炸油条就是在下面条，不等我开口，见到我就说："甜的还是咸的，要几个自己拿。"付款的时候，她眼皮子抬都不抬，嘴一撇，小抽屉一拉："放那儿就是了。"这家店摊位不大，经营手段还蛮现代的，二维码挂着，年轻人多半扫码付款。"老板娘，两只葱油的，三块钱噢。""好了，你扫吧。"她一边答应一边忙乎，同样看都不看。

有时候我去得不巧，正好赶上缺货，女主人都叫我赶紧到里面等。外面客人太多，她怕我站那儿碍事。

到了里屋，男主人倒也随和，一边做事一边跟我聊天。他告诉我，他做烧饼酥多，是的，他那台子上一坨一坨的酥，黄灿灿的，堆得就像金字塔，从他那里我才知道，所谓酥就是用油拌的面，还知道菜油拌的最香。他还向我炫耀他的葱，说是外地货，既香又甜，而且颜色好，绿莹莹的。他知道我是在机关退休的，就问我一些张三李四的情况，巧了，我以前有个同事是他的本家，于是我记住了他姓周，至于他夫人姓什么，至今还不清楚。

这位周师傅，原先在泰州一家茶食店工作，他说，因为家寒就出来自己开店了。他跟他夫人一样，做事也很麻利，一托盘烧饼十六个，做一盘也就十多分钟。做好的烧饼要送到外面去烤，来来回回都是小跑。他告诉我，这种事情赚的是辛苦钱，做得少看不到效益，现在一天做七八十斤面，夜里两点多钟起床，一直快忙到中午，也就赚个两三百块钱。"夜里两点多钟就起床？"每次听他这样说，我都感到很惊讶，这么早，夏天倒也罢了，冬天还不冻得够呛。其实，夏天更难受，几个炉子同时在燃烧，烤烧饼的，炸油条的，煎烙饼的，下面条的，热效应在持续叠加，巴掌大的地方，热得像火焰山。这种日子，一天两天可以，时间长了怎么受得了。"有什么受不了的，农村人什么苦不能吃啊？"面对我的惊讶，他每次都不以为然，听他那口气，好像农村人天生就是吃苦的命。

是的，吃苦耐劳，或许是农村人的遗传基因，但对他们而言，我以为是可以歇歇的，他们一双儿女都很有出息，大学毕业以后，儿子在省城一家公司当高管，女儿在市区一家医院当医生，要说赡养他们两个，绝对不成问题。但他们不愿意享清福，夫妻俩都跟我说，牛扣在桩上也是老，人不能闲，一闲就废了，现在身体还都算不错，做一点总比不做好。

说得多好啊，这难道不是对生命意义的最好诠释吗？夫妻俩的人生态度，让我心生敬意，也给我留下了深刻的印象。

第三辑　说人说事

　　迈入杭州湾大桥，就像进入了梦幻世界，五彩缤纷的栏杆，一望无际的大海，让人心旷神怡，浮想联翩。走到大海深处，近处海鸥逐浪，远处白帆点点，恍恍惚惚，就觉得不是在车上，而是骑着巨龙在海上兜风。

除夕两件事

长大后，除夕这一天，我最喜欢做两件事，一件是贴春联，再一件是打元宝墩子。贴春联各地的做法大同小异，打元宝墩子却是我们那一带特有的年俗：腰鼓一样的豆篓里装上石灰粉，有规律地在室内外的空地上，敲打出一些白色的印记，一个一个圆圆的，像天上的月亮，连在一起又像游走的长龙。过年了，讨个"口彩"，家乡人说什么都喜欢加上"元宝"两个字：剃头，叫剃元宝头，洗澡，叫洗元宝澡，豆腐，叫元宝豆腐，鞋子，叫元宝鞋子……所以，打石灰墩子也就顺理成章地被叫成了打元宝墩子了。

我这个人，打小不算勤快，但做这两件事倒一向很主动，也很开心。每一年的这一天，一吃过早饭就开始动手，两个弟弟也闲不住，脚前脚后跟着凑热闹。新桃换旧符，必须除旧才能布新，而除旧比布新更难。我必须脱掉棉衣，撸起袖子，先舀一盆水，把旧对联全部湿一遍，等胀得差不多了，而后才起个头慢慢地往下撕，或用铲子一点点地往下刮，最后，再用湿毛巾彻底地清洗一遍。

这一通事情做下来，几乎就到中午了，下午开始正式贴春联。这事儿很有讲究，上下联、左右手不能搞错，出错了是要被人家笑话的。我请教过庄上的一位老先生，他教我的方法是，跟着门楣上的横批走，横批的书写如果是从右向左，上联就贴在右边，下联就贴在左边；反之，就要调个个儿。按照这个方法，每年在贴之前，我都得先准确地分出上下联。

那个时候没有听说过买春联，我们家的春联都是我自己写，虽然写得很稚嫩，但墨很亮，纸很艳，看上去依然赏心悦目。我一边贴一边欣赏，心里头一直美滋滋的。

领袖诗词和标语口号，是那个时代春联的主要内容，如"风雨送春归，飞雪迎春到""春风杨柳万千条，六亿神州尽舜尧""听毛主席话，跟共产党走"，等等。但我每年都喜欢翻书找些别样的东西写，诸如"德从宽处积，福向俭中求""数百年旧家无非积德，第一件好事还是读书""天增岁月人增寿，春满人间福满门"什么的。我的选择，赢得了口碑，邻居们都夸我们家的春联有文化、有意思。

贴春联少不了贴挂络，春联、挂络珠联璧合。这挂络在我们那里叫"欢乐"，中间镂空，类似剪纸，状如锦旗，形同网络。"欢乐"有宽有窄，宽的贴在门楣上，窄的贴在灶台上、水缸上、猪圈上，有的还贴在树上、竹子上。"欢乐"一贴，像小红旗一样迎风招展，这年味就愈发浓烈了。

春联贴好了，打元宝墩子，打之前，同样必须把场地彻底清扫一遍。如何打，除了开头说的用豆篓儿，有的人家也用小蒲包，把石灰粉装进蒲包里，扎紧了，拎住口袋往下敲。房子的四周，门口的路上，能敲的地方都要敲。这活儿看上去不复杂，实际有讲究：首先，要打成双行，邻里之间还要衔接，以示友好；其次要打得远些，距离远近，与来年发达与否有关。元宝墩子打好之后，不能乱跑，要留着年初一去踩，说是，过年这一天踩得越多越吉利。小时候，年初一出去玩，大人都要关照我们："记得踩元宝墩子噢，踩在元宝墩上，今年就发财了。"后来才晓得这叫忽悠人，不过忽悠有道理，那时候穿的是布鞋，走的是土路，出门去玩，路上烂唧唧的，只有踩在元宝墩子上，鞋子才不容易脏啊！

元宝墩子，除了打还得画，画的图案更生动。这个事情我擅长，每年左邻右舍都叫我去帮忙。抓一把石灰粉，想画什么画什么，我一般除了画元宝，还喜欢画筛子、画粮囤、画梯子、画钱币、画鱼，老百姓过日子，谁不指望五谷丰登，年年有余？谁不祈求脚踏楼梯步步高，一年更比一年好？除此，我还喜欢画几把弓箭，箭头朝外，以抵御远方的邪气，护佑一家人平安。

贴春联，打元宝墩子，是喜迎春节最有仪式感的两件事。这两件事办好了，红红火火，干干净净，那感觉真的就是要过年了！

火油灯

随着岁月的流逝，火油灯早就退出了历史舞台，年轻人对它恐怕不会有什么概念，而我们这一代人却记忆犹新。时至今日，那黄豆大的火焰，还经常在我记忆深处摇曳。

有人说，火油灯跟火柴一样，也是从洋人那里引进的，是否如此，我说不清楚，我的感觉就一直以为是老祖宗传下来的。改革开放 40 年，中国农村跟城市一样，发生了翻天覆地的变化，而在这之前，农村人的生产、生活方式，几乎世世代代一成不变，就照明而言，父辈、祖辈、祖祖辈辈都用火油灯，直至1974 年底，我出去当兵时，故乡人家还是用火油灯照明，大概到了 1980 年前后通电了，家乡的火油灯才逐步淡出了视野。

最初的印象，火油灯就是一只浅浅的小碗，一根纱头或一根灯草，油乎乎地贴在碗口上。后来我们家里，都是用墨水瓶之类的小玻璃瓶做火油灯。有盖子的利用盖子，没有盖子的剪一个瓶口大小的圆圆的铁皮，在中间打一个小孔，插上一根用铁皮卷成的细管儿，穿上纱头做的灯芯，上端留出少许，下端留长一些，往瓶子里一放，倒上火油，一盏火油灯就做成了。

这样的火油灯，老辈们有的管它叫洋油灯盏，一般人家都是放在灶台顶上，也有的挂在墙上或者门框上，点亮的时候，如萤的火苗会不停地闪烁，墙上自然会出现一些晃晃悠悠的影子，朦胧中，给人的感觉倒也温馨而又神秘。

农村人过日子一贯精打细算，天不黑透了一般不点灯，记得那个时候，我们家里最先点亮的，都是灶台顶上的那一盏，为了节约用油，母亲总是尽量把灯头捻小些，她认为吃饭暗一点不要紧，反正不会送到鼻孔里面。但晚饭后，如果我们在灯下看书、做作业，她又总是给我们把灯头挑大一点，还叮嘱我们不要靠得太近。

点灯的时候，我们弟兄几个常常借着灯光，打着手势看投影，一会儿羊头张嘴，一会儿小鸟展翅，嘻嘻哈哈，倒也玩得很开心。火油灯点久了，火苗里会结灯花，蹦出的火星透红透红的，还会发出噼噼啪啪的声音。灯花跳得厉害，家里会有客人到，老辈们越是这样说，我们越是不肯轻易剪掉它。

1969年秋天，父亲从南京下放回来了，他总是嫌小瓶子的火油灯不亮，不顾母亲反对，硬是从供销社买回了两盏罩子灯。这种灯比玻璃瓶的亮堂多了，而且也漂亮，底座像个花瓶，上面的罩子则像一个葫芦。拥有这样一盏灯，在当时算是难得了，要知道，那个年代年轻人结婚，女方家里陪嫁一般才会有一对罩子灯。透明的灯罩上，套着大红的喜字，往新房里的五斗橱上一放，不但显得喜庆，而且还很有面子。

罩子灯亮堂，但点的时间长了罩子上会结垢，清洁的时候，取下罩子，哈一口气，团起几张废纸，塞到里面，手够不着，就用一根筷子压住，转上几圈，一般就能擦干净，如果积垢太重，只好放到盆里，用肥皂水清洗。那时候，我们家的这种事基本都是我做，我也乐此不疲，看到罩子变得通体透明了，心里就会滋生起一种成就感。

点罩子灯，夏天捉蚊子最有趣。睡觉之前，把罩子灯端到帐子里面，边边角角搜索蚊子的踪影，一旦发现目标，便悄悄地凑过去，待到差不多接近时，倏地灯口往前一靠，只听到哧的一声，蚊子便瞬间坠入了罩子的底部。

当然，火油灯留给我的最深印象，还是母亲那忙碌的身影，无论是当初的小瓶子，还是后来的罩子灯，灯下的妈妈好像总有做不完的事，有时候夜里我一觉醒来，还看到她在灯下纺纱、织布、缝衣服、做鞋子。小时候，我们家里比较困难，妈妈穷则思变，一心想通过自己的双手，改变面貌，让我们过得体面些。后来家里砌了三间小房子，可以说就是妈妈起早带晚织布赚来的。我们穿的衣服哪怕打了补丁，在别人眼里还是那样的干净、得体。妈妈给我们做的布鞋，曾一度成了全村妈妈们追捧的式样。

火油灯温暖着一个时代，也温暖着我的记忆。它好像是我成长道路上的一道霞光，至今还在照耀着我前行的脚步。

糁儿粥　酥头令

一到夏天，我们这里很多人家，还是喜欢吃糁（shēn，方言音同 cǎi）儿粥和酥头令（一种发面饼）。一碗糁儿粥，两块酥头令，掏个把咸鸭蛋，搭几块萝卜干，小日子过得有滋有味。

糁儿粥，消暑去热，和胃宽肠，尤其是滴过几滴碱水的糁儿粥，红红的，很爽口，比京果粉好喝，而酥头令呢，香喷喷的，掰开来有蜂窝状的小孔，吃到嘴里却很筋道。糁儿粥，酥头令，可谓绝配，喝一口糁儿粥，咬一口酥头令，要多舒服有多舒服。

糁儿粥，大麦糁儿粥，现在是一个概念，过去不一样，我们小时候，开始喝的就是淮麦糁儿粥。淮麦又叫元麦，因为产量太低，口感好像也没有大麦的好，因此早就不种了。

糁儿粥，冷的更好喝。以前人家早上喝不完的，都要盛到钵子里，浸在水缸里留着中午喝。太阳火辣辣的，劳动了半天，心里早就烧着了，回来以后，先喝一碗冷糁儿粥，透心儿凉，那感觉才叫煞心火！

以前喝糁儿粥，掏不起咸鸭蛋，最常见的小菜就是萝卜干。陈年的萝卜干，闷在尖底坛子里的最好。糁儿粥、萝卜干，也是最佳搭档。喝糁儿粥，搭萝卜干，清清爽爽，满口生津。

糁儿粥好喝，煮糁儿粥还是有点讲究的。现在人都是先用冷水和好糁儿，等水差不多烧开了，再倒进锅里煮。而我们小时候，妈妈都是直接往锅里下糁儿，一手端着铁皮簸箕，一手握着铜勺把柄，有节奏地抖一下簸箕，搂一下粥锅，三下五除二，糁儿粥就下好了。

酥头令，第一天晚上和面，第二天早上做。馊糁儿粥，是上佳的发酵剂，早上留一点晚上用，效果最好。做酥头令并不难，锅烧热了，少许箍一点油，舀一勺面糊糊，摊到锅里，一会儿就能涨得孔嗖嗖的，这时候，轻轻地翻个个儿，一块酥头令很快就涨好了。记得每次涨酥头令，妈妈都起得更早，我们还在睡懒觉，诱人的油香味，就开始撩拨我的味蕾。

说到糁儿粥、酥头令，我就想起了轧糁儿、机干面。以前，糁儿、干面都是用磨子磨。村里有户人家开了个磨坊，磨面，不是赶着驴子拉，就是推着磨子转。后来邻村有个地方，开了个粮食加工厂，磨面就再也不用进磨坊了。说是加工厂，其实只有一进小房子，两台粉碎机。粉碎机下面拖着一条长长的大口袋。第一次去轧糁儿，我感到很神奇，那白色的口袋始终鼓鼓的，好像会变魔术。

那时候，去加工厂轧糁儿、机干面，大多是老人和孩子。十二三岁的孩子，二三十斤粮食，肩膀扛不住，只好顶在头上，走在路上，就像表演杂技。

困难时期，我们那里一天到晚糁儿粥打滚。"波斯六家庄，荞面疙瘩汤，一年吃了三顿饭，沾的祖宗亡人光。"波斯庄的民谣，是整个高沙地区人的生活写照。吃不吃荞面疙瘩汤，我印象不深，倒是记得经常吃淮面疙瘩，鸡蛋大的死面团子，一次顶多三四个，偶尔吃几回酥头令，不是家里请人帮工就是来了客人。

糁儿粥，早也喝，晚也喝，喝多了总要换点花样，中午这一顿，家乡人就把它做成了菜糁儿粥。青菜、萝卜、茄子、豇豆，加一点盐和着糁儿一锅煮，没有吃过的，会觉得这面糊糊有味。爱人上高中的时候，到乡下送过一次成绩报告书，在同学家里吃了一回，至今提到了，都还说味道不错。

无米糁儿粥，稀溜溜的，喝得再多，撒上几泡尿，肚子就瘪了。那时候，个个食量大，我有个邻居，嫌碗小，都是用钵子盛粥喝。我 10 岁左右，那种小二碗，一顿也能喝个五六碗。走在上学的路上，总是听到肚子里咕咚咕咚地响。

饥荒年景，糁儿粥是保命的，小康路上，却成了大众喜爱的健康食品。在我们这里，夏天朋友聚会，推杯换盏之后，都习惯点一份糁儿粥、酥头令，压压酒气，顺顺肠子。糁儿粥、酥头令，原本是寻常人家的家常便饭，如今却堂而皇之地走进了酒肆饭庄。

远去的暑期生活

　　暑假到了，身边的小朋友一个个都很忙，绘画、书法、弹琴、下棋……加上各式各样的文化补习，一天得赶好几个场子。看到他们忙得跟陀螺似的，我就想起了我小时候的暑期生活。

　　那时候，爸爸在南京工作，妈妈在家里劳动。暑假期间我的主要任务就是照看两个弟弟，帮助妈妈做一些力所能及的家务事，有时间了做点作业看点书。

　　每天，妈妈交代我的事情都差不多，上午洗锅洗碗，择菜洗菜，下午事情多一点，既要烧晚饭，又要帮两个弟弟洗澡。那时候，没有自来水，洗锅洗碗，都是舀水缸里的水，舀水的东西叫挽子，木头箍的，圆圆的，有一个高高的把手。粥锅粥碗没有油，洗一遍汰一遍，一次半挽子水也就行了。农村烧的土灶叫大锅，锅台高高的，我要在脚下垫个小板凳才够得着。粥锅一圈粘满了粥垢，我都是先用铲子铲，再用帚子刷，一点不敢马虎。洗碗时很小心，轻拿轻放，就怕把碗打碎了被大人骂。

　　择菜洗菜，印象中就是打理茄子、豇豆、南瓜、韭菜等，这些东西都是自家地里长的，处理起来都挺方便。

　　上午还算清闲，做完了家务事，我就做作业，看小人书。农村小人书很少，一个村子里翻来覆去就是那么几本，而且破旧不堪，无头无尾，有的看完了，也不知道叫什么名字。《孙悟空大闹天宫》《武松打虎》《杨家将》《铁道游击队》等，都是看过几遍以后，才知道书的名字的。

午饭以后，一般都要溜出去套知了、游泳。套知了，去得多的地方是小河边。那里竹木繁茂，绿荫斑驳，是知了歇脚的好地方。套知了用的网兜都是自己结的，挂在铁丝上，往竹竿前面一绑就行。烈日炎炎，清风习习，行走在绿树丛中，只听到树叶在噼噼啪啪地击掌，知了在一个劲地歌唱。我们手持竹竿，一会儿弓着身子，一会儿仰着脖子，一旦发现目标，便悄悄地伸出竹竿，只要听到"嘎"的一声，就知道知了落网了。

游泳最快活，不讲究姿势，刚下水时候，清一色的狗刨式，嘭咚嘭咚，你追我赶，一河的水花腾空而起。游够了，就开始打水仗，找准角度，贴着水面，两手用力一合，准能把水射到对方的脸上。这样玩嫌不过瘾，就干脆互相泼水，一波又一波，短兵相接，腾起的水帘，直逼得人透不过气。

下午的事情先是烧晚饭下糁儿粥。别小看这活儿，现在农村妇女也不一定都能得其要领，火不要太大，锅一响就得下，既要下得均匀，又要搂得及时，不然就会结成疙瘩。糁儿粥容易潽，必须提前熄火，见好就收。

粥下好了，要盛到钵子里，把锅洗干净了焐上水，留着洗澡用。给两个弟弟洗，澡盆放在天井里，一头搁在板凳上，大半脸盆水，先洗头洗脸，而后倒在澡盆里洗身子。傍晚时候，蚊子起身了，我还要及时去掸蚊帐，农村用的夏布帐子不服帖，掸过了要压好，不然还会进蚊子。夏天，农村人有在外面吃晚饭的习惯，每天我都要把门口打扫得干干净净，把桌子、板凳端出来，等妈妈收工回来。太阳下山了，知了还在一个劲地叫着，这时候，抓紧洗个澡，洗完了坐在门口摇摇扇子，吹吹凉风，感觉好极了。

暑假两个月，每一天都这样过，不紧不慢，逸逸当当。在做好家务的同时，学习玩耍两不误，一个暑假快快活活。

从暑期里的生活，我想到了孩子们的成长。现在的孩子大多泡在甜水里，甜水能给他们带来什么，我说不清楚，但我倒是能感受得到，我们小时候的那种生活经历，对一生好像都很有帮助。

饭盒里的一段岁月

上高中那会儿，我吃过两年饭盒，一早一晚，打粥用的那一个是我自备的，中午用来蒸饭的是学校提供的。自个儿的这一个与学校的几乎一模一样，长长的、扁扁的，都是铝制的，不过自个儿这一个看上去要漂亮些，亮堂堂的，没有一处瘪塘。

早晚喝粥的事后面再说，先说说中午这一顿吧。八个人一桌，一桌一个小木桶，木桶里码着一桌的饭盒，上面再摆一个盛菜的小木盆。上午最后一节课一下，每桌的两名值日生就直奔伙房而去，而后，搭起木桶就往教室里跑。中午这一顿，大家最迫切，但故事不大，就一个菜，而且，不是熬青菜就是熬黄芽菜，偶尔开次荤，加几块红烧肉，薄薄的，摊到每个人也就一两块。饭还马马虎虎，籼米蒸饭，半斤一份，虽说糙一点，但吃起来还是蛮香的。

开饭了，课桌就是餐桌，菜盆往上一放，大家围在一起，一人捧一个饭盒，边吃边聊，有说有笑，有时候一边吃一边讨论题目，更多的时候一边吃一边说笑话，你一言他一语，所有的玩笑、趣话仿佛都成了下饭的小菜，木盆里即使没有菜了也无所谓，空口吃白饭一样有滋有味。我吃饭不太喜欢说话，半斤米饭十几口就吃完了，最快的时候，六口解决问题。一个饭盒托在手里，先拿筷子在中间竖着划上一道，接着再横过来划两道，一盒饭分成了六块，一口一块，嘴里塞得满满的，左右动几下，脖子伸一伸也就下肚了。

围在一起吃饭，吃的又是一个锅里饭，感觉就像一家人似的，啪啦啪啦，八双筷子伸向同一个菜盆，从来没有哪个嫌弃哪个。记得有一次，我们这一桌有一位同学得了急性肝炎，得到这个消息，没有一个感到害怕，说来也怪，天天在一起共进午餐，居然没有一个人被传染。过了些日子，这位同学康复回来了，我们还是在一桌，跟没有事一样，还是有说有笑。据说，得过肝炎的要多吃糖，这位同学的糖瓶子放在桌子里面，时不时地吃一点，我们这些大好佬，有时候也会去偷偷地挑一点放在嘴里解解馋。

比较中午，一早一晚就寡淡多了。中午半斤米饭，好歹还有一个菜，早晚什么也没有，就是二两粥。偶尔，供应老师的馒头有剩余了，也会卖几个给学生们，但买的人很少，印象中我就从来没有买过。二两粥，上午好挨，毕竟中午还有半斤米饭在等着，但晚上就很难熬了。太阳还在天上，粥已经下肚了，不等下晚自习，肚子就开始闹意见，要再等一夜，才能得到补充，一天两天好说，时间一长，确实会有些受不了，有的同学便从家里带些山芋干、萝卜条，更多的是带些焦面过来垫垫饥，但我对这些东西向来不感兴趣，山芋、萝卜早就吃够了，焦面又一直觉得干巴巴的难以下咽。说来也怪，可能我属于节能型的体质，晚上从来不加餐，也没有觉得饿得特别难受。

说到过去，或许有人认为是在忆苦思甜。说实话，当初我们一点也不觉得苦，课上聚精会神，课下豪气干云，排个节目，来场比赛，一样生龙活虎，像模像样，漫步在校园里，照样觉得血脉偾张，活力四射。

几十年过去了，我敝帚自珍，那一只盛粥的饭盒一直没有舍得扔掉，我用它盛着一些小零四碎的文具，妥妥地放在书桌的一个抽屉里。现在，只要触摸到它，就会想起那一段饭盒里的岁月。

十三上灯

正月十五闹花灯，而我们这里的传统是十三上灯。

上灯是一定要吃圆子的——荠菜圆子、芝麻圆子、豆沙圆子、青菜圆子、脂油圆子，还有若干实心的小圆子，品种不同，各有所爱。我最喜欢的是脂油圆子，软糯、筋道，甜而不齁，油而不腻，如此糖和油的完美组合，天下一绝！最拿魂的就是圆子里的那个汤，油汪汪的，轻轻吸一口，一直甜到心里，还有那个脂油丁子，温润如玉啊，咬上一口，用家乡话说，要多落（乐）堂有多落（乐）堂。

前年正月十三，在东关街的一家酒店，朋友约一帮人小聚，老板应时应节，给我们上了一份脂油圆子，一人一个，盛在小碗里，刚一端上来，我就拿了一碗，撅起来急吼吼地咬了一口，好极了，完全是我想要的味道。桌上有两个人不敢享用，让我代劳，我求之不得，拿过来，三下五除二，就下肚了。主人看我如此酷爱，索性又为我点了两个，我不管不顾，来者不拒，那一天一连顺（吃）了五个，算是美美地过了一把瘾。

十三，吃圆子是花头，上灯才是主题，这事情小不下来，一年一次，马虎不得，很多人家年前就着手准备了。现在过灯节，大多数人家都是买灯，春节一过，你看那大街小巷，琳琅满目，全是卖灯的。我们小时候是动手自制，竹篾子，或芦苇扎骨子，绵纸及各种彩纸糊面子，不管什么灯，也能扎得像模像样。灯扎好了，在里面竖个铁丝，留着插蜡烛用，再剪两个红双喜、花蝴蝶什么的往上一贴，顿时生机勃勃，喜气洋洋。

所谓十三上灯，实际上就是玩灯、看灯和闹灯。傍晚时候，月亮刚刚爬上树梢，就有人迫不及待地开始点灯，此刻，一般都是欢乐锣鼓先暖场，"咚咚锵，咚咚锵"，听到锣鼓声，孩子们就会点起花灯，涌向门口的场上。星满天，灯满地，宫灯、荷花灯、兔儿灯、公鸡灯还有举过头顶的跑马灯、麒麟灯，不一会儿，村子里就成了灯的海洋。在所有的花灯中，兔儿灯最多，一旦聚到一起，你看那一个个乖乖的样子，就觉得它们有血有肉。谁家的灯谁家爱，孩子们都喜欢显摆，你比我，我比你，没有一个认尿。

玩灯的多，看灯的更多，人看灯，灯照人，村子里处处洋溢着欢乐的气息。跟孩子们一样，大姑娘、小媳妇今天最开心，往日里这个时候她们都是待在家里多，今天例外，可以放心大胆地玩一回，于是，一个个收拾得漂漂亮亮，有说有笑，结伴而行，徜徉在灯的世界里，随处都能听到她们的欢声笑语。

闹花灯，既要热闹，又要会闹。玩灯的高潮，往往都是荡湖船、河蚌舞的出现。表演者披红着绿，粉墨登场，湖船左右摇摆，河蚌一张一合，还有若干个挑花担子的，晃晃悠悠紧随其后，仿佛是一群仙女从天而降。今天不讲规矩，要的就是会闹，小"闹"小发，大"闹"大发，越"闹"越发。于是调皮的孩子，会在大人的怂恿下，跑过去拽一拽"仙女"的衣角，有的还会趁机掐一下她们的屁股。

闹花灯，如果遇上"送灯"和"还灯"就更热闹了。我们这一带有个风俗，新媳妇结婚，三年不解怀（不生子），就有好事者会在十三这天晚上去送灯——既送红灯笼，又送吉祥物，而这种吉祥物一定要带个"子"，诸如钵子、挽子、罐子、筛子，这些东西，还必须是"偷"来的，目标早就锁定好了，就是村里那户子孙多的人家，送灯之前，"偷"了就走。三年之内，新媳妇得子了，"偷"来的东西，加倍奉还。送灯的场面锣鼓喧天，鞭炮齐鸣，人们成群结队，蜂拥而至，如果赶巧了，遇上还灯的，两支队伍叠加在一起，那就更不得了了，说说笑笑，嘻嘻哈哈，不闹得个天翻地覆决不罢休。

十三上灯，是欢度春节的又一次高潮，那感觉就两个字：热闹。至于"月上柳梢头，人约黄昏后"，没有体会，不能乱说。

十三上灯，十八落灯。上灯圆子落灯面，吉兆啊！咱老百姓过日子，图的就是这个团团圆圆，顺顺畅畅。

赤脚琐记

"打了春，赤脚奔"，小时候一过立春，就会听大人们说起这样的话。这似乎有点夸张，在我的印象中，真正的赤脚奔好像是在清明前后。下了床边就赤脚，一年当中赤脚奔的日子可长呢，从清明到霜降，前前后后起码有四五个月。

赤脚奔的感觉很爽，省事、凉快，随心所欲，无拘无束。田间地头，荒郊野外，什么地方都能去。溪流挡道吗，不要紧，裤子一卷，说走就走；下地干活儿吧，旱地水田无所谓，一脚泥巴怎么的，到河边划划，立马清清爽爽。

那个时候，男女老少都赤脚，谁要是有个例外，还真有点不习惯呢。记得上小学的时候，我们班上有个女生，她那读过大学的小姑母，在城里给她买了一双塑料凉鞋，刚穿到学校那一天，同学们像看西洋景一样，一个个指指戳戳，叽叽喳喳，班主任老师也跟着起哄，当着全班同学的面，笑她"前头卖生姜，后头卖鸭蛋"，羞得这个女生的脸一直红到脖子，当场就把凉鞋脱下来塞到了书包里面，第二天，她再也不敢穿了，还是赤脚来到了学校。

赤脚奔的日子，也有人会趿个木屐，我们那里叫木跂子、脚板儿。脚板儿好玩，走起路来吧嗒吧嗒地响，一度我很羡慕。我有个同学，父亲是个箍桶匠，受家庭的影响，他的手工活儿一绝，自制的脚板儿后面还有一个跟儿，波波俏俏的，于是我便三天两头缠着他给我也做了一双。刚到手那阵子，我感到很新鲜，天天套在脚上人前人后显摆，但没有几天，两个大脚趾都给磨破了皮。赤脚，还是赤脚利索！就这样，正值青春年少的脚板儿便提前退休了。

赤脚奔，奔多了这脚下也会受创，一个夏天过来，捧起脚板看看，前后脚掌都是"麻子"，就跟那蜂窝似的。夏天，农村的沟坎里，有时候出现干枯的蛇骨，白白的，长长的，一排排骨刺很瘆人。听大人们说，被蛇刺戳了要用龙刺挑，到哪儿去找龙刺呢？因此，遇到了蛇骨，孩子们都躲得远远的。但是，躲得了其一，躲不了其二，摸螺蛳、抠河蚌、捉知了、掏鸟窝，一不小心脚下还是会被戳得破皮烂肉。那时候，不少人脚上都会长刺窝，拨开来里面有一根根红丝丝，原先我以为刺窝是残留在肉里的刺演变而成的，直到很久以后才晓得，它的成因跟光脚板走路有一定的关系，可不是吗，长时间地赤脚奔，哪能百毒不侵？这刺窝我也长过几次，彼时，有专门挑刺窝的，但我一次也没有挑过，夏天一过就自愈了。

小时候的脚下尽管伤痕累累，但结实，算得上是铁脚板了，遇到沙石瓦砾照踩不误。小姑母家后面有一条沙石公路，来往的汽车不多，每年暑假我们过去玩的时候，都会赤脚在公路上赛跑，来来回回，一趟又一趟，从来没有过硌脚的感觉。

旧习难改，现在老了我还是喜欢赤脚，夏天只要不出门，就喜欢脱掉鞋子在客厅里走走。在光洁的地板砖上溜达，凉快、舒服，比田野上安全多了，不会长"麻子"，更不会长刺窝，唯一的缺陷是，犹如庭院里跑不出千里马一样，客厅里绝对练不成铁脚板。有人说，脚下穴位多，经常踩踩鹅卵石等于足底按摩。前几年，装修新家时，我特地在小院子里铺了一段鹅卵石，谁知道，第一次上去刚走了几步，就觉得生生地疼，悬着劲轻起轻放，还是疼得难以忍受。

真是用进废退啊！当年硬邦邦的铁脚板，几十年不练，竟然变得如此不堪一击。这鹅卵石还能踩吗？我又念起儿时，念起了那些赤脚奔的岁月，野性子上来了，浑身上下好像有一股力量又被激活了，后来我又去踩了几回，疼的感觉还真的好了很多。

薄技，写写画画

儿时，我就很敬佩会写写画画的人，小姑父在公社文化站工作，能写会画，一直是我崇拜的偶像，初中和高中的两位班主任，都擅长美术，平时我打心眼儿里敬重他们。后来我也爱上了写写画画，不能不说，就是受到了小姑父和班主任老师的影响。

那时候的写写画画，不像现在捣鼓书法、国画，那么讲究真功夫。美术字，宋体、黑体、变体，只要掌握基本要领，懂得间架结构，一般就能应付。实用美术，类似版画一样的刊头、插图，稍有一点造型天赋，临摹不成问题。

但就这点小能耐，在"文革"期间还是很吃香的。记得那时候，生产队里的干部，经常叫我写标语，邻居们的墙上，只要是显眼的地方，都留下过我的白底红字，"抓革命，促生产""千万不要忘记阶级斗争""提高警惕，保卫祖国"，我写过一遍又一遍。在学校，黑板上方类似"胸怀祖国，放眼全球"之类的八个大字，以及教室里的其他标语，基本都由我包办。到大街上刷标语，老师忙起来就让我代劳，两个人往墙上贴纸，我拿一把大刷子，跟在后面书写，方头体一气呵成，围观者啧啧称赞，我还真有点小得意。

然而，这样的踌躇满志，等到高中毕业时，突然荡然无存。高考没有恢复，当兵遭到拒绝，出了校门只有回农村，而回农村意味着什么，我心里很清楚。那时候，农村没有工厂，人员不能随便流动，这样的广阔天地，对于农村人来说，只能是面朝黄土背朝天，是日出而作日落而息，是世世代代重复昨天的故事。离开学校，告别老师和同学的那一刻，我控制不住情绪，竟然像个孩子似的，眼泪汩汩地流了出来。

　　回去以后，好一阵子我很纠结，务农不甘心，学徒没兴趣，梦想和现实在掰手腕，搞得我整天心神不宁。"你不是喜欢写写画画吗？这是好事儿啊，弄好了就是金饭碗，我看你有工夫还是再练练吧。"一语惊醒梦中人，听了本家老大哥的话，我仿佛找到了自救的办法，于是，在复习文化课的同时，又开始练习写写画画。我从小姑父那里找来一些美术教程，没有事了，就在家里画铅笔素描，琢磨各种美术字体。那时候的想法很天真，实在上不了大学，就指望通过写写画画，跳出农门，找到归宿。

　　后来机缘巧合，我当了海军，说来还真的跟写写画画有关。那时候，我在一所中学当代课老师，寄宿在镇上的招待所里面。年末，过来接兵的几位海军同志，跟我住在一道，他们没有事了，就到我房间里聊天，了解到我有一点写写画画的特长，走了一下体检、政审的程序，就把我带到了部队。

　　到了部队，新兵连结束以后的分配，更让我始料不及。记得那一天晚上，全体新兵在大礼堂集中，连长在前面点名，张三一中队，李四二中队，点到的，由所属部队带走，眼看着，剩下的新兵已经不多了，但点来点去还是点不到我，我有些紧张，一直竖着耳朵在听，谁知道，点到最后一个才是我，而且不是到艇上，直接把我留在了俱乐部。后来才知道，这样的分配结果，就是因为在新兵连期间，我出了几次黑板报，被政治处的干事盯上了。

到俱乐部不久，我就被抽调到机关理论组，说是组，其实就是一名干事带着我这个新兵。我的任务，就是出宣传专栏，编写学习资料。那是一段难忘的日子，每次出专栏前，在画刊头、书写通栏标题时，分管机关的副政委，只要有时间，总是陪着我，看到我写字画画，他内心好像有说不出的高兴。如今这位德高望重的老领导，都快100岁了，前几年，我和几位部队领导去山东淄博看望他老人家，坐在沙发上，他拉着我的手，还愉快地说起这一段。

在部队写写画画，让我找到了存在的价值，写标语，画刊头，制作幻灯片，忙起来浑身是劲。那几年营区的宣传栏，甚至艇上的舷号，基本上都是我写的。大队部旁边，照壁墙上的那一段"四项基本原则"，黑体红字，我写得很用心，同志们看了也很满意。

"积财千万，不如薄技在身。"如此写写画画，虽为雕虫小技，却让我在荒唐的年代，走出了困境，找到了感觉，现在想起来，心里还是暖暖的。

谁的来信

坐在办公室里，我正在备课，李老师走过来，一声不响把一封信丢到了我的跟前。我抬头看看他，他歪着脑袋，嘴角一边的肌肉轻轻地抽搐了两下，露出了一副坏笑的样子。

高中毕业之后，隔了一年，我被母校召回去做代课老师，教初二两个班的语文，那是我这一生中最迷茫日子，高考没有恢复，当兵政审不过关，代课，脚面上支锅，说走就走。如此处境，我与外界几乎没有任何联系，谁会给我来信呢？看看信封，寄信人的地址只有两个字：内详。再看看邮戳，信是从苏州寄出来的，这就奇了怪了：苏州，我没有一个熟人啊。

面对蹊跷的来信，我迟疑了一会儿，还是好奇地打开了。信不长，就一张纸，一行一行像爬坡，稀稀拉拉写了十几行，开头是"你好！请允许我叫你一声大哥"，落款："一个喜欢你的人"。这是谁啊？我急切地从头往下看，瞬间就觉得好像被电了一下。信是一个女孩子写的，火辣辣的，她夸我聪明、帅气，说是早就想跟我交朋友了，就是一直不敢开口，这一次不管不顾，算是豁出去了。还约我星期天下午三点钟，在镇西头的大桥口见面，没有接头方法，说是只要我过去，她一定会出现，见到了就会认识。

真是天上掉下个林妹妹！第一次收到女孩子来信，弄得我好一阵子魂不守舍。要不要如期赴约呢？我纠结了好几天，最终还是选择了放弃。爽约似乎不太好，但有什么办法呢，自己的前途还没有定数，哪有心思过早地惹这个麻烦。

这是那年十月份的事，之后一直到年底，她没有再联系我。随后，我就去当兵了，到了部队，军营生活让我找到了感觉，后来工作学习，恋爱成家，一切都变得顺理成章了，这件事情犹如老家的炊烟一般，飘呀飘的也就了无痕迹了。

十年之后，我转业回到了家乡，工作之余，常在报刊上发一点小文章，有一段时间，由于工作太忙，就懒得动笔了，这一丢就停了两年多。日复一日，忙忙碌碌，日子如流水一样，过得倒也很平静。忽然有一天，又有一封来信，再一次在我心头砸出了涟漪，寄信人地址还是"内详"，但邮戳是本地乡下的一个支局。这又是谁的来信？我立马想到了 30 年前的那个写信人，打开一看，果真是她！称呼没有变，落款仍然是"一个喜欢你的人"。同样是一张纸，一行一行还是像爬坡。这一回写得很平和，一开始就问我，怎么不写东西啦？她说，一直都喜欢看我写的文章，还说，这么多年来，都在关注我，也一直在默默地为我祝福。说到那一次约会，她打了个招呼，说爽约了，对不起我，没有说原因，只是说认命。看到这里，我禁不住眯眯一笑，心里立马觉得好像蛮舒坦的。

这是什么人啊？我又有点心神不宁了。晚上回去，我把这件事告诉了太太，她倒好，撇口就说："好啊，交桃花运啦，我可不管噢，有人暗恋你，你可要好自为之。"

太太的话看起来风轻云淡，实际上是很在意的，过了两天她突然问我："谁的来信，你真的不知道？"太太跟我是高中的同班同学，她的脾气我知道，不问是不可能的。经过反复回忆，我想起了一件事，当年有一个学妹，曾经在放学的路上跟我点过几次头，可她姓甚名谁，我从来就没有打听过。难道是她？我跟太太说了心中的疑点，她先叫我不要自作多情，后来又说八九不离十。

一晃，又是多少年过去了，写信人从未露面。而今，所有的过往都成了历史，同学们聚会时，我故意讲过这个故事，很多人听了，都跟在后面起哄，说张三，道李四，猜测一箩筐，一个不靠谱。也有人说我心里清楚，我总是笑而不语，又能说什么呢？

一段插曲，几多思考，糊里糊涂，感觉真好。

诱人的大学校徽

当兵那会儿，有好几年我像中了邪似的，走到哪儿都喜欢留意别人胸前的那一枚大学校徽。

如此发自内心的痴迷，还闹过一出有口难辩的笑话。有一年夏天，晚饭后我跟几个战友一道出去散步，走到附近的一个小镇上，迎面遇见几个年轻的姑娘，裙裾飘逸，宛若天仙。朦胧中依稀发现她们的胸前都别着一枚诱人的校徽，为了看个究竟，我特地走过去多看了一眼。那一刻，人家倒也大方，还故意放慢脚步，笑嘻嘻地跟我们挥了挥手。就这件事情，我的那帮战友当时就借题发挥，说我大胆，竟然敢赤裸裸地看人家女青年的胸脯。

战友们的调侃，图的是个开心，当然，那个时候他们也不完全知晓我的内心世界。

现在，戴校徽的大学生好像不太多了，我们年轻时候，还是能够经常看到的。"文革"结束不久，高考刚刚恢复，能戴上一枚大学校徽，无疑是很令人羡慕的。那时候，看到戴校徽的大学生，特别是名牌大学的，我就会打心眼里高看一眼。很长一段时间，我总是铆着劲，悄悄地做准备，期望有朝一日也能交上好运，戴上那骄人的校徽，成为一名真正的大学生。

要说，对上大学我是早有准备的，当兵离开家的时候，什么没有带，只带了一套中学生数理化自学丛书。到部队以后，一有时间我就啃那一套丛书，书中的所有习题，全都认认真真做了一遍，该掌握的知识点，可以说基本八九不离十了。

然而，造化弄人，虽然我做了不少准备，但是终究还是没有能够如愿以偿。"文革"期间，高考一直没有动静，恢复高考以后，无论是起初在部队还是后来回到地方，倒是有过几次机会，但由于种种原因，都是擦肩而过。

凡是得不到的，往往会愈加渴望。几次与大学失之交臂，我对那一枚校徽，对大学生活，似乎格外着迷了。有一段时间，每次出差我都喜欢到当地的大学转一转，时间不够用，哪怕就到门口站一站也得去。我要去看看秀美的校园和青春的脸庞，更想去感受感受大学里的读书氛围。起初，每去一次都有五味杂陈的感觉，羡慕嫉妒恨的滋味油然而生。但到后来再去，就觉得大学校园这块净土，陶冶情操，净化心灵，比任何景点都好。

大学门没有进得了，后来校徽倒是有了两枚。在政府办公室工作期间，有一批中国人民大学的学生到江都搞社会实践，从头至尾都是我陪同的。看到这些佩戴校徽的名校大学生，我有说不出的欢喜，也感到特别亲切，接待工作自然格外周到。可能他们对我的安排都很满意，结束前，特地送给我一块人民大学纪念章和一枚校徽，戏言要接纳我这位校外学长，说得我诚惶诚恐，收也不是，不收也不是。后来调到检察院工作，上岗前，到北京检察官学院培训了三个月，没想到，又收获了第二枚大学校徽。

拥有这两枚校徽，一度令我哭笑不得，曾几次想把它们扔掉，但最终还是留着了。心念校徽，或多或少有几分虚荣，但更多的是对读书的向往，上不了大学，岂能拿校徽撒气！其实，上大学是阶段性的，而真正的读书学习则是需要一辈子的坚守。几次折腾以后，我逐渐坦然了，既然进不了大学门，那就安心在门外修行吧，许多成功人士走的不就是一条自学成才的道吗？心气儿理顺了之后，这么多年来，我从来不敢懈怠，聊以自慰的是，除了拿到了两个大学文凭，还成功加入了中国法学会和江苏省作家协会。

　　留意大学校徽是一种生活状态，彼时的梦想就像海上的风帆，现在想起来还是有点心潮澎湃。

窗口的记忆

　　这是一个躲在犄角旮旯儿上的窗口，窗外那一棵茁壮的冬青树，翠绿蓬勃，给这个原本沉寂的角落，平添了几分生机。

　　承载这窗口的建筑，呈"品"字形，突出的部分是小礼堂，两边多为水兵活动室。窗口里面不大的空间，是我和另外两名战友的起居室，临窗的那张桌子一直为我所用，入伍头几年，我的大部分业余时间都是在这窗口度过的。40多年过去了，当年窗口的点点滴滴，如今依然历历在目。

　　我当兵的那个地方，气候温润，雨水丰沛，草木长得很茂盛，蛇虫百脚也很活跃，打开窗户通风的日子，四脚蛇能神不知鬼不觉地钻到室内，好几次我们在打扫卫生时，扫帚一刮，桌子底下便蹦出来一条，怪吓人的。有一年夏天，这家伙居然钻到了我的席子底下，秋天，等我整理床铺时，它已成为一具被压扁了的干尸，看上去还是一副张牙舞爪的样子。

　　窗口的四脚蛇尽管有些怕人，但我还是喜欢坐在那里。从窗口看出去，山川、河流，就像一幅水墨丹青，春雨霏霏的日子，有烟雨江南的味道，秋雨绵绵的时候，又有一些像海市蜃楼。

　　窗外的鸟儿很多，长年啁啾不断，歌喉最亮的要数斑鸠，一只叫着，另外一只就会在远处呼应，"咕咕，咕咕"，一声又一声，声声入耳。春天斑鸠叫得最厉害，天不亮就在亮嗓子，冬天虽然叫得少一点，但只要它一开口，就让人产生错觉，不是以为秋天没有过去，就是觉得春天提前到了。

坐在窗口，最大的福利就是能听到自然的声音，除了鸟叫，还有蛙鸣虫吟的高歌浅唱，风吹树叶的窃窃私语。

窗口客观上有点清冷，但于我而言却很温馨，窗下的坚守，似乎奠定了我一生的基础，后来的发展，几乎没有离开过文字，如果溯源，窗口好像就是源头。

那几年，一有时间我就在窗口读书，图书室就在隔壁，图书归我管理。"文革"后期，恢复出版了一些名著，古今中外的都有，驻地的新华书店定点与我联系，有了新书就通知我，只要购买，我总是近水楼台，先睹为快。一段时间，我喜欢上了巴尔扎克、福楼拜、莫泊桑、雨果，就是因为读了一些他们的作品。

待在窗口，我不但可以愉快地读书，还可以尽情地给心上人写信。那个时候，书信往来是军人的一种生活的常态，一封接一封，不等这一边去，就盼那一边回，如梭的思念，在两地间越织越密。

窗口几年，她的所有来信，我都装订成册，一年一本，一件不少。我为这些信件，精心设计了封面，"春潮"是由衷的配题，大海、浪花、舰艇、海鸥，还有那撞击礁石的海浪，高高横斜的椰子树，是封面上不可或缺的基本元素。

窗口的生活，撩拨着我的心绪，点燃了我的激情，在读书学习、收获爱情的同时，我开始学着给报纸、杂志投稿，有过石沉大海的苦恼，但更多的是收获之后的喜悦，记得第一次在《人民海军》报上亮相，那一种兴奋的感觉，一点不亚于和心上人牵手。

可能天生我就喜欢幻想，坐在窗口，看着窗外的田园风光，我常常会憧憬起美好的未来。城市一隅，温暖的小家，可爱的娃娃；天南海北，秀美的河山，愉快的旅行；文化沙龙，知心的朋友，共同的话题：所有这一切，那个时候都成了我心中的梦想。

离开窗口以后，我回去过一次，那时候老部队已经撤销了，我待过的那间屋子，门没有了，但窗口以及窗外的冬青树还在。站在窗前那一刻，我有说不尽的伤感，窗外的冬青树沙沙地响个不停，好像也在一个劲儿地诉说着心中的痛楚。记得那一天离开时，我是悄悄地抹着眼泪走的。

岁月沧桑，世事难料。听说那窗口所在的建筑，前几年就不复存在了，但这窗口的记忆却永远刻在我的心里。

一棵小枫树

　　院子后面那一棵小枫树，紧挨在一棵大树边上，长得真不是个地方，母亲总觉得它是多余的，三番五次要我把它弄掉，我和妻子有些于心不忍，一直敷衍着，拖了有好几年。

　　这棵小枫树，谓之"两头红"。横斜的枝干昂扬向上，宛如一把撑开的伞，春头秋尾，满树的叶子就像抹了一层胭脂，阳光下雪红透亮，好似燃烧着的一团火。看到它，我心里就觉得暖暖的。

　　但是，这棵小枫树命运多舛。开始它长在院子前面，修建水池的时候，不得不把它移开去，工人师傅挖起来以后想把它扔掉，我没有同意，而是小心翼翼地把它栽到了院子的后面。过了两年，后面院子调整布局，又不得不把它移到现在的这棵大树边上。要说长在这个地方，真是太委屈它了，受大树的欺负，一年四季它很难沐浴到雨露阳光，这几年只是勉强地支撑着，春秋两季，往日的胭脂红不见了，新芽无精打采，叶子暗淡无光。早就想给它再挪个窝了，但苦于一直找不到更加合适的地方。

　　一棵小枫树，我之所以迟迟不肯处理掉，不仅仅是因为它曾经讨人喜欢过，更是实在不忍心剥夺它的生存权利。

在我看来所有植物和动物一样，都应该得到人类的善待和尊重。但现实往往不是这样，行走在小区里，经常发现一些好端端的植物被业主抛弃在路上，看到那些裸露的根须，枯萎的枝叶，甚至一些躺在地上被任意肢解过的躯干，我就心生恻隐，仿佛听到它们在抽泣，在呻吟。不管怎么说，植物也是有生命的啊，怎么能随意处置呢？我可能迂腐了，在整理院子时，对所有多余的植物，都做了妥善的处理，一棵也舍不得糟蹋，诸如银杏、香樟、红叶石楠等，有的送给了邻居，有的捐给了单位。

听说，植物也是有感知的，你善待它，它会知道。有人说，在苹果树前赞叹抚慰，苹果就会长得光亮红润，又大又甜；在牡丹花前播放一些婉转动听的音乐，牡丹花也会开得富贵妖娆，绚丽多彩。只不过，植物的这种感知常常不被人关注、不被人了解罢了。青年作家邵顺文在《给鸽子让路》一文中，深情地写了这么一段话："对于浩瀚无垠的宇宙来说，一只鸟和一个人有区别吗？一棵树和一株草有区别吗？一片云和一朵花有区别吗？我觉得没有。一切都是自然的孩子，只是大家的面貌不同，性格不同，语言不同，如此而已。"事实就是这样，大千世界，生命都是一样的，鸟兽的语言我们听不懂，植物的心声我们无法感知，这只是它们的生存状态、沟通方式与我们不同而已。我相信，被任意抛弃的植物，内心肯定也很痛苦，也一定会在呼喊，在挣扎，要不然它们的容貌为什么如此憔悴？被肢解的枝干又怎么会在悄悄地流泪？

锯掉小枫树是残忍的，还是给它留条活路吧！前些日子，工人师傅在院子里修剪植物时，母亲还是坚持要把它弄掉，那位师傅刚要动手，又被我拦住了。看来，再不给它挪个地方真的不行了。赶巧了，那一天隔壁邻居家正在绿化院子，我便抓住机会向主人做了推荐，谢天谢地，主人善解人意，欣然接受了这一棵小枫树。

移栽的时候，我亲自护送小枫树到了邻居家里，并和主人一道，培土浇水，认认真真地把它栽到了院子的边上。

现在每天经过那里，我都要看一眼这一棵小枫树，主人是有爱心的，天冷之前，给它裹上了厚厚的绒布。我相信，有主人的精心护理，明年春天这一棵小枫树一定会生机勃勃，重放异彩。

两只大甲鱼

　　春天的早晨，院子里空气特别清新。我走到鱼池边上，刚准备喂食，突然发现睡莲下面，有个东西好像打了一个滚，咕咚一声钻到水下去了，等了老半天，它没有敢再上来，不过第二天一早还是露出了庐山真面目，原来是一只大甲鱼。

　　奇怪的是，过了没有几天，鱼池里又多了一只大甲鱼，看上去比前一只还要大，有人戏说是一公一母。这是哪来的？我也说不清楚，估计十有八九，来自后面那一条通江达海的活水河。

　　左邻右舍那么多，大甲鱼为什么偏偏爬到我们家里来？母亲坚持说，是因为这个地方风水好，鱼池造得漂亮。

　　要说这个地方，倒是采光通透，鸟语花香，鱼池也算有点特色，歪把子葫芦似的，四周叠石环绕，枝叶倒垂，一侧还有一座凉亭临于水上，但我知道，这一些都无关紧要，起关键作用的，恐怕还是鱼池外边那一盏路灯。这两个家伙一定是在夜深人静的时候，冲着这雪亮的灯光，一路溜达，误入这片小天地的。

　　鱼池里来了两只大甲鱼，一家人都很高兴，但也很担心它会伤害到小红鱼。一池的小红鱼太诱人了，几条大的总是带着一群小宝宝，在池子里游来游去，每次我去喂食，只要听到脚步声，它们就会浮出水面，张着嘴巴，摇头摆尾地聚拢到一起，像一大团盛开的鲜花，在水下摇曳。大甲鱼来了，小红鱼还能安全吗？那几天，我们一家人都想着把它们捞上来，送到大河里去。

"送到大河里去？"邻居家的保姆知道我们的想法，感到很诧异，"野生大甲鱼几百块钱一斤呢，送走了不是太可惜吗？"她建议我们捞上来卖给饭店。

卖给饭店？这个主意太狠了！一直以来我们都非常尊重每一个小生命，哪怕是一只猫，一条狗，一棵树，一盆花，从来不敢随意伤害，任意糟蹋。大甲鱼闯进了我们家的院子，这是一种缘分，善待它们也属人之常情，怎么能残忍地把它们送进餐馆呢？

但真的要把它们捞上来放生，很不容易，不把水抽干了，逮不住，抽干了，又担心小红鱼会遭殃。真是一个烫手的山芋，让人好生为难。不过后来发现，我们的担心是多余的，若干天过去了，小红鱼全部安然无恙，大甲鱼与它们的相处也很和睦，像个朋友似的，天天在一起觅食，一起游玩。看到它们相安无事，我们心里踏实多了，留就留着吧，让小红鱼多个伴也好。

自从来了大甲鱼，母亲好像多了个去处，没有事了，就喜欢到亭子里坐坐看看，还喜欢把几个邻居老太太约过来一起玩玩。时间一长，这甲鱼的胆子变大了，有人站在池子边上，它们照样敢上来优哉游哉，几只爪子在水下拨弄来拨弄去，就像在跳霹雳舞。

一转眼秋天到了，连续下了几天暴雨，大甲鱼突然不见了，母亲感到很惋惜，老是说雨下多了，大甲鱼肯定爬走了。"爬走就爬走吧，只要不爬到人家餐桌上，成为别人的美味佳肴就好。"我嘴上这样说，其实也一直不死心，天天都要去鱼池边上看几回，但结果都很失望。难道它们真的是悄悄地来又悄悄地走吗？谁知道，冬天我在清理鱼池时，发现这两个家伙竟然还埋在池塘底下的淤泥里面，黑眼睛亮晶晶的，一动不动地看着我，像是跟我躲猫猫。

又见大甲鱼，个个喜出望外，但这一次我想趁机把它们放掉，天高任鸟飞，海阔凭鱼跃，鱼池再好，毕竟太小。我的想法，一家人都很支持，于是我把它们装进网兜，拎到了大河边上，还特地爬到一条小木船上，把它们往远处多送了一程。有趣的是，它们沉到水下，很快就又浮出水面向我游了过来，几只爪子跟以前一样，还是在水下划来划去，不知道是告辞还是依依不舍。我挥挥手示意它们赶快离开，那一刻我能做什么呢？只能在心里默默地祝愿它们，今后少遇一点麻烦，多交一点好运。

三棵西红柿

前几年，搬进新家以后，一只大的陶瓷花盆，一直被我扔在墙角边上，我不想再养花草，就想长点儿果蔬，找一找儿时种瓜得瓜、种豆得豆的感觉。今年春天，看到邻居家里栽种西红柿，便心血来潮，要了三棵小苗，栽到了这花盆里面。

栽之前，我在盆里垫了些淤泥，小苗活了以后，噌噌地往上长，没有多久，就开枝散叶，生机盎然。对这三棵小苗，我可上心了，自栽下去以后，每天早上起来，第一件事情就是去侍弄它们，怕长得太密影响挂果，经常为它们修枝剪叶，长高了担心倒伏，又及时地插了几根竹竿给它们撑腰。在我精心培育下，三棵西红柿很快都挂起了花蕾，开出了小黄花，一嘟噜，一嘟噜，有一点像金桂的样子。褪去花瓣，不知不觉花萼下面都露出了小珠珠，开始像小豌豆，继而像小弹球，绿莹莹的，一串上面都有六七颗。我高兴极了，天天期盼着这些小果果快快长大，奇怪的是，最初的那几串，长到快有乒乓球大小时，居然都定格了，颜色却开始变得泛白，问了一下邻居才知道，这种西红柿叫圣女果，只会变红，不会再长大了。

圣女果，听起来就很诱人。就在我憧憬着它们一天天变红的时候，问题来了，我和妻子出去旅游了几天，回来发现它们全都耷拉着脑袋。用手一摸花盆，乖乖隆的冬，滚烫！还用说吗，一定是毒太阳晒的。于是我赶紧把它移到阴凉的地方，但情况还是很糟糕，枝干由青变黄，叶片卷曲褪色。

看着它们形将枯萎的样子，我心里很着急，西红柿也是有生命的啊，而且还正在开花结果，如果任其夭折，那不是太残忍了？而要拯救它们，唯一的办法就是重新移栽，但这个时候移栽还能成功吗？妻子劝我不要找事做，我不想放弃，就想下决心试试。

我选择了一个背阴的地方，等到傍晚才开始动手，我先挖好了三个坑，小心翼翼地用手一棵一棵把它们捧进去，然后再一层一层地培上土。移栽后，我一早一晚浇水，一早一晚观察，看上去它们好像有稳定的迹象，中午前后，叶子卷曲得很厉害，一早一晚，就又舒展了一点。那些日子，我天天盼望下雨，但偏偏骄阳似火，于是任我怎么伺候，这叶子还是舒展了又卷曲，卷曲了又舒展，我心里也跟这叶子一样，天天在希望与失望中撕扯。就这样僵持了十多天，奇迹终于出现了，三棵西红柿居然全都挺住了。

获得新生以后，它们慢慢转了气色，没有多久，又噌噌地往上长，我适时地施了一点肥，这一次比在盆里长得还要好，绿油油的，葳蕤得像苗壮的灌木。新生的枝干，又开满了小花，露出了小珠珠，早先结下的那些果子，也一天天红了起来，油亮亮的，就像一串串红玛瑙挂在绿叶丛中。

栽下三棵西红柿，本想重拾儿时的乐趣，谁知，这意料之外的小插曲却让我格外惊喜。铁树开花，哑巴说话，那段时间，我很嘚瑟，就喜欢跟家人闲扯信念与坚守的话题。

天涯若咫尺

前年秋天，一帮战友，结束了西子湖畔的聚会，又兴致勃勃地去了一趟老部队。登上中巴车，沿着杭甬高速前行，过宁波镇海，上跨海大桥，不知不觉就到了昔日的驻地——定海岑港。

看看时间，还不到两个小时。真是天堑变通途啊！或许是走得太便捷了，一路上的说说笑笑，都无法拂去我心中的感慨，往事历历，又一次汹涌澎湃地涌进了我的脑海。

我当兵的地方，要说离家乡并不算太远，但在 20 世纪七八十年代，却有天涯海角的感觉。那时候回家一次，一路上的舟车劳顿，比现在出一趟国门还累。定海到上海的海轮，两天一班，夕发朝至。到了十六铺码头，下了船就得乘车去火车站。那时候上海的公交车太挤了，背着行李，力气小一点根本上不去。有一次，我刚刚塞进车门，头上的毡绒帽就被挤得滚到了路边上，要不是热情的路人帮忙，那就只好跟那一顶棉军帽说拜拜了。上海火车站，虽然设有军人售票窗口，但随到随走的车票基本买不到，我们已习惯白天在市区转一下，夜里乘车到镇江。镇江的情况更怕人，出了站，总有一大群人背着大包小包，拼命地往轮船码头跑，为了赶上第一班轮渡，那种翘趄前行的阵容，真是要多狼狈有多狼狈。

　　回家的路虽然累一点，总体上还能掌控，因为定海到上海的船票可以提前购买，而归队就不好说了，那时候没有网络，不好异地提前预购，只能到现场碰运气，有一回我就遇到了麻烦。早上从家里出发，宜陵到江都，江都到扬州，扬州到六圩，一路上马不停蹄地转车，中午好不容易到了镇江。等到踏上绿皮车，哐当哐当地开到上海时，已经是下午四点多钟了。出了火车站，随即乘车去十六铺，谁知道当天去定海的船票已经售罄。那时候没有票贩子，想倒手高价票也没有门。怎么办理呢？不能按时归队，是要被处分的。情急之下，我赶紧折回火车站，买了一张次日凌晨去宁波的火车票，不得已，只好改道由宁波坐船回定海。

　　行程受挫，坐在候车大厅里格外感到压抑，满屋子的旅客，挨挨挤挤，行色匆匆，想找个安静的地方打个盹，则完全没有可能，我只好挤长条椅上，心不在焉地翻翻闲书，时不时地抬头看看墙上的时钟。十点过后，有一列开往宁波的列车开始检票，我顿生侥幸心理，随即挤进了队伍，想提前离开这令人窒息的地方。谁知，到了检票口，任我怎么解释，工作人员不但不予通融，还把我的票紧紧攥在手里，高高地举过了头顶，踮着脚尖，亮着嗓门，向她远处的同事吆喝我的不是。无可奈何，我只好以一个军人应有的克制，等待她的处理。没有想到，等队伍走完了，她居然嫣然一笑把票还给了我，一声不吭，掉头就走。这不是在皮人吗，看着她远去的背影，我在心里真想狠狠地骂她一句：上海小娘辈，真他妈烦人！

屋漏偏逢连夜雨，到了宁波，跟在上海一样，还是没有能买上当日的船票，望着茫茫的大海，那一刻，我五内俱焚，一筹莫展。由于晚归了一天，后来指导员让我在小组会上做了一次口头检讨。部队执行纪律，不讲客观理由，只要违规，就得处罚。

往事不堪回首，过去回舟山，最快也得一天一夜，现在沧桑巨变，几个小时就可抵达。海上大桥，一次次改变着空间概念，出行的感觉比以往任何时候都来得轻松。去年春天，我陪朋友又去过一次定海，下午一点多钟离开江都，晚上七点不到，就走进了下榻的酒店。一路过去，春光旖旎，风景如画，两边的花草树木，新芽绽放，生机勃勃。过了嘉兴，迈入杭州湾大桥，就像进入了梦幻世界，五彩缤纷的栏杆，一望无际的大海，让人心旷神怡，浮想联翩。走到大海深处，近处海鸥逐浪，远处白帆点点，恍恍惚惚，就觉得不是在车上，而是骑着巨龙在海上兜风。

上海的战友告诉我，现在他们去舟山更方便了，客运服务中心南站，开往定海方向的班车，每半小时一班，若想去普陀山烧香，早出晚归，绝对不会影响回来接孙子。想打打牙祭，尝尝正宗的海鲜大排档，邀上几个朋友，也可以说走就走。

战友的这一番话，让我好生羡慕，也引起了我的强烈共鸣。想想不都是这样嘛，现在在国内出行，好像不再有"远行"的概念，想去任何一个地方，基本上都能朝发夕至。

海上大桥，见证了祖国的日新月异，便捷的交通，总是让人惊叹不已。桥多了，路好了，华夏大地好像被施以了魔法，忽然间，就觉得天涯若咫尺。

跟过往道一声"拜拜"

100多本工作笔记，一大摞子，一直堆在储物间里，除了搬家从来就没有触碰过。这是我从部队转业回来以后的全部工作笔记，整整30年，一年不拉，一本不少。

这些工作笔记，承载着我一段很重要的人生经历，前两次搬家，曾经想要处理过，但捧在手上掂量了半天，最终还是没有舍得。现在退休已经六七年了，最近又要挪窝，想想再留着也是个累赘，于是下决心跟它们说"拜拜"。我把它们搬到窗口，坐在阳光下，整整花了两天时间，一本一本浏览，一本一本销毁。翻开哪一本都像触摸着一段滚烫的岁月，阳光、鲜花、雷电、阴霾，像电视剧一样，不断变换着画面，一股脑儿地在我脑海里显现。

这是在县委宣传部时候的一个片段。一天晚上，部里几个弟兄在一起小雅，酒过三巡，老王跟我杠上了，条件是他吃一个斩肉，我喝一杯酒。喝就喝，激情之下谁怕谁？十个大斩肉，他没有费事，一个接一个，很快消灭得干干净净，我也不甘示弱，一杯接一杯，十杯酒差不多有一斤，居然也就喝下去了。回到家里刚准备休息，任务来了，省委一名副书记隔天要来江都调研精神文明建设情况，部里通知我，必须连夜赶出汇报材料。酒喝多了，困得要命，但我不敢贪睡，交代夫人十二点前一定要把我叫醒。那一夜，我一直干到天亮，终于赶在上班前完成了任务。"情况熟，出手快"，我的工作得到了领导和同志们的充分肯定。

跳开宣传部，脑子里又出现了组织部。这是我转业后的第二站。那时候，江都基层组织工作是省里的联系点，有一阵子，为了破解农村基层组织后继乏人问题，完成省委组织部交给的任务，我曾带着组织科的同志，走访了全县近三分之一的村，并重点解剖了一个镇的所有村级组织。在此基础上，我撰写的调查报告《敢问路在何方——稳定村组干部队伍的调查与思考》，有幸被《农民日报》全文选用。我们的工作得到了省委组织部的高度认可，被推荐到全国先进基层组织工作会议上做介绍。那一年，会议在山东牟平召开，江苏出两个典型，一个是华夏第一县无锡，再一个就是我们江都，到中组部通材料是我去的，至今昔日的情况历历在目。

镜头再切换到检察院。这是一个基础条件极差的单位，当年全院有一大半人靠租房办公。任检察长之初，形势逼着我必须想方设法改善办公用房，这个事情曾经让我伤透了脑筋。问题解决以后，接着就趁热打铁抓规范化建设，办案、队伍双管齐下。我的想法得到了全院上下的广泛认可，在创新中规范，在规范中提升，几乎成了各部门的自觉行动。功夫不负有心人，我们的工作得到了人民群众和上级的一致好评，那几年，连年被市里评为人民满意的政法单位，还被省委、省政府荣记过一次集体一等功。出席省里的表彰会，我第一次尝到了在聚光灯下披红戴花的感觉。

三十年的工作不完全是顺风顺水，也遇到过不少激流与漩涡。说两个难忘的片段吧——

镜头一，任区委书记不久赶上乡镇合并，被并的那个小乡干部群众意见很大，有一天傍晚，部分群众突然拥到乡镇府集访，一度场面失控，前来处理问题的副市长，停在路边的小轿车差一点被群众推到河里。我在现场不断组织党员干部疏导化解，担心群众会进一步闹事，我们连夜研究了预案。没有想到，这一帮人第二天一早，还是绕道去了省政府。得到消息，我和常务副市长随即赶到南京，工作一直做到晚上，依然难以平息。在劝说无果的情况下，省里调了两辆大巴，动用警力强行驱赶。市里领导要求我随车护送，一路上我提心吊胆，生怕半路上节外生枝，还好，回到江都，镇上已安排了警力接车，那一夜总算相安无事。

镜头二，检察大楼开工之初，当地部分群众借题发挥，有的老头老太直接躺在工地上强行阻工。我把情况及时向市委做了汇报，没有想到，书记撇口就说："检察院开工不了，干脆把牌子横过来挂。"弦外之音我听出来了，那分明是在提醒我，检察院不要倒牌子。书记的话刺激了我，回去以后，我随即召开党组会，决定排除妨碍强行开工。开工前，我们请镇上协助提前做好工作，同时，请公安、法院届时到现场助力。开工的那一天，我们全体干警着装出席开工仪式，镇党委和公安、法院很给力，全都派员坐镇。面对如此强大的阵容，那么多到场的群众，没有一个敢惹是生非。第一脚踢出去了，后来的路就走得比较顺畅了。

几十年沸沸扬扬，藏在本本里的故事太多太多。俱往矣，道一声"拜拜"，余生将修篱种菊，守一份宁静，享一处清欢。

第四辑 至亲至爱

　　时代不同了，两代人之间，观念上的分歧，孰是孰非，也许本来就没有对错。长江后浪推前浪，世上新人胜旧人，年龄大了，有什么必要再墨守成规，不如缓和一点，马虎一点，踩着年轻人的脚印，安度晚年，享受人生。

把幸福写在脸上

知道女儿第二胎怀的是个男孩儿，我甭提有多高兴了，恰巧，那天中午正好有个应酬，一激动弄了三大杯。事后，在朋友办公室里，我躺在沙发上，一直在给亲戚、朋友打电话，借着酒气，恨不得让所有熟悉我的人都知道，我要有个小外孙了。

一男一女一枝花。有儿有女，可遇不可求，天大的好事，能不开心吗。

按照时间推算，小二子应该在 3 月 10 日前后出生，那几天，我们天天跟孩子们上网，时刻跟踪女儿的状况。孩子们定居在美国，他们那里跟我们正好有 12 小时的时差。有一天，我们这边的早上，跟他们上网始终连接不上，是不是女儿去医院了，我和老伴儿的心都提到了嗓子眼儿。后来知道，那是一场虚惊。对于我们的恐慌，女儿却诙谐地说："你们就是没有小二子淡定。"

女儿第一胎是剖腹产，第二胎，美国医生建议尽量自然分娩，但根据检查，胎儿比较大，能否顺产，心里没有底。我们又请教了国内的妇产科医生，他们也认为可以试试自然分娩，但为了避免风险，最终我们还是建议女儿剖腹产。

孩子们接受了我们的建议，跟医生商量后，小二子的出生时间，定在他们的 3 月 11 日下午。上午 11 点，也就是我们头一天的晚上 11 点，女婿传来了他们一家三口的合影，只见外孙女抱着妈妈的大肚子跟宝宝说话。他们其乐融融，我们却开始坐卧不安。

等待，总归是折磨人的。算算时间，两点前后小二子应该出生。从 11 点到 2 点多，这 3 个多小时，我们几乎是读秒熬过来的。妻子把闹钟放在床头，每隔几分钟就看一次，我把手机铃声调到最大，生怕错过一次来电。为了打发时间，我们打开了电视，但播的什么节目，一点也不知道。"再看看，有没有消息。"过了 12 点，妻子不断催我看手机，其实，我一直握着手机，守候着微信。"嘀嘀嘀，嘀嘀嘀"，2 点 13 分，手机突然响了，我迫不及待地打开一看，果真是女婿传来了宝宝的照片。

"祝贺祝贺，快说说具体情况。"

"男孩，七斤七两，五十三厘米。"接着女婿又发来了微信和照片。

看着宝宝的照片，我和妻子心中的一块石头落地了，坦率地讲，之前尽管知道是个男孩，但未出生，总归不踏实。现在好了，尘埃落定，我们心里真的是乐开了花。妻子捧着手机，久久不肯丢手，我高兴得有点欣喜若狂，连夜捣鼓了几句打油诗：

男孩，五十三厘米身长 / 体重七斤七两 / 第一时间，喜讯传真 / 外公、外婆高兴得热泪盈眶 / 外公平时怕喝酒 / 今天一定要多喝二两 / 外婆一贯话不多 / 那一刻却想找人拉拉家常

圆脸，高高隆起的鼻梁 / 皮肤红润透亮 / 呱呱坠地，有模有

样 / 外公、外婆抢着把手机端详 / 外公为人不显摆 / 今天却把幸福写在脸上 / 外婆从来不唱歌 / 那一夜却哼起了"小二郎"

写完，我大声念给妻子听，并让她想个题目。"看你高兴的样子，就叫把幸福写在脸上吧。"妻子不假思索，随口道来。"好，这个题目好！人生能有几回狂，难得一次又何妨。"于是，我一挥而就，在打油诗的前面，写下了这个热血偾张的题目。

飞到北京看升旗

夜色阑珊，故宫里的绿树黄瓦，影影绰绰，依稀可辨，走在厚重的红墙边上，浓浓的皇家气息，依旧摄人心魄。此时此刻，长安街特别宁静，马路上华灯高照，阒无一人，也看不到过往的车辆，唯有人行道上，熙熙攘攘，人流如潮。大家全都朝着天安门方向匆匆前行，升旗仪式的磁吸效应，深情地集拢着八方来客。

国旗是祖国的象征，五星红旗饱蘸着先烈的热血，舞动着东方大国的风采。带孩子们去天安门广场看一次升旗仪式，是女儿、女婿早有的心愿。外孙女和小外孙出生在美国，女儿和女婿一直注意强化他们的中国意识，学习中文，传播中国文化，从来不吝啬投入。今年上半年，我们照例在美国带宝宝，原本8月底回国，暑期到了，6月底女儿、女婿在南开大学有个会，于是，他们抓住机遇，让我们提前回国，和他们一道，先带两个孩子到北京看升旗仪式。回国前，女婿在网上反复选择住宿地点，最后敲定了长安瑞嘉酒店。这个地方好，去天安门广场步行只要十几分钟。6月25日我们从美国出发，26日下午到达北京。出了机场，接机的朋友就告诉我们，27日的升旗时间为4点47分。

由于时差关系，几乎一夜未眠，3点半多一点，我们一家6口就离开了酒店。路上不断有人在兜售小国旗，大的10块，小的5块，两个孩子都想要，夫人随即掏钱买了两面大的。原先我们想去金水桥边上找个位置，但过了安检一看，那一边已经人满为患，不得已，只好走地下通道过长安街，拐到了国家博物馆西北角，看看时间还不到4点。在栏杆边上，我们见缝插针，刚刚找到了位置，就看到一大群人拼命往南边跑，原来广场南面开口子了，许多人都想跑到正面去抢占有利地形。我们因为带着两个孩子，有些不便，只好认定脚下的位置，按兵不动。

天色尚早，弯弯的月亮，还在树梢上露着笑脸。广场上的旗杆、纪念碑，都显得有些模模糊糊，唯有天安门城楼上灯火璀璨，毛主席的巨幅画像光彩夺目。

一会儿时间，我们身后就站满了人，很多大人都带着孩子，东北的、闽南的、浙江的、四川的，大家都在用家乡话一个劲儿地聊天。挤在我们边上的一家子来自温州，下了飞机，还没有登记住宿，年轻夫妻就带着儿子和女儿，赶到了这里。两个孩子坐在行李箱上，看上去都有些腼腆，我那外孙女和小外孙可不管，老是盯住人家问东问西，孩子的爸爸很热情，一直替孩子们在回答问题。聊天排解了寂寞，一向不算安分的外孙女和小外孙，那一天显得特别有耐心。等待中很多人在玩手机，成片的荧光屏，闪闪烁烁，灿若星河。

天渐渐亮了，抬头看看天安门广场，正面等候的人群，从纪念碑一直排到了纪念堂，我们庆幸没有随波逐流，要不然落在后面，真的恐怕什么也看不到了。

4点半左右，有一群特殊观众，被安排到了离旗台最近的位置。人群中开始有人议论纷纷，羡慕的嫉妒的，兼而有之，但我心里清楚，享受这个特殊待遇的，一定是北京请来的客人。

时间越接近，心情越迫切，过了4点半，大家的目光都齐刷刷地盯着金水桥方向，不少孩子脸上都贴着小红旗，有的还坐到了大人肩上。终于，国旗队出现了，只见他们排着整齐的队伍，踢着正步，英姿飒爽地迈向了天安门广场。升旗开始了，在雄壮的国歌声里，旗手猛地一挥，一面鲜艳的五星红旗便冉冉升起。这一刻，人们除了不停地拍照，有的还情不自禁地举起了右手向国旗敬礼。

仪式结束了，两个孩子迟迟不肯离去。看着他俩意犹未尽的样子，我心里一直在默默地念叨，亲爱的孩子啊，但愿鲜艳的五星红旗，永远在你们心头飘扬。

奔跑吧，宝宝

"Hey！我叫陈堂堂，今年 5 岁，现在我给大家表演一个节目，学背 1000 位圆周率。"说完，姐姐给他戴上眼罩，爸爸在他背面的电视屏幕上，打出了密密麻麻的圆周率数值。"3.14159265……"100 位，200 位……900 位，1000 位。一气呵成，正确率 100%！

这是女儿给我们发过来的一段小视频，视频里的小男孩是我的小外孙，笑嘻嘻的，着一件宽条纹的红黑相间的长袖 T 恤，妥妥的小帅哥一枚。凭着这一段小视频，去年他轻轻松松在德国的一个圆周率记忆收录中心挂上了号，综合排名 185 位，如果按年龄划分，那排名绝对靠前。

小外孙出生在美国，接触圆周率完全是一件偶然的事情。去年，他无意中在爸爸的手机上，看到一个英国小朋友会背 250 位圆周率，便立马表示也想试试。于是，爸爸为他打印了一张圆周率数值，没几天他就记住了 100 位，兴趣上来了，接下来的一段时间他像着了魔，天天捧着个圆周率在背，300 位，500 位，800位，一个月不到，竟然顺利地拿下了 1000 位。

要说记忆力，这孩子确实有过人之处。一副扑克牌打乱了排在桌子上，他看一会儿，能从头至尾说出每一张的数字和花色，不可思议的是，还能倒过来说得清清楚楚。三岁的时候，我和太太在算一个小账，他听到了，随口说了个"七八五十六"。我们觉得很诧异，继续考了他几个乘法口诀，全都滚瓜烂熟。真神了！进一步了解才知道，原来是姐姐的乘法口诀压在玻璃台板下面，他趴那儿看看，不经意间就记住了。到了四岁左右，他能准确地记住家里每个人的身份证、信用卡及手机号码。有一次，爸爸带他出去买东西，结账的时候，发现钱包忘在家里了，掏不出信用卡，爸爸有些不知所措，他想了想，报了一串数字，结果解决了问题，收银员是个阿姨，嘴巴张得圆圆的看着他，惊讶得半天说不出一句话。

小外孙记忆力好，对数学特别感兴趣，小时候受到表扬，就喜欢别人奖励他做数学题，还没有上小学，数学书已经读了一大摞。一般加减乘除，他打小就无需笔算，答案脱口而出，而今他不但会做一般的代数、几何，还会编程制作动漫。有一天我看他在电脑上捣鼓了一个画面：红霞满天，一轮西沉的太阳慢慢地贴近山顶，这不是"白日依山尽"吗？我灵光一闪，便随口诌了一句，能不能改成"红日平湖生"啊？他不懂什么意思，我如此这般地跟他做了个解释，他一声不吭，悄悄地把电脑左下方的一组程序动了几处，顿时那一轮红日就从水中冉冉地升起来了。

幼儿园期间，小外孙知名度很高，快上小学了，老师和校长特地到家里走访了他，开学后又单独对他进行了考试，根据走访、考试结果，学校决定让他直接上二年级，数学跳到三年级。

三年级数学，对他来说还是太简单了，所有题目看一眼就能直接写出答案。三个月不到，一直跟踪他的负责英才教育的学区负责人突然袭击，单独对他进行了四年级数学考试，他半个小时交卷，得了个满分。为此，这位负责人和学校一道，又一次决定直接让他上五年级数学。到了五年级，没几天他就给了大家一个惊喜。班上组织数学游戏竞赛，乘除法计算，整数与小数混合，时间五分钟，电脑答题，对一道得 10 分，错一道扣 10 分。结果，全班 18 名同学，一共得了 960 分，而他一个人就贡献了 550 分。

我们家里知道，就数学而言，他完全可以跟中学生并跑。果真，一学年结束时，学区教育部门经过严格考核，又决定新学期让他跳到了八年级，而且上的还是个快班。一学年实现三级跳，那位跟踪他的学区负责人说，她从事教育工作 30 年还是第一次遇到。

老话说"七岁八岁狗都嫌"，小外孙虚七岁，讨嫌得让人不可思议。他玩心重，写字做作业从来不讲究，能快则快，马马虎虎赶紧写，写完了就玩。他喜欢折纸飞机，玩小汽车，尤其喜欢在电脑上下棋、打游戏。表现好的时候，爸爸、妈妈会奖励他打一刻钟，每次他都讨价还价，要多打五分钟，不过他说话算数，基本上时间一到就关机，但奖励之外，不知道偷偷摸摸打了多少回。为这事，爸爸妈妈没少跟他发火，但"猫鼠大战"还是经常上演。网上学习时悄悄地打个穿插，一个人躲到房间里偷偷地过把瘾，听到动静了，敏如脱兔，迅速切换，立马消除游戏记录。现在，他最喜欢玩的游戏是《我的世界》和《星际争霸》。

小外孙数学冒尖，客观地说有天赋也有后天的条件。爸爸、妈妈都是理学博士，遗传基因、家庭氛围或多或少起着一些作用。据说，许多数学公式、计算方法，都是爸爸、妈妈接送他上学时，在车上跟他讲的，他居然就轻轻松松地掌握了。

　　超强大脑，未来可期。奔跑吧，宝宝，向着未来，向着阳光，鲜花一定会为你盛开，掌声也一定会为你响起。

蜜蜜的礼物

又要回国了，孩子跟我们彼此都有些依依不舍，蜜蜜和堂堂（外孙女和小外孙）一个月前就开始倒计时，越到后来越发显得难分难舍。最后那几天，几乎每天晚上，都要到我们房间里，跟我们抱一抱，亲一亲。尤其是蜜蜜，有时候睡下了，还会再悄悄地爬起来，溜到我们这一边，陪我们躺一躺，说说话。

离别是痛苦的，早几年，一旦我们要启程了，蜜蜜、堂堂都会泪流满面。现在蜜蜜好些了，12岁，懂事多了，这一次她除了依依不舍，更多的是牵挂。知道我们要回国了，一直叮嘱我们路上注意安全，回去要保重身体，走的头天晚上，还特地给我们送了份礼物——一只带封口塑料袋，装着一个精美的信封。她笑嘻嘻地把礼物递给我老伴儿，要我们到机场再打开。

什么礼物啊，神神道道的。背着蜜蜜，当天晚上我们就迫不及待地看了个究竟，一共是三样东西：一封写给我们的信；一份英汉对照的旅行常用语；一沓用红纸包着的彩色照片。蜜蜜这孩子天生心地善良，做事一贯用心用情。打开信封，望着这一些精心制作的礼物，我心头一热，鼻子一酸，眼泪差点流了下来。

信是用中文写的，文字不长，工工整整，每一句都戳人心窝："亲爱的爷爷奶奶，我好爱你们哦！我希望你们安全顺利地回到中国。我特别享受你在这儿的时候（光），欢迎你们明年再来！你们回去之后，我会经常跟你们视频的，我也会好好学习的，你们放心。祝你们和太太身体健康！我会想念你们的。（三颗红心）——爱你们的蜜蜜"。文字虽然不很精练，但句句都很贴心。信的下方，她还贴了几张儿童卡通画：信封、电脑、蛋糕、苹果……看得出来，每一张都是她精心挑选的。

旅行常用语是她自己打印的，所有内容也都是她自己准备的，对话、餐饮、生活用品，三个部分二十九个条目，几乎涉及我们出行的方方面面。比如：请问登机口在哪里；在哪里取行李；我们不要咖啡，请来一杯绿茶；房间里有网络密码；等等。方方面面，清清楚楚，如此周到细心，完全出乎我们的意料。

第三样东西是一个红纸包，封口处还贴了一张卡通小老虎。蜜蜜属虎，我们完全能够理解，这一张卡通传递的是蜜蜜满满的爱意。我小心翼翼地打开这个红纸包，里面一共有七张一次性成像的彩色照片，有我和老伴儿的，有她们自己一家子的，还有一张是她养的宠物——两只豚鼠的。看到这些照片，我们恍然大悟，前些日子，蜜蜜在一个劲地拍照片时，我还有些不以为意，原来她是早就在用心准备这一份礼物啊！

蜜蜜这孩子从小跟我们就很亲，一直叫我们爷爷、奶奶。看着这一份情意无价的礼物，我和老伴儿想起了很多她的往事：小时候她待在中国的那几个月，总是脚前脚后跟在我老伴儿后面转，一旦看不到，就奶奶、奶奶叫个不停；我下班回家，听到我在门外掏钥匙，就会连声地说"爷爷回来了，爷爷回来了"，说着说着就忙不迭地往窗帘后面躲；看到我老伴儿拖地、浇花，她都是能豆豆地说，"我来、我来"，一边说一边抢着拿拖把、提水壶；夏天，我一旦赤膊，她就要我唱《蜗牛与黄鹂鸟》，然后爬到我身上，蹬着我的肚子，嘻嘻哈哈地一步一步往上爬；回美国时，在机场她紧紧搂住我老伴儿的脖子，哭得一塌糊涂，不肯离开；我曾经带过一把二胡去美国，孩子们乔迁新居后，这一次我们再去，二胡不见了，问蜜蜜，她立马从楼梯下面的储物间里给我拿了出来，后来我才知道，搬家时她怕二胡有闪失，是她亲自给我藏到这个地方的……

往事历历，情意绵绵。触摸着这一份珍贵的礼物，一股暖流禁不住在心里油然而起。这不是一般的礼物，而是蜜蜜的一片心意，纯净、真诚、暖心。回国后，我及时把这三样东西珍藏到了一个相册里，而今每次打开，都觉得很贴心，也很甜蜜。

一束醒脑的鲜花

后天就是母亲节了，沃尔玛多了不少卖鲜花的摊位，走在购物通道上，不经意间就有一堆映入眼帘，不过，最显眼的还是大门口的那一处，上下三层，五颜六色，挨挨挤挤。周末晚上，我们去买菜，进了门女婿就说，"给妈买一束花吧"，说着就往小推车里挑了两束，不用说，还有一束是给我们女儿准备的。

妻子不感兴趣，我也不太赞成。一束鲜花，美金 14.99 元，都是一些野菊花样的东西，要不了一个星期，就会成为垃圾，赶这个时髦，实在没有意思。

"有意思，不要管多少钱，高兴就好，生活不只是眼前的苟且，还要有诗和远方。"现在的年轻人动不动就会拿这话说事儿。面对女婿的好意，过多反对不好，折中了一下，我们还是少拿了一束。

近 15 美金，在美国的沃尔玛，可以买两双削价的轻便鞋，买一件不错的 T 恤衫，买一大堆切片面包，买好几桶有机牛奶。想来想去，我们还是觉得买鲜花太浪费。

可谁知回到家里，女儿很开心，捧着个鲜花，闻了又闻，一副心满意足的样子。告诉她价格，她一点不心疼，还反过来抱怨她妈太节省，不会享受生活，说什么"人活着就是要有点情调，花钱多少不要紧，只要高兴就好"。

又是一个高兴就好！想不到姑娘和女婿居然这样如出一辙。

一向以来，我都自认为，还是能够与时俱进的，可那一刻，忽然觉得落伍了。生活中的消费，我们考虑的是，经济适用，勤俭办事，而孩子们想的是，时尚新潮，享受生活。联想到一些其他事情，依稀觉得，我们前行的罗盘应该校正了。

举两个小例子吧，一个吃饭，一个穿衣。这两件事情，我要说的虽然不是温饱意义上的大问题，但因为挑肥拣瘦，同样搞得我们很头疼。先说吃饭吧，特别是早餐，没有一天不叫人着急。"宝宝，吃肉松面包，还是奶油面包？喝牛奶，还是喝豆奶？"如果吃酸奶，还要问一下："喜欢草莓味的，还是橙子味的？"上班在即，本来时间就紧，孩子们吃饭又慢，可女儿女婿，还是耐着性子征求孩子们意见。再说穿衣，也是这样，穿什么，不穿什么，每天起床时，比划来比划去，都得来回折腾一番，上学前，连穿个鞋子都要磨叽半天，一会儿运动鞋，一会儿轻便鞋，搞得人一头恼火。

女儿女婿都认为，要给孩子一点选择余地，我却顽固地认为，在家庭里面，做父母的就要说一不二，如果处处都听孩子们的，那不乱了套？记得我们小时候那会儿，一日三餐，哪里有可能挑三拣四，一锅粥煮在那里，你吃就吃，不吃拉倒。穿衣服也是这样，大人叫穿什么就穿什么，从来不敢讨价还价。

说到过去，女儿女婿都说："爸爸，你那个是老黄历了，现在孩子哪一家不征求意见，不信你去问问。"那口吻，绝对是今非昔比，毋庸置疑。有时候，还跟我说一通征求意见的好处，什么尊重孩子意见，有利于健全孩子人格啦，什么从小培养孩子的自主意识，孩子大了才会有主见啦，等等。

　　对这些说法，过去我一概不以为然，急了，还会跟他们理论一番，买花以后，仿佛清醒了许多，准确地说，是想开了许多。时代不同了，两代人之间，观念上的分歧，孰是孰非，也许本来就没有对错，但孩子们说的，无疑更具现代意识。长江后浪推前浪，世上新人胜旧人，年龄大了，有什么必要再墨守成规，不如缓和一点，马虎一点，踩着年轻人的脚印，安度晚年，享受人生。

锦书十年

　　电脑和手机成为新宠以后，传统的通信方式，便悄悄地退出了历史舞台。现代通信变得太神奇了，点点鼠标，动动手指，邮件、微信，瞬间就能漂洋过海，飞抵世界各地，但和一些过来人一样，我心里留念的，还是以前那一种暖心的书信往来。

　　我的这一种念旧，倒不仅仅是因为过去的那一种通信方式，而更多的是在怀念那一段寄情于书信往来的青葱岁月。

　　上小学的时候，我就歪歪扭扭地写过书信，但都是替大人代笔，而真正倾情地为自己写，那已是当兵以后的事了。历来新兵信件多，入伍之初，我就分别给家人、给老师和同学写了一批信，没有想到居然很快就收到了一位女同学的回信，信里还夹着一张印有芍药花的精美小卡片。收到这一封信，我怦然心动，读了以后，像喝了蜜，又像喝了酒，心里暖烘烘的，就觉得周身的每一个细胞都在跳舞。

　　说心里话，这位女同学留给我的印象不错，花容月貌，温文尔雅。离开家乡前一天，我曾到她家门口转了一圈，本想与她当面告辞，遗憾的是，这种不期而遇的巧事没有发生。但我寄过去的信，她及时回了，而且，也流露出了对我的好感，这不能不让我心跳加快。读着这一封信，看着这一张小卡片，仿佛就觉得她牵着我的手，羞涩地走到了花前月下。后来很长一段时间，我都把这一张精美的小卡片揣在兜里，学习、训练之余，偷偷地掏出来看上一眼，每每精神会为之一振。从那以后，一直到现在，我对芍药花都特别钟爱。

有了第一次的情感碰撞，尔后的书信往来便日益频繁起来，感谢鸿雁传书，终于让我们走到了一起。于是，当兵十年，读信、写信、盼信，便成了我们之间愉快的精神寄托。

读信，那真是一种幸福的体验。白天一个人悄悄地躲在一边，或者晚上静静地躺在床上，一遍又一遍地读着那一行行洋溢着真挚情感的文字，读着读着，就有耳鬓厮磨、肌肤相亲的感觉，甚至都觉得感受到了对方的气息和心跳。其实，那时候我们之间的书信往来，鼓劲加油的成分远远大于感情的倾诉，每收一封，每读一次，都会增强一份不断前行的动力。

写信，也是一种享受，虽然天各一方，心却近在咫尺，谈工作、谈学习、谈人生、谈未来，彼此心里都像揣着一个小火炉。淡淡的墨香里，字里行间都闪耀着对美好生活的顾盼与憧憬，流淌着说不尽的关爱与思念。心无挂碍的交流，牵肠挂肚的倾诉，笔下如决堤的洪水，汩汩滔滔，一泻千里。最有趣的是，有些话当面说，或许会吞吞吐吐，而在信中交流，却可以婉转地娓娓道来。

比较读信和写信，盼信的滋味就没那么好受了，真是"才下眉头，却上心头"。每次发信后，我都算着收信的日子，按照预定的时间，如果不能及时收到，整天都会像热锅上的蚂蚁。记得每次出海归来，中队文书都会捧着报纸和信件在码头上迎接，船刚靠上码头，大伙儿就会蜂拥而上，查收信件，我也不例外，收到了，心里自然会美滋滋的，收不到，就觉得空落落的。

　　有人说，情书是最好的爱情信物，而我们更觉得是家庭和睦的灵丹妙药。十年的往来信件，离开部队前，我和爱人分别装订成册，一直保存到现在。居家过日子，难免磕磕碰碰，不愉快了，重提一下那些信函，立马就会阴到多云，多云转晴。而今退休了，偶尔我们还会拿出来翻一翻，每翻一次都会勾起许多温馨的回忆。原来我以为，年轻时候我们聚少离多，是一种人生缺憾，现在就觉得，再多的卿卿我我，都抵不上这一些跳动着青春音符的十年锦书。

家　宴

3月19日，星期六，我们一家子驱车前往哈里斯堡（宾州首府），看望一位朋友去年刚来这里读大学的孙子，第二天顺道去了一趟华盛顿，那里的各种博物馆和盛开的樱花，硬是拽着孩子们要过去逗留两天。考虑到防疫需要，所到之处我们住的都是民宿，单门独户，起居自助，感觉倒是跟在家里差不多。

一路上，外孙女和小外孙嘻嘻哈哈，打打闹闹，既烦人又淘气；女儿、女婿很辛苦，特别是女婿，既要开车又要打理行程，里里外外，繁杂琐碎。返程的前一天，我和太太都想要犒劳他们一下，下午在去叫外卖之前我慷慨表示："今天晚上我们买单，想吃什么你们点。"两个小的无所谓，只要玩得开心，吃什么不重要，倒是女婿想到了一个菜："来个姜葱炒螃蟹吧。"

叫外卖是女儿带我们去的，我们找了一家叫"大红袍"的中国餐馆，一进门我就看有没有螃蟹，嗨，巧了，吧台后面的玻璃鱼缸里，还真的蜷缩着一只说是来自温哥华的蟹。问了一下价格，对方回答，89刀。多重？两磅不到。女儿觉得贵了，有一点犹犹豫豫。"买就买吧，难得的。"我跟太太不能往后缩，但女儿考虑了半天，还是没有舍得下单，最终只点了几份广式小吃和两道家常菜。

螃蟹没有吃到，我们总觉得心意没有了却，第二天回家，一出发我就说，到了匹兹堡就去买海鲜，晚上回家自己加工好好吃一顿。我的提议得到了大家一致认可，下午五点不到，下了高速我们就去了COSTCO（开市客），走到店里，我直奔海鲜专柜，一看，想要的这里都有。跟在后面的孩子们过来了，我说，你们挑吧，想吃什么买什么。他们转了一圈，最后挑选了四样东西：螃蟹、鳕鱼、淡菜、大虾。这个地方的东西都是包装好的，品质好，分量足，价格也很公道，四样东西足够吃两顿，总共才花了110美金多一点。出门的时候，验单员叽里咕噜向我们竖了竖大拇指，女婿很开心地告诉我，这老外在羡慕我们呢，说我们买了这么多好吃的。

回家后，加工的事儿就交给太太和女儿了。别看女儿平时不爱下厨，但弄这些洋玩意儿她比她妈内行。螃蟹是熟的，淡菜是带壳的，这两样东西好弄，放点葱姜、料酒下锅煮煮就行了，简单的事情太太来做；鳕鱼和大虾，一个要炸，一个要干烧，这事儿有点讲究，女儿说，她来。嗨，没有想到，她还真的可以，袖子一捋，清洗、配料，风风火火，有板有眼。她先给鳕鱼抹了一层黄油，撒一点香蒜盐、白胡椒粉，又倒了一点料酒，说是浸一浸；接着收拾虾子，剪掉虾芒，同样先撒一点盐，倒一点料酒浸一下。一切就绪了，先炸鳕鱼。专门的空气炸锅，只见她摁下开关，调好温度，等火候到了，打开门把鳕鱼放入铺有锡纸的托盘上，关进锅里大约炸了5分钟，打开来翻了个面，一会儿，一盆香气诱人的鳕鱼就炸好了。随即，干烧大虾，锅烧热了，她先把姜葱煸了一下，然后把大虾贴在锅上，加一点料酒，盖上锅盖文火干炕，3分钟左右翻个面倒腾一次，很快一只只红彤彤的大虾就呈现到了我们面前。

开饭了，女婿给两个孩子各倒了一杯饮料，给我们每个人倒了一杯红酒。我说，我还是先来点白的吧，于是，我给自己倒了一杯白酒。太太心里首先想的是两个孩子，她给他们一个人搛了一块鳕鱼，又剥了两个虾子，然后自己才开始动筷子。我抿了一口酒，夹了一块鳕鱼，乖乖，女儿的手艺真不错，这鳕鱼炸得就跟蟹肉一样，雪白、晶亮，吃起来爽滑酥嫩，特别鲜美。鳕鱼很适合孩子们食用，一根刺没有，两个孩子连声说，嗯，好吃、好吃！大虾也不错，外壳红得发脆，蒜香味很浓，剥开来肉很细腻，很嫩。太太舍不得吃鳕鱼和螃蟹，只是尝了几个淡菜，女婿看不下去了，特地给她剥了一个蟹腿。"不要，我真的不喜欢。"随即，就把这一根蟹腿放到了外孙女的盘子里。"干吗不要，这是女婿孝敬你的。"女儿声音很大，责备的口气洋溢着满满的孝心，外孙女很懂道理，立马就把蟹腿还给了太太。其实，海鲜是太太的最爱，她的心思我知道，就是想留给孩子们多吃一点。哈哈，我何尝不也是这样，越是好吃的我越舍不得动筷子。

家宴折射出了我们的家风：节俭、务实、和顺、明理。那一天我很高兴，喝酒来了个"三中全会"，一杯白酒下肚，接着又喝一杯干红，最后还吹了一瓶啤酒。

第一次享受过生日

白驹过隙，忽然而已，真不敢相信，今年我都70岁了。70岁，照例是要办一下的，原本是打算过生日的时候，请一些亲戚朋友过来热闹热闹，没有想到，因为疫情关系，去年来美国探亲，今年却不能如期回去了，这过生日的打算也只好以后再说了。

在我们这里，生日，过去一般记的是农历，年龄则习惯按虚岁算，每逢整岁叫大生日，其他的则叫小生日。小生日大做，是现在人的做派，日子好过了，连小学生过生日，有的还请一帮小朋友一起玩玩呢！而过去人，很少有这样的雅兴，印象中，小生日我多半记不得，而大生日也没有正儿八经地过过。

10岁生日，把老祖母接过来吃了顿饭。那时候，我们还是别人家的房客，父亲在南京工作，过生日跟平常一样，就是妈妈跟我们几个孩子在一起。记得那一天下着小雨，是我把老太太搀过来的，她拄着拐棍，蹀着个小脚，走路颤颤巍巍的。

20岁生日，一点印象没有。按时间推算，我应该在中学读书，"文革"期间，情况特殊，66、67、68，三届小学毕业生，后来并在一起上课，我是最早的一届，所以20岁还在读高中。

30岁生日，在定海去上海的大轮上，那时候我在舟山当海军，坐船是回家休假的。现在想不明白，为什么当初不早几天回去，哪怕早一天，也可以跟家人一起过个大生日啊！

40岁生日，我已回到地方。那一天宣传部薛部长带我们几个到吴江学习考察，晚饭前我说漏了嘴，薛部长知道了我过生日，立马叫人去办了个蛋糕，后来还喝了一点酒。

50岁生日，女儿在南大读书，我和爱人特地赶到南京，把孩子接出来，在浙江人开的一家饭店吃了个午饭。饭店的名字记不得了，只记得场地很大，人气很旺，我们就在大厅里找了个位置，随便点了几个菜，简简单单，其乐融融。

60岁生日，是跟亲家两口子一起过的。前一天，我们两口子陪他们去浙江东阳买家具，第二天回头，在宜兴一家饭店吃了个晚饭，喝了不少酒，算是亲家为我过生日。

70岁生日，不能如期回去了，开始，我是觉得有点遗憾，但孩子们却很高兴，在他们看来，我能留在美国过生日，是再好不过的事情。外孙女和小外孙不止一次一边蹦一边拍手说："太好了！太好了！"女儿和女婿一个多月前，就开始安排计划，既考虑陪我们出去玩玩，又想着为我们买这样、买那样，但我和爱人态度很坚决，什么都不要，到时候，买几个菜回来，在家里意思一下就行了。可是，就这样，他们还是悄悄地敲定了出行计划——去伊利湖品小镇风情，还瞒着我给我买了一双高档皮鞋，一块智能手表。

生日当天，中午一家人像模像样地吃了一顿寿面，晚上，女儿女婿到饭店订了一桌菜，还特地挑了一家当地最有名的蛋糕店，做了一只迄今为止我所见过的做工最考究的蛋糕。蛋糕的底部，裹着一圈大红色的奶油花边，花边的中间镶嵌着一枚金色的"福"字方块，乍一看，整个蛋糕就像端坐在一朵盛开的莲花上。蛋糕的上方立着一只粉色的寿桃，寿桃的两侧，各置一只金色的元宝。"福禄寿"都有了，要说好像俗了一点，但无伤大雅，寿桃的后面，左侧那一枝色彩绚丽的红梅，呈昂扬态势，精气神十足，右边，"寿比南山，松鹤延年"的中文插牌，粲然夺目，前面，"Happy Birthday"的英文手书，则如行云流水。嗨，这哪里是蛋糕，俨然就是一件精致的工艺品啊！

晚上吃饭的时候，一家人真把我当寿星了，一次次举杯祝我生日快乐，先是一起敬，而后又一个个分别敬，女儿、女婿敬过了，外孙女和小外孙又抢着跟我碰杯，爱人也很开心，一样的，把个杯子跟我碰得叮叮当当响。酒过三巡，点生日蜡烛，一家人拍着手为我唱生日歌，最讨喜的还是外孙女和小外孙，两个人紧紧地依偎在我身边，小手拍得啪啪地响，声音越唱越响亮。唱过生日歌，孩子们要我许个愿，我闭上眼睛，双手合十，那一刻，心里暖暖的，真真切切地觉得这天伦之乐弥足珍贵。在整个晚宴过程中，女儿、女婿不断地拍照、发送，家庭微信群里，不停地蹦出祝福的话语和多彩的礼花。晚宴的最后，分享蛋糕，女儿先给我奉了一块，对蛋糕我一向不太感兴趣，那一天，却觉得特别可口，吃了一块居然还又吃了一块。

愉快的生日晚宴，彻底消解了我心头的遗憾，进而觉得，此类喜庆活动，并非场面越大越好，大，固然风光、体面，但小，却格外惬意、舒心。

十年一个大生日，如此享受真的还是第一次。

海峡这头的大妈

　　大妈离世的时候，好歹也八十岁出头了。她的遗体停放在乡下的一间小平房里，干瘪得像个木乃伊。我是个极度脆弱的人，但去吊唁的那一刻却没有掉泪，是麻木了吗？说不清楚，据说一个人悲悯到极点反而会出奇地平静。她的离世不能不说是一种解脱，我在她灵床前深深地三鞠躬，并在心里默默地祈祷，但愿她到了天堂，能找到一些新的慰藉。

　　小时候，大妈跟我们住在同一个屋檐下，她的房间就在我们家的对面。大妈是我父亲堂哥的夫人，父亲的这位堂哥我没有见过，只是在大妈房间里见过他的照片，眉清目秀，潇洒俊逸，穿西装，扎领带，看上去有几分绅士风度。照片是放大的，镶嵌在镜框里，干干净净地支撑在桌子上。这位堂房大伯去哪儿了，开始我没有关注过，直到稍长以后，才听说他去了台湾。说是他原先在上海学钱庄，解放前老板撤离上海时，把他一块给带走了。

　　大伯最后一次离家，没有让大妈送行，是大爹爹推着独轮车把儿子送到了江边。那个时候他们结婚还不到一年，为什么不让妻子送一程，莫非又是封建的东西在作祟？到了上海不久，大伯曾托人给家里捎过一封信，说到了去台湾的事，还说，到了那边安顿好了，就回来看他们，谁知风云难测，很快这一湾海峡便成了不可逾越的天堑，从此大伯在那一头，一家人却在这一头。

台湾在哪里，离家有多远？一家人不知道，大妈更不清楚。大伯去了以后，大妈一直认为他会回来，后来多少年了无音讯，她还是不死心，仍然在苦苦地坚守。记得小时候，每年夏天她都把大伯穿过的那一件长衫、戴过的那一顶礼帽翻出来晒晒，我出于好奇，就喜欢把那顶帽子戴到头上嘚瑟，大妈看到了总是嗔怪我，不能瞎皮，大伯回来还要戴呢。

嫁出去的姑娘泼出去的水，娘家人舍不得大妈，但又无能为力。大伯去了台湾，大妈没有孩子，只能守着公婆，蹉跎年华，送走了公婆便一辈子独守空房。几十年孤身一人，那一种寂寞实在难以想象，好在大妈不识字，没有精神生活，不可能像旧时才女那样，临水照花，思绪缠绵，多少次在月光如水的夜晚，她顶多呆呆地望望天窗。慢慢熬吧，他总会回来的，这是她活着的唯一信念。为了等他回来，她坚持为他纳鞋底做鞋子，一年两双，一双棉鞋，一双单鞋，那些年她到底做了多少双鞋，我说不清楚，但依稀感觉到，这些新鞋所寄托的相思，足以把一个柜子装得满满当当。

大妈生得单薄小巧，身体有一点前倾，冬天里站在墙边上晒太阳，喜欢把手抄在袖子里，神情有些呆滞，有人不理解她，背后都说她是木头。岁月是一把无情的刀，相思催人老啊，印象中大妈好像没有焕发过青春，我小时候看她的脸就像麻布，密密的全是皱纹。

一年到头，大妈很少有笑脸，也很少掉眼泪，但我知道她心里藏着一片蓄满雨水的云，她的眼泪都在这一片云里，黄梅季节，随时都会大雨滂沱。这不，万家团圆的时候，她常常泪水涟涟。

再说大伯到了台湾，同样也很想念家乡，我听人说过，刚去那阵子，他经常一个人站在海边上，呆呆地遥望着大陆，好多年以后，知道回家无望了，才在台湾重新成了家。成家后的日子一直磕磕巴巴，钱庄倒闭，生意不顺，生了几个子女，有一个不幸后天致残，生活的艰辛几乎压得他喘不过气，但对老家的牵挂却一直割舍不掉。

据说改革开放以后，他曾经绕道香港回过大陆，或许离家太久了，对大陆的情况一无所知，踏上故土，就有人蒙他，说是回去那些小舅子一定不会放过他，大妈也会缠住他不让走。于是他吓坏了，只是在苏州小住了几天，就悄悄地溜走了。走之前丢了几个钱，托人在老家给大妈盖两间小房子，算是心灵上的赎罪。

大妈老了以后，孤苦伶仃，虽有本家和邻居时常去看看她，但我还是担心她离世时可能不为人所知。还好，去世前她娘家侄子把她接回去小住了几天，没有想到，这一去便走完了她的这一生。

大妈的故事就是一本书，早先如果以她为原型拍一部电影，也许会赚回几把眼泪，但现在我的叙述却是一个苍白的梗概。

父亲跟我握过手

这已是很久以前的事了。

那会儿，我二十七八岁，还在舟山当海军，有一次出差在外途经南京，正好父亲和他的一个本家兄弟也在南京有事，他们住在大桥口的一家酒店，很久没有见到父亲了，我自然是要赶过去的。甫一见面，父亲就伸出手来要跟我握手，我本能地也赶紧伸出手去，但有些不自在，父亲却不管不顾，一把抓住我的手，尽情地上上下下颠了又颠。"你看大哥哦，都把儿子当朋友啦。"本家叔叔感到好奇，笑嘻嘻地在父亲肩上拍了一下。"不是朋友，是弟兄。"父亲哈哈一笑，也很开心地在我肩上拍了一下。

后来想到这一幕，我就会想起父亲的点点滴滴。

他生性随和，很少跟人发脾气，对我们弟兄几个，从未有过疾言厉色。他喜欢跟我们在一起玩，小时候，我们爱打乒乓球，有一阵子，经常把家里房门卸下来，搭个乒乓球台子，邀上几个小伙伴过来一起玩。父亲见到了，不但不反对，还抢过拍子，孩子似的跟我们打上几个来回。有时候，他还会跟我们展示一下拳脚，"嚯！哈！"踢腿、出拳，引人发笑。正月十三，我们这里有上灯的传统，春节一过，很多人家就忙着扎灯，我们那时候扎得最多的是兔儿灯和莲藕灯。每次扎的时候，父亲都会饶有兴趣地跟我们一起动手，帮我们矫正形状，为我们裁纸、打浆糊，忙得比我们都起劲。

他年轻时候喜欢唱歌，在南京市水产公司工作时，参加过单位合唱团。下放回来以后，高兴了就给我们来几句，他最喜欢唱的歌是《我们走在大路上》和《毛主席的战士最听党的话》，歌声跟他人一样，昂扬、向上，至今我都记忆犹新。

他很率真，为人豪爽，年轻时候，很能喝酒，后来因为身体原因，基本上不喝了，我参军以后，只要回去，他就开戒。我劝他不要喝，他都说："不要紧，今儿高兴，陪你喝两杯。"

对我们弟兄三个的学习，他格外上心。小时候，经常给我们买一些课外读本，《童话大王》《十万个为什么》《趣味数学》《读报手册》《今古贤文》等等，都是他从南京给带回来的。他多次说过："我们这个家庭，没有背景，只有好好读书，才会有希望。"我是老大，他都叫我要带头，并且希望我长大了学医，他认为医生解人疾苦，做个好医生受人尊重。遗憾的是，我生不逢时，读书恰逢"文革"，初中时候，学校经常停课闹"革命"，后来几个年级并在一起，原来我们班上的同学就剩下我一个，我不好意思再读了，想跟别人出去学习画毛主席像。听到这个消息，父亲急了，特地从南京赶回来，阻止了我的冲动。在父亲苦心规劝下，我这个初中结结巴巴读了四五年，直到1971年初，才有机会读高中。高中毕业后国家还没有恢复高考，我做了两年代课老师，机缘巧合，就去当兵了，但两个弟弟后来都有机会得到了进一步深造。

父亲对我们的关心是全方位的。小时候我们吃的零食，玩的玩具——积木、手枪、小汽车、宇宙飞船等等，都是他从南京带回来的。印象中，那个宇宙飞船最可爱，红白两色，个头很大，前面有个顶针，能伸能缩，真感谢父亲，能舍得给我们买这么好的东西。"文革"期间穿军装很时髦，父亲特地搞了几段黄军服的布料，托人带回来给我们制作军服。老三在无锡读大学时，有一次我和父亲去看他，在火车站分别时，看着老三远去的背影，父亲眼里噙满了泪花。我在部队患急性肝炎，回家养病的那些日子，父亲不是为我买猪肝就是为我买黑鱼，还找医生为我悉心调理。

晚年，父亲最高兴的事就是我们回家，他身体一直不好，但只要我们一到家，就来精神了，杀鸡买菜，忙前忙后，完全忘记了自己的病痛，他多次说过，孩子们回来，他的病就好了。春节到了，他最乐意给小辈们发红包，孙子、孙女儿也最喜欢黏着他玩。

几十年过去了，父亲依然活在我们心中。他那跟我握手的场景，至今还清晰地定格在我脑海里。

父亲也曾放过狠话

父亲谦谦君子，中规中矩，一辈子没有做过一件出格的事。"你爸爸呀，树叶掉下来都怕打破头。"老妈一直这样批评父亲，亲友们也是这样评价他。

年轻时候，父亲在南京市水产公司工作，那时候，公司每年都要放一批棉纱，到外面加工棉布，母亲刚好有织布手艺，就揽了一点活儿回来，赚一点加工费以贴补家用。后来，国家搞"四清"运动，先是在农村"清工分、清账目、清仓库、清财物"，后来到城市"清政治、清经济、清组织、清思想"。运动如疾风骤雨，大有人人过关的架势，父亲吓坏了，特地从南京赶回来，叫母亲停止加工，把剩下的棉纱赶紧退给公司。母亲有些不理解："不偷不抢，起早带晚赚两个辛苦钱，又有什么说项？"但父亲态度很坚决，一直跟母亲说："不弄，不弄，不沾这个腥气味。"

1969年秋天，干部下放，父亲积极响应党的号召，主动要求回乡当农民。下放是带薪的，劳动可去可不去，但他怕人家说闲话，回乡后，坚持天天出满勤，完全成了一名地地道道的农民。后来县里抽调下放干部，组成工作队进驻企业，父亲被派到一个镇上的文化用品厂，在那里待了两年多时间，他知道我喜欢写字画画，但从来没有在厂里给我拿过一支像样的画笔。

宣传队工作结束以后，他被安排到一家基层供销社临时负责基建工作。木工房里有些边皮、刨花，工人师傅要父亲拉回去当柴火，父亲婉言谢绝了。那个时候农村几乎家家户户都缺粮缺草，我们家里经常要铲茅草，晒干了当柴烧，就是这样，父亲还是不肯占这个便宜。后来父亲被调到饮服部门当经理，负责旅社和饭店工作。那时候我正好在镇上做代课教师，晚上和父亲住在一起，服务员大妈看到我们太挤，就在一个偏僻的角上，腾了一间闲置的小房子给我住，我很开心，兴致勃勃地在窗户上贴上了窗花。就在我准备入住时，父亲知道了，狠狠地把我批评了一通："你跟我住一起就已经占公家便宜了，再这样做，不觉得太过分吗？"

父亲对自己、对家人很严格，但对外人却阿弥陀佛。他怜贫惜弱，在外面遇到那种看上去很可怜的乞丐，不管真假，他都会停下来表示一点意思，在家里，有乞丐上门了，他都叫我们态度好些，多给人家一点。村里有几个孩子，家里很穷，中学毕业后没有办法找到工作，父亲可怜他们，四处托人，主动介绍这些孩子，有的到学校当了民办教师，有的进厂当了工人。

退休前，父亲调到了离家不太远的一个供销点当经理。有对老夫妻，天天上午在店门口摆摊子卖蔬菜，店里员工看不下去，要把人家赶走，父亲有些舍不得，背后悄悄地跟员工说："摆就摆了，只要不影响走路，就算了。"那时候，物资匮乏，农村老百姓点灯的火油都要凭票供应，我在县机关工作，每年春节前，他都要我想办法搞几桶煤油，以帮助困难群众解决照明问题。在供销点工作期间，每年的年三十，他都是安排别人休息，自己在单位值班。有一年三十天寒地冻，下班时天已经黑了，他骑车不慎跌进了水沟里，冻得浑身直打哆嗦，回到家里他顾不上休息，换过衣服，匆匆忙忙吃完年夜饭，就又回到单位值班去了。

然而，父亲又是一个刚正不阿、疾恶如仇的人。他最看不惯不正之风，特别是对官场腐败和药品造假，深恶痛绝。那个时候，他就说过："如果当官都成了谋私的职业，办事都要拿钱开道，那国家还会有希望吗？药品都可以造假，这个社会还成何体统？"看到一些严重的腐败现象，他往往就会着急放狠话："我没有枪，有枪就把他们毙掉。"父亲面庞和善，长相儒雅，但说这话时，却显得那样刚烈，一副怒不可遏的样子。

老妈的一串钥匙

吃过早饭一会儿，侄儿就开车过来把老妈接到我老二那儿去了。一向大而化之的我，对老妈的来来去去，过去从来没有在意过，这一次却故意到她房间里转了一圈。

房间收拾得干干净净，床上也整理得清清爽爽，我心有戚戚地环顾着四周，忽然，床头柜上一串钥匙，一下子抓住了我的眼球。这是老妈悄悄丢下来的，再过两天，这栋小别墅就要易主了，想到她老人家最后一次离开这里，一股凉意刺溜一下，迅疾沉到了我的心底。

老妈今年 91 岁了，身体很健朗，跟我们在这里住了七年多，这一串钥匙她一直带在身边，在家的时候放在床头柜上，出门紧紧抓在手里，在院子里有事，则习惯放在视线够得到的台子上。我们到孩子那儿的时候，她住到老二那里，钥匙就藏在那边的抽屉里，每个星期天她都带着钥匙，让我侄儿开车，到我们这边看看门口，扫扫院子。多年了，这一串钥匙留下了老妈太多的印记，一把香槟色的遥控器，按键部分已经变得漆黑一团，而另一把金属的，也已经被磨得通体雪亮。看着这一串钥匙，我心里酸酸的，许多事情瞬间全都涌到了脑海里。

我知道，打心眼儿里老妈是喜欢这个地方的。她经常说，这房子多好啊，有天有地，院子又大，空气好，阳光好，要是伢儿们在家，再怎么说也不能卖啊。

　　要说，这个房子真的没的说，尤其是那个院子，开阔、规整，一直以来就很抢眼。当初，买这个房子我是冲着院子来的，打造这个院子我也是用了心的。"榆柳荫后檐，桃李罗堂前"，而今这里的小环境，我估猜有一点五柳先生笔下的味道。榉树、朴树、榆树、枫树等诸多的树种，枝繁叶茂，郁郁葱葱；海棠、杜鹃、月季、茶梅等多种花卉，四季芬芳，绚丽多彩，更有假山、凉亭点缀两侧，使得这个院子看上去，素净而不失典雅。

　　生活在这个地方，老妈是开心的。院子好，自然来的人就多，起初，小区里的张奶奶、王奶奶、杜奶奶，每天都喜欢到我们家院子里消遣，就连扫地的清洁工、邻居家的小保姆，也会忙里偷闲过来凑凑热闹。处熟了以后，杜奶奶经常会把几个老太太约到家里打麻将，她儿子是个搞建筑的小老板，常年在外，家里一年到头就她和保姆两个人，到她家里打牌，夏天有空调，冬天有地暖，老太太们求之不得，于是搞得就跟上班一样，上午聊天，下午打牌，一年四季，雷打不动。老妈没有文化，闲下来就发呆，但自从赶上了这样的好日子，她一点不觉得寂寞，不知不觉就是一天。

　　然而，这个如此宜居适合养老的地方，却让我给卖了。卖这栋房子我和爱人是经过反复考虑的，孩子们已在国外定居，正常年景我们每年都得去住上几个月，这么大的房子经常关着也是一种浪费，加之年龄大了，越来越想做减法，就觉得房子不在乎大，省心、便捷就好。对于我们的想法，老妈好像很赞同，她经常说，这么大的房子，你们不在家多烦神啊，房子大就要住的人多，你们人少，住在这个地方不合适。不过卖之前，我们征求她意见时，她却说，我有什么意见啊，我都这把年纪了，还不是过一天算一天，卖掉这个房子，再多的钱也买不到了。听得出她心里是舍不得的，但她没有说半句她喜欢住这里的话。老妈就是这样的人，从来不会为了自己勉强别人。

望着这一串钥匙，突然我觉得自己是个不孝之子。"房子卖了，老妈妈一定要安排好啊。"联想到两天前一个熟人跟我说的话，内心越发感到很不安，这不是在提醒，分明是话中有话呀！这房子卖得有道理吗？我忽然怀疑起我们的决策，甚至觉得太自私了。

"此心安处是吾乡"，吾乡在哪里，我们好将就，但老妈的心安之处呢？那一刻，我在心里暗暗发誓，一定要为老妈重新配置一把中意的"钥匙"，硬件不行，软件补上。

老妈的一思一念

端午节前几天，我和老伴儿去绿康缘看望老母亲，坐下来，刚说了几句话，老妈就说："马上要过端午了，你们把糯米、粽箬拿过来，我给你们裹粽子。"说着，就弯腰从柜子里拿出一包东西，我接过来一看，是一包竹箬，满满一塑料袋，干燥燥的，一根一根结得好好的。哪里来的这个东西？我和老伴儿都觉得好奇，老妈笑嘻嘻地说："养老院后面有个竹窠，看到那里有竹箬，想到要给你们裹粽子，我就拾了一点。"她还说："这东西比鞋底绳好，竹箬扎的粽子香。"

老妈 94 岁了，又住在养老院，怎么能再让她给我们裹粽子呢！老伴儿坚决说："不要，不要，街上多的是，要吃，我们上街买。"老妈却坚持说："不要紧，我反正没得事，你们拿过来，不费事就裹好了。"晓得我们孩子要从美国回来了，她又说："拿过来哦，伢儿们在美国，难得吃到粽子，裹好了你们拿回去煮，他们回来，想吃就有的吃了。"那口气好像已不容分说。

不能拂老妈的好意，但在养老院总归不合适，我想了想，决定把老妈接回去裹，老伴儿也觉得这样好。我们说好了，初三早上接她回去。初二一大早，我和老伴儿冒着大雨去菜场买了糯米、蜜枣和粽箬，考虑到老妈在家吃午饭，老伴儿还特地多买了几个菜。

初三早上八点钟不到，我就开车到了养老院。老妈早就坐在房间里等了，看到我过去，她拿起一盒牛奶，站起来就要跟我走，我以为这牛奶是她的早饭，便叫她先把它喝掉，她却边走边说："哪里啊！昨儿小学生过来慰问，唱歌跳舞，可威武了，还给我们每个人发了一盒牛奶，人家说喝牛奶睡眠好，我又不失眠，还是带回去给张蔚萍喝吧。"老妈的想法似乎匪夷所思，但我知道，她就是这样的人，处处为孩子们着想，好像就是她的天性，前不久，老三给她带了一听鱼松，她也是这样，非得让我带回去给小外孙吃，说是伢儿吃鱼松聪明。回去的路上，她还在兴致勃勃地说着昨天的事，而我心里却一直想着那一盒她没有舍得喝的纯牛奶。

老妈回来之前，爱人已做好了一切准备，米淘了，竹箬泡好了，粽箬剪过了，也焯过了水。老妈是个急性子，回来就动手，食材、粽箬放到门口光亮的地方，她坐在一张板凳上，拿两片粽箬叠在手上，圈一个锥体，掭两勺米，放一颗蜜枣，三花两绕，一个小脚粽子就成形了，然后，取一根竹箬，一头咬在嘴里，一头抓在手上，又是三花两绕，一个粽子就扎好了。老妈裹的粽子，大小适中，个头匀称，一个个有棱有角很好看。一直以来我就喜吃老妈裹的粽子，特别是蜜枣的，软糯香甜，每咬一口都是享受。

看着老妈裹粽子，我不由得想起了从前。那时候，日子过得苦啊，我们那个地方又是高沙地区，一年到头很难见到大米，更不用说香气诱人的糯米了。但生活再苦，到了端午节，老妈都会想方设法给我们裹粽子，糯米金贵，就用五谷杂粮代替，小米、花生、蚕豆、红豆，有什么用什么，于是，在端午节那段日子，我们吃的都是各具特色的花色粽子。煮粽子的时候，老妈还会给我们放几个鸡蛋，那鸡蛋真是百味调和，有一种说不出的香味。

早就想学习裹粽子了，老妈在那里一个一个地裹，我就站在边上认认真真地看。"你要学吗？也好，学会了到美国好给伢儿们裹。"老妈好像猜透了我的心思，随即叫我坐下来试试。她一边说，一边给我示范。照着老妈的样子，我拙了半天才裹了两个，而且还很不成形。不裹了，不裹了，不能耽误老妈时间。

五斤多米，十点多一点老妈就裹好了。为了留老妈在家吃饭，那一天，老伴儿特地做了她喜欢吃的斩肉和排骨萝卜汤，但老妈看看时间还早执意要走，你瞧她怎么说："还是家去吧，中午你们要休息，不能影响你们。"没有想到，去养老院时间不长，她已经把那里当家了。我知道老妈，她就是这个性格，一辈子不肯给我们添麻烦。回去的路上，我开着车子，她还叮嘱我，叫我老伴儿记得把牛奶喝掉。老妈的再次提醒，仿佛一下子戳中了我的心窝，那一刻，我忽然觉得眼睛湿润了，喉结直往上顶，什么话也说不出来。

都说母爱无边，其实，这无边的母爱，不就是天下母亲这无所不在的一思一念吗！

给老妈也做一回早饭

早上起来一打开手机，就看到老三发来的一条微信："大哥，妈妈面瘫了……"面瘫了，会不会是其他毛病的先兆？"咯噔"一下，我原本就悬着的一颗心，立马提到了嗓子眼儿。

老妈今年92岁了，以往一直身体不错，但今年以来明显退化了，头晕、腰疼、浑身乏力，动不动就要躺下来歇歇。我和爱人来美国之前，她先到老二那边住了个把月，国庆节后，老三回来把她接到了南通。这段时间我们虽然人在美国，心却一直在家里，毕竟老妈年纪大了，就怕她有个意外。

看到微信，我就想赶紧看看老妈，但由于时差关系，估计她已经睡了，就先语音老三了解一下情况，老三两口子不错，及时带老妈去看了医生，该用的药都用上了。不见一下老妈心里总觉得不放心，到了晚上，也就是国内的早上，我们早早地视频联系上了老三，老三告诉我："妈妈在锅上。"在锅上?! 难道还在给你们做饭吗？妈妈过来了，我一看，嘴歪了，有一只眼睛也斜过来了。看着老妈的样子，小外孙女倚在我身上，哭得像个泪人儿，我止不住眼泪也跟着流了下来。"不要紧，不要烦，不疼又不肿，你们自己多保重。"老妈亮着嗓子一连声地在安慰我们，她耳朵背得厉害，说话声音特别大，那一刻，需要关心的好像不是她，而是我们一家大小。

老妈面瘫了还在厨房里忙乎，这让我心里久久不能平静。早年爸爸在南京工作，老妈一个人在家领着我们弟兄三个，既要在生产队里出满勤，又要没完没了地忙家务，印象中每天天不亮她就起来烧早饭，下粥、捺疙瘩、炕山芋，有时候还要为我们涨几块酥头令。那个时候农村日子很苦，在老妈的辛勤操持下，我们弟兄三个从来没有受过罪，从小到大过得都比较体面。爸爸去世后，我们把老妈接到了身边，我和老二在江都工作，老三一家子在南通，老妈听不懂南通话，三十年来一直跟我们生活在江都，随她心愿，不是在我们这边，就是在老二那里。这几年，老三两口子执意要把老妈接过去尽尽孝心，从去年开始，老妈才肯到南通一年住几个月。在我们弟兄身边，老妈还是一直闲不住，抢着为我们烧烧煮煮，洗洗涮涮，跟我们在一起时，经常为我们蒸花卷、搓圆子、涨酥头令，让我们在早饭问题上省了很多心。近年吧，老妈年龄大了，我们不想让她老人家再劳累，叫她歇歇她就不高兴："人老了，没得用了，我晓得了，你们是怕我做不好哎。"没有办法，有时候只好让她小摸摸，每次让她做了，她都很开心，精气神好像也好了很多。

老妈心心念念为我们做事，却从来不肯给我们添麻烦。就说早上这一顿吧，她图方便，都是吃头天晚上剩下来的，爱人不踏实，经常买点面包、烧饼什么的给她备用，她总是说"不要不要"。她一直有早起的习惯，往往我们刚起床她就吃过了。天冷的时候，她一般用开水泡饭，天暖和了，就直接吃冷的。要给她热一下，她都说吃冷的安逸，实在扛不住了，才让我们给她在微波炉里转一下。每给她转一次，她都笑着说："这东西我怎么老不敢用呢？"那口气分明是在抱怨自己又给我们添麻烦了。隔三岔五，爱人给她买点包子，或者煮鸡蛋的时候给她带一个，喊她吃的时候，她都说："你们吃呃，又给我带哪！"脸上每每流露出一副不过意的样子。

在美国，我们天天给孩子们忙早饭，这里的早饭主打三件套：牛奶、面包加鸡蛋。为了调剂孩子们口味，爱人每天都要弄出点新花样：煮麦片、蒸馒头，有时候还要涨点酥头令，做点肉夹馍，烤一点香肠和培根什么的；至于鸡蛋，吃法就更多了，煮蛋、炒蛋、炖蛋、荷包蛋、盐水蛋、茶叶蛋，几乎一天一个样。饭做好了，盛到餐桌上，一切的一切能到位的全部到位。看到爱人如此为孩子们操劳，我突然就想，什么时候也这样为老妈做一回早饭，把对孩子的爱匀一点到老妈身上，哪怕就一点点也行。我的感慨引起了爱人的共鸣，老妈面瘫后，她跟我一样，孝心的发现好像更强烈了，其实，为老妈做一回早饭只是一个由头，养育之恩岂是做一回早饭就能报答的？

人老没有根，尽孝不能等，真想早点回去陪陪老妈，趁着她身体还算健康，陪她说说话，为她做点事，免得将来留下"子欲养而亲不待"的终身遗憾。

心灵的拷问

老妈 94 岁了，养老的问题，已刻不容缓地摆到了我们面前。

我弟兄三个，没有姐姐妹妹，老三家在南通，老妈听不懂那里的方言，父亲离世之后这二三十年，她都是随我和老二在江都生活。前年，老三退休了，他执意要分担一份赡养老妈的责任，如此，这两三年老妈便轮流在我们弟兄三个之间颐养天年。

但从去年开始，这样的状况有点难以为继了。疫情以来，老妈不管在什么地方，都是待在家里多，活动少了，腿脚越来越不灵便，上下楼便成了问题。我住在十二楼，前年，物业又在电梯里加了个梯控，最近这一次，她在我这里，上下楼更不方便了。我教过她几次，她眼睛看不清楚，根本无法操作，我和爱人要陪她下去走走，她又坚决不肯。在南通，老三住九楼，遇到的情况跟在我这里差不多。老二倒是住得矮些，三四楼复式，但里外都没有电梯，上下楼更是问题，以前老妈在他那里，就曾在家里下楼时摔过两次。

如何让老妈更好地安度晚年，这是我们弟兄三个这几年一直在琢磨的事。我曾想过给她租个平房，找个保姆，但老妈死活不同意："儿子的钱哪块不是钱哦，不需要，就这么过，过到哪块说哪块。""那就送你到养老院？"我也曾尝试着征求过她的意见。"养老院，一个月也要好几千吧？""这个你不要烦，我们弟兄三个，这一点钱花不起啊？""嗯呐，去就去呹，要去就到民政局那块，人家说了，那地方便宜。"闲聊时，她嘴上虽说答应了，但时不时地又会跟我们说："人老了，当然还是跟侠儿们在一起好啦，跟侠儿们在一起有个依靠，心里踏实。"甚至她还说："我又不磨人，能走能动，吃什么也好丑不问，就这么过不是蛮好吗？"

其实，我们都知道老妈不想去养老院，但待在我们身边，她好像越来越觉得难受。老妈不识字，耳朵又不好，闷在家里，连电视都看不了，我们也不可能老陪她说话，她就这么呆呆地坐在那里，一坐就是半天。无聊看来比病痛难熬。有时候，估计她实在受不了了，便怏怏地跟我说："还是送我到养老院吧。"我知道她的心理，故意不接她的茬，而是叫她活动活动，起来走走。"走不动唉，这腿啊，坏得很呢，今年越来越不行了。"说着，她总是咂咂嘴，拍拍腿，一副愁眉苦脸的样子。有时候，她一定厌透了，便会坚决地跟我说："还是去养老院，明儿你就去给我谈。"但过一阵子，平静些了，又会跟我说："你是老大，你说送我去我就去。"老妈的态度，让我很为难，送她去不好，不送她去好像也不好。

我把这些情况跟两个兄弟做了沟通，他们都认为，最好的办法，就是找一家好些的养老院，送老妈过去。我也征求过亲戚朋友的意见，绝大多数都说到养老院好。既然如此，前些日子我和爱人还有老二两口子，便在江都考察了几家养老院，最终，我们选择了绿康缘养老中心。这里规模大，设施好，环境也很美，我们给老妈选择了一个底楼的两人间，就跟宾馆标房似的。到这里，老妈可以打牌，也有人说话，要说，应该比在家里好。

一切都就绪了，提前几天，我们把计划安排告诉了老妈，本以为她可能会不高兴，没想到她还蛮开心的，得到消息，就忙不迭地开始收拾东西。但去的头一天，还是有些发呆了。"还有一天，明儿就要到养老院了。"中午吃饭的时候，刚坐下来，她就扭头向她房间里看了又看，瞬间，我的眼眶湿了。"你先去吧，不习惯，我再接你回来。"那一刻，我又动摇了。"去吆，有什么不习惯的？"老妈强打着笑脸，又装出若无其事的样子。

那一天下午，我一直待在家里陪着老妈，话并没有多说，倒是想到了不少我小时候的事情。早就听长辈们说过，小时候我整天黏着妈妈，一旦闹起来，妈妈不过来哄我，我绝不会罢休；摔倒了，哪个拉我都不行，非得妈妈过来，我才肯起来。有一年冬天，妈妈去扫盲班补习文化，那个时候叫上冬学。每天晚上，妈妈总是要先把我哄睡了，她才能抽空过去。一觉醒来，看不到妈妈，我便哭得一塌糊涂，坐在床里面，什么人都不要，只喊着要妈妈。后来，老祖母舍不得了，跟妈妈发火，坚决不让妈妈再去上学。老妈说过，那时候她学得很好，还被评过学习标兵。是的，要不是因为我，老妈多识几个字，或许现在就不会这么无聊、难熬。

想到这一些，我心里很不是滋味。小时候，老妈处处以我为中心，辛辛苦苦，百依百顺，而今她老了，是那样地依赖我、需要我，而我却要送她去养老院。尽管这可能是个不错的选择，但不能满足老妈的真正心愿，我这样做应该吗？那一天，我一遍又一遍地拷问自己，心里始终觉得很不舒服。

亲家公的口头禅

亲家公宜兴人，身高与我相仿，1 米 74 左右，体重却超我近 20 公斤，屡屡突破他自己设定的 90 公斤红线。但他胖得不犯嫌，看上去肚子还没有我大，严格地说，他不是胖而是壮。你看他走路，不疾不徐，一副壮汉的样子，好像每走一步都非要踩出一个脚印不可。孩子们成家以后，我们接触得比较多，相处久了，我发现他有两句口头禅，一句是，知道了，知道了；再一句是，不急，不急。

从宜兴到江都，他走过多次，每次过了润扬大桥，经老宁通高速向东，由张纲大转盘下来到我们家，无需导航，顺顺当当。后来高速改道，那一次他过来，我告诉他从沙头下，一直往北走……还没有等我说完，他就说"知道了，知道了"。啪，电话挂了。从沙头出口到我们家至多 40 分钟车程，一个小时过去了，他没有到，我打手机问他，他说到槐泗了。我的妈呀，怎么到槐泗的呢！我怕他再走岔，让他回头向南，左拐走万福路过来，同样没有等我说完，他又说"知道了，知道了"。谁知又等了近一个小时，他居然在江都北下了高速。后来，时间久了，我们才发现，他说"知道了，知道了"，纯属一句口头禅。

至于"不急，不急"，他使用的频率更高，该说的时候说，不该说的时候也说。孩子们出门去上班，本没有仓促的表现，他却要叮嘱一句："不急，不急！"客人到家中串门，人家很从容，他递上一杯茶，也顺带递上一句："不急，不急！"小孙子刚刚冒话，他逗他玩，教他说话，教的也是"不急，不急"。

　　"不急，不急"，随口说说，无关紧要，但火烧眉毛了，还这样说，就叫人有些不可思议了。姑娘、女婿在美国读书期间，我们隔三岔五地跟他们通个电话，有一次，从上午一直打到下午，电话总是没有人接，通过他们的同学也联系不上，我和爱人急得像热锅上的蚂蚁，打电话给亲家公，让他想办法找找，他倒好，一边打麻将一边若无其事地跟我们说："不急，不急。"孩子们远隔重洋，找了快一天了，能不急吗！那一刻，我真佩服他的从容与淡定。

　　亲家公挂在嘴边上的口头禅，反映的是一种个性，但折射出的却是一种生活态度。"知道了，知道了"和"不急，不急"，要说挨不上边，但仔细想想有共通之处，二者的出发点都是不想让心太累。亲家公的信条就是"开心每一天，快活一辈子"。不得不说，人性通达到如此地步，坦荡必然就是一种常态了。真羡慕亲家公的心态，退休以后，有时间就是喝茶、聊天、打牌、健身，生活如此闲适，长得壮实，当然就顺理成章了。

　　"知道了，知道了"，这一种漫不经心的生活态度，似乎浸润着禅意。生活中不能什么事都上心，小事情还是马虎一点好，你听我亲家公怎么说："哎吆唪咪，小事情嘛，大差不差就行了。"

是的，什么事都想搞清楚，不可能，搞得太清楚，也未必一定是好事。当然，对亲家公嘴边上的口头禅，我更感兴趣的还是"不急，不急"。

我是一个性情容易急躁的人，急了几十年，除了走路快些，做事效率高些，其他好像看不出什么好处。相反，由于着急，有时候还得罪朋友，影响情绪。

急躁都有理由，众生大体相似，但理由再充分又有什么用？譬如，去机场赶飞机，意料之外车子堵在路上，眼看就要误点了，要说急，肯定急啊，但急有什么用，就是急得跳脚，车子也飞不起来；炒股连遭跌停，又不肯割肉，老本快赔光了，急得就差跳楼，有什么用，纵身一跳，就能起死回生吗？

而今，急躁好像是这个社会的通病，年轻公务员，有的刚工作没有几年，就想捞个一官半职，不能如愿以偿就牢骚满腹；投资创业，有的恨不得一口吃成胖子，遇到一点挫折就想打退堂鼓；教育孩子，有些年轻的父母恨铁不成钢，一不如意还是会把孩子骂得狗血喷头。固然，急躁跟个性有关，但注意打磨，状态可能会好些。易于急躁的人，我倒是劝你学学我亲家公，正如他的友人所说："像你亲家公就好了，记住了不急不急，升官受挫的年轻人，心情或许会明朗一些；投资失误的小老板，冷静后或许会找到新的出路；怨天尤人的朋友，对社会也或许会多出一份耐心。"

是的，欲速则不达。适当的时候学会慢下来，工作、生活或许会从容得多。

第五辑　乡里乡亲

　　人老了，一份绿叶对根的情意，比以往任何时候都还要深。这几年，我经常会想起故乡，想起故乡的人家，从东头到西头，从前庄到后庄，八九十户人家，我清楚地记得每一家所在的位置，叫得出当初每一个人的名字，还能说出一些他们的故事。

大燕汪

大燕汪，是村东头一条久负盛名的河，它两头延伸，东西走向，像一条绿色的缎带环绕着故乡人家。其实，整条河不都叫大燕汪，叫的只是东头那一大片开阔的水域，两头延伸部分，家乡人则习惯叫张家南头、李家后头。奇怪的是，这汪里还长着一个圆圆的"小岛"，绿意盎然，美极了，就像一颗耀眼的翡翠。"小岛"明明像个大戏台，偏偏被叫着大燕子。大燕汪？大燕子？我好奇着，却说不出道道，或许这样叫更加唯美吧。

美不美家乡水，在我眼里大燕汪肯定是最美的。特别是夏天，"岛"上杨柳依依，水中莲叶田田，清澈的河水倒映着蓝天白云，站在岸上就能清晰地看到鱼儿在水里摇头摆尾，游来游去。说到这大燕汪的美，莫过于两个时段：一是春天的早晨，水面上薄雾升腾，烟笼轻纱，常常有垂钓者伫立在岸边，几根钓竿，一河悠闲，那情那景才叫人间仙境。二是夏日的午后，烈日炎炎，骄阳似火，河里不是男孩子们在游泳戏水，就是姑娘们在划船采菱，这边浪花飞溅，那边船儿悠悠，水上风情，如诗如画。

美是会传导的，大燕汪延伸的两端同样美不胜收。树木葱茏的两岸，蒲苇繁茂的水边，还有那一处处水码头，放眼看去，截取哪一段都是迷人的乡村小景。尤其是那热闹的水码头，无时无刻不在切换着动人的亲水画面。一早一晚画面的主体多半是男人，他们打着嘹亮的号子，早上挑吃水，晚上挑菜水。其他时间，大多是女人和孩子们唱主角，淘米洗菜，洗衣浆裳，有时候，姑娘们图个痛快，也会过来临水梳妆。

小时候，我们最喜欢到大燕汪钓鱼，每每都会有满满的收获。夏天到了，也喜欢去游泳、摸螺蛳、抠河蚌，有时候还能意外地逮住大草虾，摸到大鲫鱼。

大凡秀美的地方往往都有故事，大燕汪亦是如此，既有美丽的神话，也有历史的传说。我小时候听得最多的，就是这个大燕子。大燕子不高，至多跟河岸持平，老辈们都说那里面藏着一只金盆，有金盆托着，不管河水如何泛滥，大燕子总归淹不掉。事实似乎也是这样，记得有一年夏天，一连多日大雨滂沱，整个村庄都漫水了，调皮的孩子们坐在家门口的门槛上可以洗脚，但远远望去，大燕子面貌依旧，一样妥妥地浮在水面上。

至于这条河，说起来就更神了，竟然牵涉到乾隆皇帝的一位老师。这位帝师叫景考祥，祖籍宜陵双桥，康雍乾三朝名臣，他的家乡就在离大燕汪不远处的景家垛。据说，他在朝期间，心系故里，特地为江都开凿了一条名为灰粪港的河道。这条河道连接着里下河与长江，一路弯弯曲曲，开枝散叶，几乎流经了半个江都，大燕汪是这条河道分支上的一个节点。相传开凿到这一段时，鲤鱼竞相腾跃，场面十分喜庆，得知如此吉象，景考祥兴奋不已，认定了大燕汪是块风水宝地。于是，老夫子过世之后，大燕汪附近的一个地方，便成了他的安息之地，后来每年清明前后，绿水初涨之时，据说都有成群结队的鲤鱼过来，祭拜这一位德高望重的帝师。

受大燕汪的恩泽，故乡这个地方气象峥嵘，人丁兴旺，外地人也说，我们这个地方出人才。我不知道他们说的"人才"该如何界定，但我知道家乡出了很多老师，小学、中学、大学，哪个层次的都有，也许这就是他们认定的"人才"吧。

大燕汪是故乡的母亲河，乡亲们懂得呵护，懂得敬畏，很久以前就坚持雨污分流。所有的生活垃圾一律下灰塘，洗涮污秽之物，必须去偏远的"下水"，冬天到了一定要筑坝清淤，因此，大燕汪以及它流经的水域，多少年一直清澈透亮。甘冽的河水，随时可以掬上一捧喝上几口，从来没有听说有人闹肚子。水美鱼虾肥，记得小的时候，大燕汪鱼很多，最常见的有鲢鱼、鲫鱼和鳊鱼，每年到了冬天都有几百斤的好收成。捕鱼的日子，河边站满了人，收网的时候可热闹了，鱼在网里穿梭腾跃，人在岸上欢呼雀跃。

好地方刻骨铭心，离开家乡近半个世纪了，大燕汪在我心里仍然还是一首歌，一首我终生也忘不了的歌。

流淌在心中的小河

年轻的时候，我曾带着美好的憧憬，到海边打拼过一段时光，也曾在浩瀚的大海上，豪迈地书写过人生芳华。大海改变了我的命运，也一直温暖着我的记忆，然而，我最惦念的还是家乡的那一些小河，以及散落在小河边上的童年生活。如今随着年龄的增长，这一种念想便如同蔓生的杂草，越发显得蓬勃了。

离开海岛，回来后在城区生活了这么多年，居住在钢筋混凝土堆砌的公寓楼里，我经常会梦见那些活泼、天真、温柔和有趣的小河，梦见小河边上的土地、庄稼、杂树和野草。我牢记着它们的一笑一颦，一转身一回眸的样子，牢记着它们叮叮咚咚、哗哗啦啦的笑声和温柔流畅、婀娜多姿的身影。

故乡的小河名不见经传，甚至连一个像样的名字都没有，基本上都是依着方位，就着地形，一代接着一代被乡亲们随意地叫着。什么大燕汪、井塘河、夹沟儿、南港边、横沟上、秤钩上，还有什么大汪河、长汪河、张家前头、李家后头等等，这有一点像过去的农村孩子，就这么大牛小牛、阿猫阿狗地叫着，虽然土了一点，但习惯了，倒也觉得很自然，很亲切。

小时候我没有留意过，以为这些小河都是孤立的，长大后才发觉，其实它们多半都是被小沟小渠连着的，既像一个个彩球，穿在一条绿色的缎带上环绕着故乡，也像一根根粗细不等的血脉在给故乡输送着营养。大燕汪是这根血脉的心脏所在，向西流入井塘河，拐弯向南穿过小石桥，流过一条长长的夹沟儿，就到了南港边，那里有一条东西走向的大河，通江达海，故乡的小河到了这里，就可以去见大世面了。大燕汪向北，流过坟园坝，拐弯一直向西，穿过村子后身，就到最西头的电灌站了，那个地方也是个活水口，往东南方向延伸同样连到了南港边上的活水河。在向西的这一条线上，东边有一条小河向北通到横沟上，西边也有一条小河向北挂在秤钩上。

故乡的小河，蜿蜒灵动，既是优美的旋律，也是迷人的画卷。俯视整个村子，连在一起的小河，就像一只伫立着的大鹏，而村子里面的大汪河、长汪河，则像大鹏的两只眼睛。只要稍加留神就会发现，这一双明亮的大眼睛一直深情地注视着这个世界，白天它看到的尽是蓝天白云，夜晚映入眼帘的则是那满天数不清的小星星。

小河给家乡人带来了福祉，多少年来，家乡许多有志青年，站在这大鹏的翅膀上腾空而起，飞向了祖国的四面八方，不少人成了所在行业的中坚力量。

小时候，我和村里的小伙伴们，几乎每天都会用双脚丈量那些小河边的沟沟坎坎。我们一起在河边挖野菜、铲茅草，一起掏鸟窝、捉知了，一起晒太阳、看闲书，一起钓鱼摸虾，一起光着屁股在河里游泳打水仗……当年的小伙伴如今都成了爷爷、外公，但发生在河边的那些故事，至今在脑海里还都很鲜活。

记得每年夏秋时节，几场暴雨过后，井塘河的水都会漫过小石桥，穿过夹沟儿，湍急地流向南港边。夹沟儿的南头有一个小水坝，漫过的河水吐着白花花的水沫，在坝口下面打着转儿翻腾，南港边的鱼儿逆流而上，一拨一拨地冲向坝口，我们拿着篮子，涉到水里，常常一捞就是好几条，都是野生的大鲫鱼、大鳊鱼啊，我们掐着鱼头举过头顶显摆，那种癫狂样子现在想来都很开心。

还有听螃蟹的故事，至今也记忆犹新。到了冬天，老辈们都说，只要西北风一吹，螃蟹爪子就会发痒。于是遇到合适的日子，大人们晚上就会点着马灯，带着我们到河边去听螃蟹。到了河边，把马灯往河坎下面一放，螃蟹就会咂着白沫往灯光跟前爬行，我们坐在那儿静静地守候，只要听到沙沙的声音，打开手电筒一照，准能逮个正着，一个晚上逮个十几只，常常轻轻松松。

河边的故事太多太多，说多了心里不是滋味。说着过去自然想到了现在，而今这些小河面貌全变了，河床浅了，河水黑了，流淌了多年的血脉变窄了，淤塞了。它们还能好起来吗？我多么希望再去拥抱它们，亲吻它们啊！

否极泰来，风云际会，清水活水，恰逢其时。我坚信在振兴乡村建设中，流淌在心中的小河，一定还会重放异彩，秀美如画。

故乡，我的小学

没有学校的村庄，犹如没有鸟兽的森林。

记得这好像是一位作家说过的话，形象、深刻，深以为然。现在，想起这句话，我就会想起故乡，想起我的小学。

我的故乡很大，是个非常秀美的地方，绿树成荫，碧水环绕，家家户户后面那一片竹园，翠生生的，连绵不断。故乡，也曾经是一个很有活力的地方，年轻人多，孩子们多，虎虎生威的多，幽默风趣的也很多，"小冬瓜""除四害""全国粮票""六六六"，一个个绰号后面都有着动人的故事。

我爱我的故乡，更爱故乡我的小学。几十年过去了，眷恋总是拽着曾经的过往，回忆一直历历在目。

三排教室，像模像样地坐落在村子西头，前面是一个大操场，后面有一条东西走向的自然河，河水清澈，岸柳成行。大门两侧八字形的矮墙上，"好好学习，天天向上"，白底红字，粲然夺目。走进大门，中间是圆形的绿岛，两边为绚丽的花坛，一到春天，花团锦簇，蜂飞蝶舞，迷人的芳香让人心旷神怡。绿岛南面竖着一根高高的旗杆，鲜艳的五星红旗天天从这里冉冉升起，在乡亲们眼里，这一面迎风飘扬的五星红旗，就是他们心头热切的希望。

学校原先一直是六个年级六个班，"文革"期间加了个"戴帽子初中"，变成了八个年级八个班，规模不算很大，但很正规，十几名老师都是县里分配的，半个多世纪过去了，至今我还清楚地记得他们每一个人的名字以及他们的音容笑貌。他们全都是正规师范学校毕业，个个都是多面手，人人都有拿手戏。记得那时候学校里兴趣小组很多，每天下午两节课以后，唱歌、跳舞、写字、画画、下棋、打球，各种文体活动有声有色。

农村小学能办成这个样子，绝非一日之功。故乡的小学，到底建于哪一年，我说不清楚，只听说解放前就有了雏形，20世纪60年代初，等我跨进校门时，很多叔叔阿姨和大哥哥大姐姐们，早就从这里走向了远方。说到这所学校，乡亲们都非常感谢西头的大先生，都说没有他当初顶着老尼姑的骂声，拆掉庵房，改建学堂，就不会有现在这所漂亮的小学。一个地方拥有开明的乡贤，是当地人的福音，我庆幸能出生在这个地方，空气中弥漫着的读书气息，仿佛春天里萌生的绿色，从小就洇润着我天真的梦想。

感谢大先生，感谢这所小学，让乡亲们尝到了甜头，看到了希望。因为有了这所小学，村里读书人越来越多，不用动员，家家都晓得，再穷也要送孩子们上学。读书改变了命运，多少年来，一批又一批孩子，像小鸟一样，从这里飞向蓝天，落脚到了祖国的四面八方。读书人的不断涌现，为故乡人长了脸，久而久之，"文化村"的美誉，便成了一张烫金的名片。

记忆中的小学，不仅为孩子们开启了希望之门，更为故乡带来了蓬勃生机。随着学校知名度的不断提高，周边乡村的孩子也都纷纷来我们村里读书。上学途中，回家路上，孩子们成群结队，追逐嬉戏，整个村子都跟着活了起来。学校操场始终是村里最热闹的地方，每天总有一些孩子，在那里打球、斗鸡、滚铁环、抽陀螺……弄得隔壁的大奶奶，天天都要坐在门口的小板凳上，守护着她那心爱的菜地免遭袭击。我喜欢这一种热闹，但更喜欢那一种琅琅的读书声，一阵一阵，自带节奏，真的觉得那就是天籁之音。

　　然而，一个如此充满活力的学校，前几年却走到了尽头。孩子们少了，上学都被校车接到了镇上，故乡变得有些冷冷清清，要说这也是心头的痛。

　　然而，学校没了，平台高了，我相信故乡的孩子，一定会一代更比一代好。

老邻居

这一辈子，已经搬了几次家，最忘不了的，还是家乡的老邻居。那一段苦涩却又甜蜜的过往，就像老电影一样，经常在脑海里回放，一场场，一幕幕，至今还是那么清晰。

有事没事，端起饭碗，就会聚到一起，一边吃，一边聊，乡村俚语，海阔天空，总是有说不完的话题。粗大的嗓门，你一句，我一句，屋檐下常常会滚动出爽朗的笑声，那是男人们。女人们呢，挎个篮子下河边，碰到一起，也会停下脚步，叽叽咕咕，聊上半天，柴米油盐，家长里短，神色总比男人们显得凝重。夏天，星光灿烂的夜晚，大人小孩都习惯聚在一起乘凉，摇摇蒲扇，拉拉家常，不到哈欠连天，绝不会轻易打散。

老邻居无疑都是好邻居，但比好邻居更亲近，更厚重。可以试想一下，如果多年不见了，老邻居忽然走到一起，那一种知根知底、知冷知热的感觉，是不是会油然而生？

那时候在农村，日子虽然过得紧巴巴的，但老邻居间的相处，却是甜滋滋的。有事搭把手，招呼一声，随喊随到。家里操办大小事情，板凳桌子不够用，跟隔壁邻居说一声，有的就会送上门来。蔬菜疯长的季节，你送我几个黄瓜茄子，我送你一把韭菜豆角，几乎成了邻里间的习惯礼数，就连平时包个饺子，做个好吃的，也不会忘记给邻居家孩子送一点，解解馋。下雨了，人在外面，东西来不及收，不要紧，邻居家的老奶奶，从来不会坐视不管。

远亲不如近邻，老邻居过日子，就是这样你招招，我掖掖，虽波澜不惊，平平常常，但情深义重，刻骨铭心。这样的日子，恰如轻舟淡月，小桥流水，让人感到很温馨，很惬意。

在农村，邻里不睦的还是有的，因了宅基地的界址争端，以及砌房造屋时的你高我低，吵架骂娘，甚至拳脚相加的，我见过不少。但这些事，在我们邻里之间还真就没有发生过，有些本来容易引起争端的，却都成了相互谦让的佳话。比如，夏秋两季，屋檐下的扁豆丝瓜，常常蹭蹭几下，就会神不知鬼不觉地空中越界，爬到邻居家的树上，但从来没有人，因为它的探头探脑，而彼此起纷争。"长到你家树上就是你家的，想吃就摘，不要客气。"这是主人的交代。而邻居呢，等到果实成熟的时候，常常会摘好了，给主人送上门去。不懂事的扁豆丝瓜，无意中却成了友谊的纽带。

在我的印象中，左邻右舍对我们家的关照最多。记忆中的点点滴滴，我珍藏在心里，也常挂在嘴上。

老三年幼的时候，妈妈天天都要到生产队上工，看护的事，几乎就是隔壁的大妈在尽义务。每天妈妈出去上工，三弟就端着板凳过去了。"大妈，我跟你玩。""过来吧，宝宝。"慈祥的大妈总是笑嘻嘻地把三弟搂到身边。大妈家旁边就是一条河，水很深，坎很陡，不是老邻居，谁会承担这个责任？

还有件事，我不得不说。有一年秋天，一连下了好多天雨，一个早上，我们弟兄三个还没有起床，土打的后檐墙，轰的一声，突然坍塌了。闻讯后，老邻居们第一时间就赶到了，他们冒着大雨，从自己家里找来了木头，先帮我们把危房撑住，而后又找来草帘子，在倒塌的地方为我们扎上篱笆，这让我们一家在恐慌中，多了一份安全感，从此，也多收了一份沉甸甸的友谊。

邻居好，赛金宝。这一种风雨中的彼此呵护，犹如冬天里的暖阳，夏日里的凉风，一直让我觉得很珍贵。

工作以后，结束了与土地相依相偎的日子，比较起来，对老邻居的记忆就格外美好了。生活在城区里面，水泥、沥青不仅封住了路面，似乎也封住了人与人之间的一些联系。住在钢筋混凝土浇筑的公寓楼里，邻里间见了面，也会客客气气地打一声招呼，但那种客气又好像是那么遥远。

在城区待久了，很想回乡下透透气，想去听听乡亲们的东拉西扯，想一起晒晒太阳，一起吹吹过堂风。薄暮里炊烟升起来了，一弯新月挂上了天空，斜斜地，钩住了家前屋后的树影虫鸣，也钩住邻里人家的欢声笑语，就觉得，那种滋味才是居家过日子的味道。

本家老大哥

我一直认为，本家老大哥像老牌相声演员马三立，个头偏高，体形瘦削，走路时下颚上扬，身子有点微微前倾，闲聊时喜欢玩点噱头，而后歪着脑袋，莞尔一笑，一副得意的样子。

熟悉老大哥的人都说他是个"大活宝"。他初中毕业，业余时间爱看闲书，我国的几部古典名著，还有什么古代白话小说"三言二拍"，他翻来覆去不知看了多少遍，书中的哪一章哪一节，他都能说得头头是道。记得小时候，我们这一帮半大不小的毛孩子，一有机会就喜欢围在他身边听他讲故事。他不仅会讲故事，还会写写画画，过年了，大半个村子的春联都是他一手包办。他画的山水画，往墙上一挂，真的有一点宋人的味道。"文革"期间，他用纸板刻印的毛主席像，线条简练流畅，技艺出神入化，受到大家一致好评。

在我们家乡，说到张三李四，一般不叫名字都叫绰号，比如，小冬瓜、大喇叭、洋面馒头、荞面疙瘩，等等。而这些绰号，多半都是老大哥给起的。他起的绰号很合大家口味，很多的成了一个人一生的标签。邻居家的小外孙聪明淘气，活泼大方，走东家串西家，到一处就在一处蹭饭，老大哥管他叫"全国粮票"。后面的二大爷会吹牛，说话喜欢连用几个"六"字，什么坐过的火车66节，步行一小时66里，干女儿66个……于是老大哥就干脆叫他"六六六"。后庄的小兄弟爱尿床，他给他封了个头衔叫"电灌站长"。他自己的儿子，长得土气一点，小的时候他就叫他"出土文物"。

老大哥除了爱读书，讲笑话，还很喜欢摆弄花鸟鱼虫。那时候，农村没有条件，大多数人也没有这份雅兴，只有他会别出心裁。我记得他曾利用报废的热水瓶胆，自制过悬挂式养鱼缸。敲掉水瓶胆的外层，留住瓶颈，再用烂泥擦去里面的水银，洗净后，在瓶颈处系上绳子，一个清澈透明的悬挂式鱼缸就做成了。然后注满清水，放上两根水草，再到河里抓几条"草鞋底"放到里面，往墙上一挂，屋子里顿时就有了生机，遇到晴好天气，鱼儿迎着阳光嬉戏追逐，上下穿梭，谁看了都觉得心里很愉悦。他的做法影响了很多人，后来全村不少人家都效仿他挂起了自制的养鱼缸。

老大哥能说会道，待人也很热心，他是个瓦匠，村里人家换个瓦片，堵个漏子，补个灶台，修个猪圈，只要找到他，他总是有求必应。有一年秋天，一连下了好多天雨，我家土打的后檐墙，在一个早上突然坍塌了。闻讯后，他第一时间赶到，先从自己家里扛来木头，帮我们把危房撑住，而后又找来草帘子，在倒塌的地方为我们扎上篱笆，他的这份爱心，有效地平息了我们一家人的恐慌心理。

天有不测风云，前几年老大哥不幸罹患喉癌，现在与人交流只能靠书写，但他依然乐观开朗，天天捣鼓微信，隔三岔五，还在朋友圈里发一些搞笑的段子。美国大选期间，他调侃特朗普和拜登，说两个老头子不厚道，都这么大年龄了，还在为一个岗位争得死去活来，真不怕丢人。

老大哥很平凡，平凡得像风像水像一棵小草，但在我眼里，这样的风和水与小草，一直很有魅力。

大 牛

　　按辈分我应该叫他大爹爹，但习惯了都叫他大牛。"大牛、大牛"，全村人都这么叫着，那感觉才叫乡里乡亲。

　　大牛比我大几岁，是多年的好邻居。我们家老房子出手之前，他一有空就过来串门，最多的是端着饭碗过来，他很健壮也很朴实，脸庞黑黑的，跟人说话总是憨憨地在笑。听说，他小时候得过大脑炎，留下了一点后遗症，但不碍事，农村的那些力气活儿，别人能干的他都能干，而且干得比别人好。在我的印象中，他就是一头老黄牛，一天到晚不是在弓着腰推车子就是在斜着肩挑担子。

　　由于受大脑炎的影响，小时候的大牛很搞笑。有一次他妈妈叫他到西头的供销点上打酱油，一路上他一直念叨着"打酱油、打酱油"，可是打了三次，都是空手而归。第一次，路上遇到一个小沟坎，他"哎嗨"一声，用力一跃，沟坎跨过去了，要办的事却想不起来了。回家问过妈妈，继续再去，走到半路上撒了一泡尿，又不知道要去干什么了。第三次再去的时候，嘴里还是不停地念叨着"打酱油、打酱油"，谁知途中遇到几个人吵架，他停下来看了一会儿热闹，等他回过神来，打酱油的事又忘得干干净净。

夏天的傍晚，他喜欢到我们家门口乘凉，我们弟兄几个下棋，他站在后面看得比谁都认真。有一次，他突然结结巴巴地说："像、像、像、像这个我也会。"

"好的，我们来一把？"说着，老二就让他坐下来一起玩。

"你先走。"

"你先走。"他和老二谦让了一下，不假思索地把"象"往前一拱，这算是开棋吗？看得在场的人个个捧腹大笑。

大牛在家排行老大，尽管有一点智障，父亲退休时，还是优先让他去接班。他父亲原先在芜湖一家皮鞋厂工作，芜湖他小时候大概也去过，要出去当工人了，那些日子，他整天把喜悦挂在脸上。走的前一天，我到他家去看他，他一头大汗，正在房门口摆弄着几张小凳子，矮的在前，高的在后，整得跟楼梯一样。我问他这是干什么。他乐哈哈地跟我说，准备上火车啊！说着，就背起背包，提着行李，往凳子上爬，一趟又一趟，上上下下，乐不可支。我有点忍不住想笑，他却很认真地说，有什么好笑的？不先试试，火车到了，背着这些东西，爬不上去怎么办？

谁知道，到了芜湖没有多长时间他又回来了，而且还坚决不肯再去，问他为什么，他的回答让人哭笑不得，他说："芜湖有什么好的？芜湖都是水泥地，碗掉下来就乓掉了，家里多好啊，家里全是烂泥地，碗掉下来也不要紧，芜湖这鬼地方，老打碗，再好我也不去了。"说不去就不去，犟脾气上来了，谁说也没有用。

没有多久，厂里只好给他办了内退。不上班了，还拿一份劳保，村里人都羡慕他，他自己却显得很平静，还是像老黄牛一样，天天给人家打零工，推灰，推土，挑水，挑粪，有什么干什么。他帮人家做事，从不偷懒也不计较报酬，应该做的都会做得漂漂亮亮。我们家门口有一大块自留地，妈妈一个人忙不过来，他经常过来帮忙，浇水施肥，刨地收割，从来不收一分钱。

或许是好人有好报，憨厚、老实的大牛，却生了个聪明的儿子，这儿子大学毕业后，留在西安一所高校工作，还娶了个学校领导的千金。小夫妻很孝顺，一直想把老两口接过去一起住，但大牛不肯去享清福，就想守着老太婆，在村里兜兜转转，消磨时光。

多年没有见到大牛了，今年春节后我回到村里，再次见到他的时候，差一点没有认出来，他倚在墙上晒太阳，上身重重地偏向一边，看上去就像一把竖起来的弓。他看到我很高兴，赶紧过来拉着我的手，和往日一样，憨憨地在笑，而我看到他却有点想哭。

"羸羸老牯牛，默默数春秋。"岁月是一把无情的刀啊，大牛老了，真的该好好歇歇了。

邻居家哥儿俩

邻居大妈家的两个儿子，小时候都是我的好伙伴。这哥儿俩，性格迥异，完全不像一母所生。

先说老二吧，思想守旧，老成持重，但吃苦耐劳，勤俭持家。年轻时候他在县水泥厂拉板车，工会偶尔发张电影票，他从来舍不得看，都是拿到电影院门口悄悄地换成零花钱。

拉板车是个体力活儿，一年到头他不休息，赶上节假日，厂里放假，他就骑着自行车，去车站、码头带客。有一年大年三十，朔风凛冽，大雪纷飞，所有的乡村公路都停运了。下午4点多钟，有一位在江都车站过境的旅客，急着要赶回吴桥乡下过年，从江都到吴桥有近20公里车程，这样的天气，不要说带客，就是空着手走一趟都不容易。面对这趟生意，所有人望而却步，只有他迎难而上。一路上根本没法骑，他硬是推着车子拉着客人的行李，陪客人深一脚浅一脚地走到了老家。等他回到家时，已经是深夜12点多钟了。

他看起来要钱不要命，但绝非唯利是图，离开水泥厂后他在村里开拖拉机，村里人说他从来不会投机取巧。有一年我在老家买了一棵桂花树，请他帮我送到江都，货到了，临走时，我塞给他 200 块钱，他推开双手直往后躲，一个劲地说"你不是骂人吗，你不是骂人吗"，腼腆得就跟孩子一样脸涨得通红。

再说这老大，仗义疏财，性格豪放。年轻时候，他在湖北做瓦工，有一年和一位老乡一起回家过年，到了南京火车站转车时，他嫌大巴拥挤不舒服，二话不说，拉着同乡转身就上了出租车。从南京到村里，几百元的打的费，他坚持一个人承担，下了车，掏出几张百元大钞，无需找零，手一挥就让师傅走人。

这家伙侠肝义胆，从小就敢仗义执言。小时候他跟我是同班同学，记得上三年级的时候，有一次在数学课上，老师突然喊我回答问题，我由于思想开小差，站起来不知所云，支支吾吾，吞吞吐吐。老师走过来用教棒狠狠地敲了一下我的头，我一下子控制不住情绪，居然大胆地指责老师："你不该打人。"

"他上课不用心听讲，打他一下应该吗？"老师板着面孔，一本正经地问学生们。

"应该——"一帮家伙一条声地跟着起哄。

"老师，你就是不该打人！"没有想到，同学们话音刚落，他突然站起来为我鸣不平。

"坐下！"老师狠狠地瞪了他一眼，接着把我们两个狠狠地训了一通。第二天考数学，老师居然取消了我的考试资格。可谁知过了几天报分数时，竟然还有我的成绩。我既喜出望外，又莫名其妙，后来才知道是他在试卷上写下了我的名字。

他为人豪爽，有几分梁山好汉的气概，大碗吃饭，大碗喝酒，北方的大馒头，他一顿能吃十多个，喝酒更不在话下，他经常说："酒哪里喝得醉啊，顶多喝个饱吧。"其实，他不是喝不醉，而是经常醉，醉了，不是海阔天空吹牛皮，就是仰面朝天睡大觉，真有一点"天子呼来不上船，自称臣是酒中仙"的样子。

他人高马大，力量过人，一百斤的石锁信手拈来，手提、肩扛、单滚、双滚，前后左右，花样翻新，二百斤的石担子，轻轻地一抓就能举过头顶。但他从来不惹是生非，相反村里有了他，全村人都有安全感。有一次，有一个汉子在村里收购稻子，自行车上驮着三个大麻袋，足足有二百多斤重，歪斜那里，搁在人家菜地边上，主人叫他挪个地方，他爱理不理。刚巧，老大从那里经过，便不动声色地走过去，抓住后车架悄悄地把车子拎到了路上。这汉子一看，一句话没敢说，伸伸大拇指，推着车子乖乖地走了。

时光如白驹过隙，不知不觉离开家乡几十年了，但在我心里，这哥儿俩仍然还是很近的好邻居、好朋友。

故乡风情

乡愁绝对是一种扯不断的血脉，哪怕离得再久，根还是在那儿深深地扎着。告别故乡半个多世纪了，我还很清晰地记得那里的一些日常琐碎，这些姑且可以算作风情类的东西，仍然像风俗画一样，还经常一幕一幕出现在我的脑海里。

我的故乡在江都高沙地区，家乡人说话绵软，后面习惯缀个"儿"字。小孩子叫"小侠儿"，叔叔叫"爷儿"，今天、明天叫"今儿、明儿"，连坐的板凳都叫"凳儿"，小板凳叫"趴趴凳儿"，还有缸儿坛儿、瓶儿盖儿、鱼儿虾儿、猫儿狗儿，等等。这么多年了，如此乡音一直萦绕在我的心间，甚至梦里还会听到有人叫我"大爷儿"。可能从小留下的印象太深了，长大后我对乡音特别敏感，不管在什么地方，素不相识的家乡人只要一开口，哪怕他说的是普通话，我也能从他讲话的某个音节里捕捉到家乡的味道。多少年在外，若干次就是因这样的发现，遇见了老乡，找到了快乐。

老家人春天喜欢种树，一家看一家，你种我也种。正月十五，家乡西边那个"十里栽花算种田"的地方，有个传统的集场，做的大多也是苗木生意，故乡人每年都会赶过去，买一些小树苗，一捆一捆地扛回来种植。由此，故乡早就成了一个植物园，树的品种很多，常见的有榆树、银杏、洋槐，最多的当数桂花，金桂、丹桂、银桂，随处可见。花开时节，整个村里都弥漫着浓浓的香味。除了种树，家乡人还很喜欢栽竹子，几乎所有人家房子后面都有一片大竹园，有慈竹也有水竹，从东到西，连成一片，颇有一点竹海的味道。

老家人吃饭有串门的习惯，端着个饭碗，从前庄到后庄，从东头到西头，一顿饭能转上一大圈。有人很有本事，前面端个大碗，后面还能夹个小碟子。聚在一起吃饭，三个一堆，五个一群，边吃边聊，有说有笑，筷子在碗里，撩起来放下去，放下去又撩起来，就是顾不上往嘴里送。遇到在别人家里，就更有意思了，有的饭吃完了，话还没有说完，主人便说"不要嫌丑，就在我家添吧"，来人也不客气，添就添，添上一碗接着聊，好像跟在自家里一样。

夏天乘凉聚在一起，是家乡人的又一喜好。村里总有那么几个招人喜欢的聚点，我们家门口算一个。每天我们都提前把场地打扫得干干净净，搬出桌椅板凳，在场边上点燃一堆麦䅟子，恭候乡亲们的光临。有时候，我们晚饭还没有吃完，就有人摇着蒲扇，有的还夹一张小板凳，晃悠晃悠地过来了。人多，板凳根本不够坐，只好坐的坐站的站。聚到一起，讲故事说笑话、张家长李家短，每天都有说不完的话题。大人们聊天，孩子们多半在嘻嘻哈哈捉迷藏，也有的一边数星星，一边给大人挠痒痒。农村蚊子多，点了麦䅟子也不管用，"啪啪"，人堆里不时会响起一两声清脆的击打声。乘凉不到点不打散，感觉下露水了，才会有人说，"回去睡觉吧"，于是众人附和"明儿见，明儿见"，一个个打着哈欠，各自回家。

老家人重情重义，偌大一个村子就像一个大家庭，走在村子里，随处都能听到亲切的称呼：大爹爹、大奶奶，二大大、二大妈。我离开家乡这么多年，在城区还会遇到有人用家乡话叫我："咦，这不是大爷儿吗，有空家去玩玩喳！"其实我在老家已一无所有了，一句"家去玩玩"，说得我心里暖烘烘的。

家乡人实在，不管哪一家有事情，乡亲们都会出手相助。记得有一年秋天，一连下了很多天雨，我们家那土打的后檐墙，在一个早上忽然坍塌了。乡亲们闻讯后，许多人都赶过来了，有的还从自己家里扛来木头给危房打点，有的找来草帘子，在倒塌的地方帮我们扎上篱笆，这种风雨中的相亲相爱，今生今世，没齿难忘。

乡风乡情，说不尽，道不完，那林林总总、点点滴滴的人和事，在我心里早已化成了一首又一首暖心的歌。

家乡的饭局

年龄大了，越来越怕在外面应酬，就想待在家里守着夫人陪陪老母亲。但一年有那么几次，家乡有人邀我回去小聚，我倒是屁颠屁颠地跑得比谁都快。

待在家里的感觉当然很好，"无事此静坐，一日似两日"，轻松、自由，干什么都可以，看看闲书，拉拉二胡，或窗口站站，或来回走走，有灵感了就打开电脑码码文字，犯困了就安安静静地坐下来打个盹儿；吃什么也方便，夫人弄两个小菜，荤素搭配，有滋有味，高兴了就小酌两盅，轻轻松松，快快活活。说温馨，当数这心灵的港湾，但回到老家亦如倦鸟归林，浑身上下同样觉得很舒服。

家乡人亲啊，打断骨头连着筋，追根溯源都是一家人。每次回去，一踏上故土，乡亲们见了就会热情地跟我打招呼："志方啊，家（回）来啦！"一句"家来啦"，总是说得我泪水在眼眶里打转。这么多年了，无论我走到哪里，无论走多远，乡亲们没有一个拿我当过客，在他们眼里，我永远都是家乡的孩子。家来了，家在哪里？家乡早就没有了我的一砖一瓦，这儿还有我的家吗？乡亲们一次又一次的热情招呼，似乎让我懂得了一个道理，家的概念绝非就是那几间看得见的老房子，而是根之所在，情之所系，有乡亲们在，衣胞之地恐怕永远是我丢不开的精神家园。

走进村子，总有些老长辈会停下手中的活儿，笑眯眯地走过来，拉着我的手问长问短："老妈妈身体还好吗？有空带妈妈家来玩玩嗒。""姑娘她们还在美国嘞，让她们早点家来噢。"和蔼的面庞，暖心的话儿，如春风拂面，让人觉得特别亲近。

到家乡聚会，坐到一起的多为儿时的朋友，亲如兄弟，无拘无束。跟在城区一样，先掼蛋，后吃饭，场子设在院子中间，围观的弟兄比上场的多，你一句，他一句，个个都是高参，那种参与的热情，才叫其乐融融。入席了，谁主谁次，谁左谁右，坐哪里，怎么坐，从来没有人忸怩作态，牵牵拉拉，每次只要把老大哥安排好，其他弟兄拉开座椅随便坐就行，弟兄们到一起，什么话都可以说，说什么都中听。"把酒话桑麻"已经不太当时，国际国内形势，坊间趣闻轶事，才是主要话题。不要以为农村人孤陋寡闻，他们知道的一点不比城里人少，巴以冲突，中美关系，改革开放，反腐倡廉，说起来照样头头是道，打老虎，拍苍蝇，到了他们嘴里更生动。当然，最开心的是听他们谈儿时的轶事，以及那些风趣的段子，你一段，我一段，就像演绎精彩的小品。"你晓得啊，泰州有个肉联厂，猪子从这一头进去，肉从那一头出来，你如果觉得不满意，电钮一摁，倒回头退给你，还是一条活生生的猪子。"模拟泰州腔调，绘声绘色，惟妙惟肖，类似的小幽默，好像每个人都能说一套。

家乡的饭局，虽然没有城里的气派，城里人请客，喜欢在酒店里，乡下人不同，就在自己家里，桌子摆在堂屋里，四周甚至还有些凌乱，但菜肴投口。干咸菜烧肉，花生米煮鱼，茨菇炒干子，水芹炒百叶……满满一桌菜都是浓浓的乡情，都是儿时的记忆，每去一次，大快朵颐，都觉得是一种难得的享受。

这么多年了，大大小小的饭局我参加过不少，有的场合，酒劲的较量，说得难听一点，等于变相斗殴，弄不好身心都会受到伤害。明火执仗地厮杀倒也罢了，毕竟很多时候斗和快乐同在。最怕人的是变了味道的应酬，让人感到很累。大凡到那一种场合，酒中往往勾兑了太多的东西，看上去轻轻松松，喝下去的常常是一种无奈和负担。到家乡喝酒不一样，酒不论好丑，量无关大小，不用害怕，尽管放开酒量，开怀畅饮。家乡人喝酒，喝的是真诚与激情，喝多了即使吐，吐出来的也一定是潇洒与烂漫。

写到这里，我突然想起了《九月九的酒》，歌中所唱的，不就是家乡的饭局吗？"亲人和朋友，举起杯倒满酒，饮尽这乡愁，醉倒在家门口。"写得多好啊，想到这首歌，我就想回去好好地喝一回。

舌尖上的乡情

都说客不请客，那一天却硬生生地被朋友拽着去做了一次陪客。原本觉得很不合适，可到那儿一看，巧了，一桌弟兄全是家乡一带人。乡音拉近了距离，于是，觥筹交错，一见如故。

聚餐的饭店不大，但环境整洁，菜肴实惠。老板娘四十来岁，打上劈下，能说会道，既端盘子，又掌勺子。席间，她亲自下厨给我们做了一道煎粉："尝尝看，地道的山芋粉，家乡的土菜，好吃，记得给我点赞噢。"真是温润如玉啊，满满一盘子，油亮亮的，蓝莹莹的，每一块上还沾着一层韭菜末，一看就很诱人。不等老板娘说完，一箸下去，我先夹了一块，托在手心里，咬了一口，乖乖，香喷喷的，正宗的家乡味道。跟我一样，大家都有点迫不及待了，一圈下来，风卷残云，一盘煎粉立马盘底朝天。

"这煎粉啊，既不能厚，也不能薄，厚了煎不透，薄了容易碎，今儿这个样子正到门。"

"如果再煎老一点更好，外面脆，里面嫩，那感觉才叫一绝。"

"不放酱油不要紧，但韭菜末绝对不能少，这不但俏色，而且起香。"

吃得好，说得好，你一句，他一句，个个好像都很内行。

煎粉撩拨着味蕾，也勾起了我们对儿时的回忆。我们这些人，都生长在江都的高沙地区，曾经，山芋就是我们的主打食品。山芋多了，就要变着法子吃，记得小时候，家家户户都会做山芋粉。选一些有破相的山芋洗干净，剁碎了兑上水用劲揉，再用纱布包起来滤掉渣滓，放在钵子里沉淀一个晚上，第二天去掉水，雪白的山芋粉就露面了。然后用锅铲子挖出来，摊在白纸上，晒上几个大太阳，干了装在瓶子里，想吃就抓一把。

"煎粉好吃，其实甩粉也呱呱叫哎。"靠膀子的兄弟，刚刚丢下筷子，突然又说起了甩粉。

"想不想吃，想吃，现在我就去给你们做。"老板娘来劲了，一副要逞能的样子，大家求之不得，一连声地说："好的，好的。"

"听说，甩粉还上了中央电视台呢。"

"不要吹牛，你倒越说越神了。"

"是的，我也看到了，好像是在《远方的家·长江行》这一档节目里，摄制组一帮人，沿着长江找瓜洲渡口，在波斯庄品尝过甩粉。"对面的老弟好记性，居然说得有鼻子有眼。

推杯换盏，天南海北，不知不觉，甩粉上来了，汤汤水水，一人一碗，弄得跟上鱼翅似的。望着碗里那一片片晶莹剔透的粉皮，瞬间我味蕾生津，差一点流下了哈喇子。低头喝了一口汤，一块粉皮不经意间，呼地一下蹿到了口中，根本来不及嚼，打了个滚，就急速地滑到了喉咙深处。

"嗯，好吃，正宗！"一桌人的吃相跟我差不多，有的低着头，有的端着碗，呼呼啦啦，含糊其词，一边吃一边点赞。

甩粉，吃起来爽，制作也比煎粉容易，煎粉要提前熬，甩粉都是现做。抓一把干粉，用凉水稀释开来，待锅烧热了，直接用手捞起来往锅里甩，烤熟了，拉拉扯扯，就像一块不规则的网，然后撕成小块，像下阳春面一样往酱油汤里下，最后，搁上一点葱花、蒜叶什么的，一碗家常的甩粉就做成了。

"甩粉的吃法很多，可以汤煮，也可以单炒，还可以混搭。小时候，我们吃得最多的就是粉皮烩苋菜。"

"好了，好了，下次到我厂里我做给你吃。"朋友见好就收，甩粉的话题终于画上了句号。

舌尖上的美味，洋溢着乡情也留住了记忆。那一天，菜肴不可谓不丰盛，但我能记住的，大概也只有那煎粉和甩粉了。

陌生的故乡

　　人老了，一份绿叶对根的情意，比以往任何时候都还要深。这几年，我经常会想起故乡，想起故乡的人家，从前庄到后庄，从东头到西头，一户接着一户，像过电影似的在脑海里盘点。

　　庄上八九十户，我清楚地记得每一家所在的位置，叫得出当初每一个人的名字，还能说出一些他们的故事。然而，所有的存储都是过去的记忆，父亲过世之后，我们把母亲接到了身边，一晃三十多年了，故乡人家后来的变化，很多就不太清楚了。

　　新房子装修快结束了，为了选配灯具，我和夫人去了装饰城的一家灯具店，接待我们的女孩子，脖子上挂个牌子，个子不高，人长得很讨喜，圆脸，短发，大眼睛，皮肤白白的，像个洋娃娃。知道我们想看中式灯具，她打开电脑帮我们挑选，我瞟了一眼她胸前的牌子，上面写着"丁丁"。

　　"姑娘你姓丁？"我有点好奇。

　　"是啊！"她也好奇地看看我。

　　"哪里人啊？"

　　"宜陵的。"

　　"宜陵哪里的？"

"南面双桥的。"

"啊？我们还是本家呢！"

"你也双桥的？"女孩子看看我，有点将信将疑。

"你爸爸叫什么名字啊？"

"你肯定认不得。"忽然她好像变得有点自卑。

"怎么认不得呢，你爸爸应该跟我差不多大吧，说说看，叫什么名字？"

"人家都叫他三子。"

"三子？"我迅速地在脑海里搜索了一下，"你家是前庄的？"

"是的，你还真认识我爸爸?!"女孩子有点喜出望外。

三子比我略小一点，但长我一辈，没想到这女孩子跟我还是平辈呢。这一家人我太熟悉了，她爹爹个子高高的，奶奶胖胖的，她爸爸还有个同父异母的弟弟，跟她奶奶一样也长得胖乎乎的，而她爸爸，一直都很单薄。"你爸爸还好吗？"女孩子低下头，眼圈红了，轻轻地说了声"他走了"。啊？怎么没有听说过呢，怕女孩子伤心，我赶紧把话题岔开了。之后，跟人打听才知道，她爸爸十多年前就病故了。那一天，女孩子很高兴，主动加了我夫人的微信，但我心里却有些不是滋味。

又有一次，几个文友小聚，一桌人只有一个姑娘我面生，主人介绍说，她也姓丁，在扬州一家银行工作，诗歌写得很不错。我问她是哪里的，没想到，她竟然跟我也是老乡。我问她老家在什么地方，她说了一个位置，我立马有了印象。于是，我报了一个人的名字，她兴奋地告诉我，是她二爹爹。她这一说，我有数了，她可能是老大家的孙女儿。

她们家住在庄子后头，独门独户，后面有个大竹园，前面有个大院子，院子里长了一棵大大的蜡梅树，还有一棵枣树和石榴树，小时候，我经常从她家门口经过。她说的二爹爹与我平辈，小学跟我是同班同学，人可好了，特别肯帮助人，曾不止一次帮我削过铅笔。听我说了这一些，小姑娘下位过来敬我酒，还恭恭敬敬叫了我一声爹爹，一副害羞的样子。那一天，我很高兴，因偶遇这位小本家，多喝了不少酒。

这样的遇见，其实有过多次。少小离家，异地落户，后来，对故乡的小小孩、新媳妇，基本上都是相见不相识了。

前年秋天，我回故乡看望一位本家长辈，车子停在村部里面，从西头走到东头，没有看到一个人，回头的时候，独独在老队长门口看见一个妇女在栽菜，我便停下来踌躇了一会儿。这门口过去可热闹了，有棵老槐树，遮天蔽日，夏天，我们经常在老槐树下面乘凉，听大人们拉家常，说故事。每年立夏时节，老队长都会在老槐树上吊一杆大秤，为大家称称体重，那会儿，我们这一些小家伙，都会过去凑凑热闹。

"找哪个啊？"

"不找哪个，看看。"

"好玩呢，不找人，有什么好看的？"这大姐头也不抬，一边栽菜一边叽咕。本来我倒是想跟她聊聊，看她只顾忙活又不想说话，就只好打了个招呼离开了。那一刻，心里突然生起一种怅然的感觉。

作家梁鸿说，故乡不是一个地方，而是那个地方的人。而今，那个地方认识我的和我认识的都越来越少了，故乡，这个我日思夜想的地方，难道真的变得越来越陌生了？

此情已然成追忆

眼前的这块空地，从南到北一片荒芜，枯萎的杂草，高高低低，密密丛丛。站在故乡的这块土地上，一时间我竟搞不清楚这是个什么地方，当本家兄弟说到是原来某人家时，我感到很诧异，眼前的景象和脑海里的记忆，无论如何联系不到一起。脑子里出现断路，还不仅仅是因为这块空地，两边的情况好像也不是当初的样子，老旧、破损，甚至还有几分萧瑟。

在我印象中，这里可曾是全村最耀眼的地方啊！三组建筑，六扇大门，一条边，一大片，青砖黛瓦，富丽堂皇。一组建筑前后三进，两个天井两处回廊，中间一组东边还多了一条火巷；每进，三间正屋一间厢房，罗地砖，木地板、穿山板壁，落地窗扇……所有的一切，都曾是村里人羡慕的焦点。

然而，这一切都成了过去式，眼前的空地，正好在中间一组的位置。好端端的一排大瓦房，居然豁了这么大一个口子，感觉上既煞风景，也很心疼。

房子没有了，但房子里住过的一些人，我还记得清清楚楚——

前面一进，主人早就远走他乡了。临时住在这里的，是西头的大太爷和东头的二奶奶。大太爷，体形健壮，儿孙满堂，二奶奶，精明能干，无儿无女，两个老人的另一半都不在了，走到一起，用现在话说，就是搭伙过日子。一个叔太爷，一个侄媳妇，要说违背伦常，但没有人大惊小怪，说长道短。大太爷常坐在门口看看闲书，二奶奶则守在他边上做做家务。两个人，只要一个不在视野，另一个就会站在门口大声呼喊："哪开（去）了？"大太爷这样喊，二奶奶也这样喊。于是，"哪开了"便成了他们的标签。

中间一进，住的是一对老夫妻，我管他们叫二爹爹、二奶奶。这老两口子，两个儿子都在上海工作，有一个听说还是一个单位的处长，看得出来，他们的吃穿用度，明显比一般人家好。二爹爹四体不勤，不稼不穑，大多数时间，坐在窗口的条案前，看看线装书，捧捧紫砂壶。他说自己是文墨之人，瘦削的身体，习惯穿深色的绸缎马褂，其实他没有功名，一辈子老童生，只是有一段在大户人家坐馆的经历。二爹爹自命清高，不太讨人待见，他跟人说话，喜欢高声打哈哈，"啊哈哈哈"，是他挂在嘴边的感叹词。不过，他对我们弟兄三个偏爱有加，经常在我父母面前夸我们："你这三个儿子啊，到典当里都比人家值钱。"二奶奶很和善，但聋得厉害，人称聋二奶奶。二爹爹说话声音大，估计跟她有关。聋二奶奶，常常在门口忙忙菜园子，别人跟她打招呼，她总是笑嘻嘻地东拉西扯。

后面一进，说起来就有些不是滋味了。住在这里的是弟兄两家，老大家住东边，老二家住西边。老大是个鳏夫，我们管他叫大大。这大大肚子里有点墨水，但没有什么作为，我所晓得的，他会做两件事，一是"打时"，二是"收痄腮（腮腺炎）"。打时，现在很多人不清楚，过去有的人就懂，就是帮人家掐掐算算。你若有东西不见了，去找他帮忙，他取一只水碗，往大凳上一坐，右手食指在水碗里蘸蘸，再在左手心里戳戳，一阵装模作样以后，就能告诉你东西在什么地方。或者，你家里有什么人，要从外地回来了，不知道确切时间，你去问他，他通过打时，能告诉你有没有动身。当然，他的这些把戏，很多时候并不灵验，但"收痄腮"好像有用。小时候，我得腮腺炎让他弄过，他拿支毛笔，蘸上黑墨，嘴里叽咕叽咕，在我耳根下面画来画去，然后在墙上写个"消"字，画个圈，过几天还真就好了。

这位大大有两个儿子，大儿子善良、孝顺，在县里水利部门的一个闸上工作，一年都要回来好几次，给父亲带点吃的用的。老二，光棍一个，年轻时候，他叔叔在南京给他找了个工作，他嫌苦，干了几天就不干了。回到村里整天"混流尸"。他三天吃六顿，快活似神仙，挑水的时候，一声"小大娘那个，哎，嗨！"，脆生生的，亮堂堂的，像一个男高音在放声歌唱。他有一门绝技，会打着转儿向空中抛碗，抛得再高也不会失手。那时候，我经常看到他在门口吃饭，吃完了就向空中抛，"东方红，太阳升"，一边唱一边抛，唱一句抛一次，音头越重，抛得越高，最高的能抛到八九米。

说完了老大一家子，再说老二。这老二写得一手好字，当年是南京一家大厂的工会干部，跟我父亲一直处得很好，我们叫他二大大。他的姑娘初中跟我是同班同学，就在我们一块上学的时候，这位二大大突然病故了，我的这位同学跟她妈妈便成了孤儿寡母。她的妈妈我们叫她二妈，能识文断句，但手不能提篮肩不能挑担，一帮人聚在一起，别人聊天，她看文字，经常掏出一张不知从哪儿搞来的纸片，趋在脸上，从上到下，看了又看。她性格憨厚，还有点小幽默，别人拿她开心，她不愠不火，总是笑嘻嘻的，但冷不丁会撑上一句，让你哑口无言。这二妈可怜，形体瘦弱，又不太会做事，丈夫去世之后，她母女俩的日子过得很清苦。我父亲舍不得她们，后来介绍她女儿到村里的小学做了民办教师。

20 世纪 70 年代中期，我出去当兵了，十年之后，等我回到家乡时，二妈随女儿去了南京，这一组房子里的其他几位老人，也不知道在什么时候都离世了，前后三进，就剩下那个会抛碗的光棍。后来，他成了"五保户"，整天打麻将，最后一次，他抓了一张牌，两个指头轻轻地一探，便哈哈一声大笑，瘫到桌底下去了，就这么一瘫，结束了他的一生。从此，这三进老房子就再没住过人。

房子因人而生动，也因人而兴旺。这老房子空关以后，很快便东倒西歪，但没有想到这么快就荡然无存。村支书也是本家兄弟，前几年还动员过我回去拿下这个地方，大有让我捡漏的意思："大哥啊，这地方赞（好）呢，你家来重砌吧！"四大间，南北四十米开外，我真的动过心，但我老母亲开明，阻止了我的冲动。

那一天离开老家之后，我一直想着那三进老房子，想着我记忆中的那些人。毕竟故乡是我的衣胞之地，尽管那里已经没有我的一砖一瓦，但我还是丢不开，忘不掉。而今我的全部乡愁，就是故乡的土地，故乡的水，故乡的气息，故乡的人。故乡只要有一点点变化，都会牵动我敏感的神经。写下这一篇小文，算是给故乡，也是给自己留下一个记忆。

第六辑　友来友往

当兵十年，阿昭待我如弟兄，转业时，他送了我一套《红楼梦》，还在扉页上工工整整地写下了"一日无书，百日荒芜。与战友共勉"两行字。温情的提醒，一直鞭策着我。如今这两句话，已成了我的座右铭，一天不读书，心里就觉得不踏实。

拾味念故人

说来也怪，我有时候会把一些味道和人联系在一起，这不，最近就因为常念起三位故人，便总是想到三种味道。

汽油味

行走在沙石公路上，时不时有汽车打身边经过，卷起的尘土，一溜烟似的，裹着一股浓浓的怪味直往鼻孔里钻，怪呛人的，直想打喷嚏。这是小时候我初识汽油味的感受。

一而再再而三，后来闻的次数多了，竟然在不知不觉中喜欢上了这个味道。这有一点像食用芫荽，开始觉得有一股臭虫味，碰都不敢碰，后来同样不知道在什么时候，忽然就觉得它是个好东西了，牛肉下面、下粉丝，凉拌海蜇、拌豆腐，搁上几根，活色生香，绝配！单独吃也很好，抓一把，切上几刀，浇上一点佐料凉拌，乖乖，那感觉既很清香又很爽口。

因汽油味，我喜欢上了一个人。隔壁小哥哥在公社农机站开拖拉机,平时总爱穿一件蓝色的收边工作服,青春洋溢,精精干干。他身上总是有一股汽油味，那个时候，我在潜意识里，就觉得这汽油味洋气，离乡又离土，是街上人才能享受到的一种特殊的味道。因此，他每次回来，我都故意接近他，听他说说拖拉机的事。

有一年秋天，约莫是在傍晚时分，小哥哥把拖拉机开进了村里，有机头没机身，就是一块钱上的那一种。不少人赶过去围观，像看怪物似的，有的还凑上去摸一摸，闻一闻。那时候的农村，都在憧憬着"楼上楼下，电灯电话，耕田不用牛，点灯不用油"的好日子，拖拉机开进村里，这好日子仿佛就在眼前了，大人孩子都很兴奋，拖拉机开到哪儿就跟到哪儿。离开时，一帮孩子跟在后面猛跑，而我却呆呆地站在那里，忽然间产生了想逃离农村的想法。

过了两年小哥哥当兵去了，说是当了汽车兵，回来探亲的时候，他给我送了一张照片，可神气了，一颗红星头上戴，鲜红的领章挂两边，手握方向盘，笑嘻嘻的，一看就有雷锋的架势。那时候，我还在读书，他鼓励我毕业后也到部队去当兵，后来，我机缘巧合去当了海军，不能不说，多少还是有些受他影响的。

小哥哥退伍时，我入伍还不到两年，听说他先是在县里的一家厂里开汽车，后来被招婿在城里安了家，隔年就给老泰山添了个孙子。再后来听说他辞职了，到北方的一个县城跟战友一道开了一个汽车修理厂，办厂之初，就推出了一些服务老兵的优惠措施，一时间风生水起，有声有色，当地媒体还做过专题报道。

小哥哥家原先很穷，在家乡没有一砖一瓦，只有一个未能成家的哥哥。事业有成后，他回来过，那时候，我已转业到了地方，听乡亲们说，他打听过我，但没好意思来打扰我。

几十年没有再见小哥哥了。而今我已古稀，小哥哥长我几岁，更应是早生华发了吧。有人说他现在还在工作，有机会真想去看看他，看看他的修理厂，顺便再闻闻他那里的汽油味。

金属味

金属有味道吗？有！这是当年孙师傅亲口说的。

高中一年级第二学期，我们学工来到了镇上的一家机械厂，站在精工车间门口，接待我们的孙师傅认真地跟我们说："欢迎同学们到厂里来学工，这里的金属味提神醒脑，开窍益智，相信你们每一个人在这里都会有所收获，有所长进。"

金属味？我们都有些好奇，孙师傅把我们领进了车间，来到一台正在工作的车床前，他指着地下的一堆铁屑对我们说："闻闻看，是不是有金属味？"

我凑上去嗅了嗅，像是铁锈味，又有一点像是水腥味，这难道就是金属味？我一时说不清道不明。

一个学期以后，学工不了了之，但孙师傅到我们学校当了工宣队长。他当过海军，平时喜欢穿一身灰色的军装，个子高高的，留个板寸头，人很精干，但说话直来直去，性格方面好像也是这金属的味道，说不清摸不透。

有一次，我们正在上早读课，他突然捧着一个粉笔盒走进了教室，站在讲台上，他举着半截粉笔，一副气不打一处来的样子。"这样的粉笔，难道就不能用了吗？是老师扔的，还是你们干的？希望你们都要认真地检查一下自己。"说完，他看看大家，扭头就走，不一会儿隔壁教室里又传来了他的声音。

又一次下午考完了英语刚好放学，出了教室门，我们班上有几个好佬就把英语书一次一次地往天空抛，一边抛还一边说："我是中国人，何必学外文，不学 ABC，照当接班人。"刚巧孙队长打门口经过，不容分说，上来就把他们骂得狗血喷头："扯淡！鼠目寸光，就你们这熊样，狗屁都不是，还想当接班人？"

我们上学的时候，学校工棚里住着一个接受改造的老右派，据说是从北京一所大学来的，一头银发，温文尔雅。他每天的任务，就是给一片菜地除草施肥，管理他的一个教工，大字识不了几个，动不动就向他发火。一次被孙队长看到了，生生地把教工开了一通："吵什么吵？有话好好说，右派怎么的，右派也是人！"

对这位孙队长，我一直以为他跟金属一样，硬头硬脑，那一刻，忽然觉得他也有柔软的一面。

高中毕业后，我有幸也当了海军，还到孙队长工作过的报社待过一阵子。相同的经历拉近了我们的距离，我结婚的时候，他送给我一件他的木刻作品——一对逐浪的海鸥，栩栩如生，飘逸生动。我知道他会画画，但不知道他还有这一手。我不懂木刻，但看得出，他的作品刀锋犀利潇洒，线条简练流畅。转业后，他到机关看过我，给我带了一本他新近出版的木刻作品集。后来听说他退休后去了一家民营企业搞策划，我曾经联系过他几次，都没有结果。

孙队长现在还好吗？至今我一直想着他，想着他那说不清道不明的金属味。

书香味

《枕着书香入眠》，是阿昭新出的一本散文集。打开这本书，仿佛又见他裹着一身书香向我走来。

刚当兵那会儿，我在俱乐部放电影，兼图书管理员。阿昭三天两头过来借书，他的借书卡换了一张又一张，密密麻麻的借书目录，留下了他一串长长的读书轨迹。

后来我下到艇上，跟阿昭走到了一起，我们同在一个航海部门，他是班长我是兵。我发现，他走到哪儿都会带一本书，除了睡觉，所有的业余时间，好像都在看书。他的床头总是同时放着几本书，那个时候他就对我说过，他喜欢枕着书香入眠。

大概是书读多了，阿昭身上流露出来的那种由内而外的通达，一般人恐怕难以企及。我刚到艇上时，被安排住在大舱里，这是航行中一处颠簸得很厉害的地方，他考虑我可能受不了，没有几天，硬是把后舱他那相对平稳的床铺让给了我。我晕船厉害，出海训练时，风浪一大就受不了，每次都是他换我操舵，有时候我吐了，也是他拎水过来帮我冲洗。夜间航行，或者离靠码头时，他怕我紧张，一直站在我边上为我撑腰壮胆，保驾护航。

真佩服阿昭的修养与胸襟。记得有一次，轮到他当厨（小艇不配专职炊事员，战士们轮流掌厨，一人三天）。早上，稀饭煮好了，馒头蒸到了锅上，坐在厨房门口，他习惯性地翻起了一本书。看着看着，真的看进去了，结果水烧干了，笼屉烤煳了，白花花的馒头，变成了黑乎乎的烧烤。战友们急了，骂他是个书呆子，有的还冲着他发火，他倒好，一副憨态可掬的样子，一个劲地打招呼，赔笑脸："晚上加菜，晚上加菜！"

当兵十年，阿昭待我如弟兄，转业时，他送了我一套《红楼梦》，还在扉页上工工整整地写下了"一日无书，百日荒芜。与战友共勉"两行字。温情的提醒，一直鞭策着我。如今这两句话，已成了我的座右铭，一天不读书，心里就觉得不踏实。

离开部队几十年了，我们一直保持着联系，而今天天微信问候早安。阿昭可认真了，一天一首诗，书香味丝毫不减当年，一字一句仍然如桂馥兰馨，沁人心脾。

书香共心香缱绻，好个阿昭，兄弟我想您了。

幸会高名潞

2021年下半年我和太太都在美国。圣诞节期间,听孩子们说高老师一家子要过来坐坐,我很高兴,甚至有一点喜出望外。

高老师叫高名潞,他的小女儿跟我外孙女是一所中学的同班同学。之前听女儿、女婿说过他,知道他是天津人,哈佛大学博士毕业,原先在纽约州立大学布法罗分校工作,现在是他们匹兹堡大学艺术史系的大教授。还听说他年轻时候在内蒙古大草原放过牧,而今是著名的艺术批评家,在艺术史领域是响当当的重量级人物。

名家到访,高兴是自然的,但头天晚上说,隔天上午就到,这让我和太太有些措手不及。女儿说,不要紧的,高老师人很随和,中午就在家里吃个便饭行了。她虽然这样说,我们还是生怕怠慢客人,便连晚打开冰箱,尽可能做些准备。

第二天11点左右,高老师一家子到了。我听到动静赶紧从楼上下来。高老师站在客厅里,高高的个子,身材很匀称,穿一套深蓝色的休闲服,一头灰白色的头发,戴一副眼镜,不像有些艺术家那样不修边幅,看上去清清爽爽。

一阵寒暄以后,女儿、女婿陪着他的夫人和孩子们在一起玩，我陪高老师坐在沙发上喝茶聊天。高老师话不多，但很谦和，优雅的谈吐，让人如沐春风。他知道我是扬州人，就跟我说起了扬州八怪和扬州盐商，一直夸扬州是个好地方。我听说他会画画，就跟他说到了刘力上、俞致贞和肖峰、宋韧这两对扬州籍的画坛伉俪，可能他是画油画的关系，对肖峰和宋韧，好像了解得更多些，知道他们是画革命历史题材的画家。我问他，现在还画画吗？他说早不画了，现在就是写点东西，写写字。

吃饭了，我说喝点白酒吧，他点点头愉快地接受了。我想他在草原待过，酒量一定很大，二两五的杯子就准备先给他来个满杯，他说还是少一点吧，我不敢勉强，只好先给他斟了大半杯。喝酒前，女儿先给我们介绍了一下高老师的家人，说他爱人是南京人，原先在医院工作，因为爱好美术，现在辞去工作在家画画，说他儿子正在读大学，子承父业，学的也是艺术史专业。他儿子很帅，白白净净的，像个书生。他夫人比他年轻得多，在桌上跟我们一样，一口一个高老师地叫着。席间，高老师一直夸我爱人的厨艺好，粉丝烩蛋饺、鱼块烧豆腐、藕片炒肉丝、青椒炒虾仁……每一道菜他都说味道不错，尤其对我太太做的狮子头赞不绝口，他吃了一个，我劝他再吃一个，于是他又高兴地吃了一个。

喝酒聊天，东一句西一句，他说到了四川美院的罗中立，我说，就是那位画《父亲》的画家吧，他可能认为我还能聊到一起，接着又说了一些另外的文化名流，他说到了陈丹青，好像还说到了我们扬州籍的诗人朱朱。不知不觉，杯中酒喝完了，我给他又来了半杯，他没有反对，看得出他是高兴的。第二杯起杯时，他说到了跟蒙古人喝酒。他说，那个时候大家共用一个碗，大碗装满酒，一人一大口，轮着喝，没有人要好不喝或少喝，他说他酒量不大，不知道喝醉过多少回。如此壮烈的场面，他说得很平和，很快，半杯酒又喝完了，我看他基本不动声色，本想劝他再弄半杯，他说和儿子约好两点钟要去见一个同学。如此，只好主随客便匆匆散席了。

第一次见面，高老师给我留下了深刻的印象。之前他送给孩子们一本书——《孤寂的地平线——高名潞的70年代》，这本书是他的策展助理盛葳编著的。那一天他离开以后，我找出这本书，一口气读了两遍，读罢，他那勤奋、博学、睿智、坚韧，以及内心的强大，深深打动了我，于是有了写一写他的冲动。

高名潞先生与新中国同龄，生于1949年10月，1968年初中毕业后上山下乡，去了内蒙古四子王旗大草原。在那里他一边放牧一边读书、画画，留下了大量的读书笔记和画稿，仅这一本书上选用的画稿就将近250幅。1973年他被当地牧民推荐到乌盟师范读书，当地教育部门知道他会画画，便让他学了美术专业，一年后，他提前毕业留校当了美术老师，时间不久还当上了美术教研组长。他说，他画画很业余，但依我看，他的绘画水平，有些所谓专业的画家恐怕也难以企及。他画的人物、风景、速写、素描，线条灵动，造型精准，无论是构图还是设色，看上去都很见功底。

不过，他说业余是另有道理的，虽然他学的是美术，但内心深处却一直对文史哲感兴趣，比起画画，他在美术理论、美术史方面下的功夫更深。在天津美院进修期间，他一有时间就去听美术史和美术理论方面的课，还经常去图书馆、资料室翻阅这方面的书籍。在中国艺术研究院读研，学的也是这方面专业。考研复习的时候，他不像有的人确定范围和书目，而是根据专业需要全面准备，两年时间，以"焚膏油以继晷，恒兀兀以穷年"的精神，复习了中外哲学史、中外美术史、文学基本理论、美术史、文学史、政治经济学等诸多学科的内容。读研期间，在研究马列哲学的同时，又认真通读和研究了罗素、梯利等人的西方哲学史，对康德、黑格尔、费希特的古典哲学和西方现代哲学的诸多学派，认真地进行了比较性研究。

广泛的阅读和研究，为他后来的发展奠定了坚实的基础。在《美术》编辑部工作的两年里，他重视刊物的历史性意义，关注和鼓励新生事物，在编发稿件的同时，发表了几十篇近20万字有关当代美术和古代美术的研究文章。1986年全国美协召开"油画艺术讨论会"，在会上他受委托作的有关《'85美术运动》的发言，对活跃当时的美术创作，起到了十分重要的推动作用，得到了美术界绝大多数人的响应与肯定。他是权威的批评家，他的肯定与拒绝，对那些"当代艺术家"无疑有着举足轻重的作用。这有点像古代的竹林七贤，当时的读书人、官场中人，都以结识、结交竹林七贤为幸事，如果能得到竹林七贤的点评，在社会上就有了非常富裕的资本。在美术界有人称高名潞是新潮美术运动中重要的精神领袖，恰当地把握了一个艺术时代的走向，说中国的先锋美术之所以发展空间相对较宽，就是因为有了他的引领与把握。

高名潞先生著作等身，几十年来出版过《中国当代美术史》《西方艺术史观》《另类方法另类现代》《现代性与抽象》《立场·模式·语境》《中国当代艺术史》……，捧出哪一部都是极具价值的皇皇巨著，同时他还策划过很多有影响力的展览，诸如"中国现代艺术展""中国前卫艺术展""全球观念艺术展""五大洲与一个城市展"等。取得如此巨大的成就，原因固然是多方面的，但我认为他在大草原的那一段经历至关重要。他自己也说过，那是一笔宝贵的财富，一笔一辈子取之不尽用之不竭的财富。在草原上他放过牛放过羊，5年的大部分时间是一个人度过的。这种日复一日的单调生活，与之相伴的是可怕的孤寂，他说这不是一个人的孤寂，而是一个人孤独地、沉默地和大自然的巨大力量相抗衡。这是怎样的一种感受啊，不经过刻骨铭心的生死考验是绝对体会不到个中滋味的。空旷的大草原和孤寂的地平线，磨砺了他的意志，铸就了他的品行，不抱怨、不放弃、不回头、永远向前，是茫茫大草原刻在他骨子里的性格。他策划的展览有的难度很大，在他的努力下，硬是把一个个不可能变成了现实。后来，在不惑之年他又到哈佛读博。他说，那种再次数年面对孤独、面壁苦读的勇气和毅力，也是大草原上的那一段经历给予的。

"平生阅历走烟霞，文笔清风自一家。"这么多年来，高名潞先生一直辗转于中美两国之间，他一边吸收西方艺术史理论，一边关注和参与中国当代艺术实践，在中西文化的交融上取得了令人瞩目的业绩。他是一位杰出的学者，也是一位优秀的文化使者，祝愿他在今后的岁月里再创辉煌，为中西文化的交流与融合做出更大的贡献。

蒋老师

蒋伯忠老师，是我高中时候的班主任，也是我的语文老师。几十年来，只要提到他，同学们无不交口称赞。人生遇到好老师是幸运的，蒋老师就是这样一位让我们终身受益的好老师。

我在宜陵中学读的高中。那时候，学校条件很差，两个高中班的寄宿男生，全部住在后街的一进老式民房里。三间老屋，没有窗户，沿墙摆满了双层床，一年到头，屋子里弥漫着酸臭味，夏天尤为呛人。为了带好我们这一帮大男生，蒋老师特地搬出了学校，跟我们挤到了一起。学校到宿舍有里把路，很不好走，既要越过学校西北角上数米深的河沟，又要穿过脏兮兮的农贸市场，遇上刮风下雨，他跟我们一样踩着泥水，一跐一滑，来来去去。

住在一起，他像个老房东，每天晚上回到宿舍，都要打着手电挨个儿查铺。那时候他还没有结婚，本身就是个大小伙子，但对学生的关心，倒像一个有经验的家长。查完铺，他还要"开夜车"，经常我们一觉醒来方便时，看到他还亮着台灯倚在床头看书。可能怕影响同学们，他把自己的床铺安在外面一间的东北角上，看书时，总是把台灯对着墙角，拉得很低很低。

说到读书，我们非常敬佩他的阅读量和阅读的深度。那时候学校图书馆对我们学生是开放的，我们在借阅的每一本书上，基本上都能看到蒋老师阅读后留下的痕迹，不是浅浅的杠杠，就是密密的批注。尽管在书上留痕迹的阅读习惯，不一定可取，但在学校这个特殊的环境，这样做，对学生还是有很强的引领作用的。

蒋老师三十岁不到，就是我们学校的语文教研组长。印象中他的板书很漂亮，每个字都端庄秀美，流畅飘逸。他讲课很认真，从不会漏掉一个知识点，对每篇文章的字、词、句、章，尤其对语法修辞、篇章结构，讲析得非常透彻。我到现在还记得他讲柳宗元《黔之驴》的情景，像讲故事一样娓娓道来，把虎见到驴的前后神态变化，从开始的"以为神"到最后发觉不过"技止此耳"的过程讲得栩栩如生。结合着故事他把每个字、每个词、每个细节解析得清清楚楚，让本来冷僻的文言文，听起来很轻松。

他书教得好，文章写得也很棒。尼克松第一次访华后，他写过一部反映乒乓外交的活报剧，演出后受到老师和同学们的一致好评。会写作的老师指导学生写作效果更好。每次作文课，他对审题、立意、谋篇布局，都讲得非常到位，同学们听得心悦诚服，也觉得有话可写。我对写作产生的兴趣，全是得益于蒋老师的熏陶。

好的语文老师往往多才多艺。蒋老师不但语文教得好，而且擅长音乐、美术，尤其是画画，看起来就像是他的第二专业。课余时间，他除了指导我们课外阅读，还教我们唱歌、画画，他那画人物素描的基本功绝不输给美院的科班生。记得他曾经在教室外面的西山墙上，画过一幅《到广阔天地去》的巨幅宣传画，很多业内人士看了都感到很震撼。有人说，师范生都比较全面，但能像蒋老师这样，把业余爱好做到近乎专业的，恐怕也不多。

蒋老师虽然很有才气，但从不张扬，一直是纯朴、低调的。他家在扬州市区，来回都是骑自行车。住在学生宿舍，每天跟学生一样，提着水瓶到街上打水。他高高的个子，走路步子迈得很大，他眼睛近视，那时候还不戴眼镜，看远处眼睛总是眯成一条缝。一年四季，除了夏天，他都是穿着灰蓝色的中山装。上课时他滔滔不绝，下课后从不跟人婆婆妈妈，更不会找学生干点私活。在我们印象中他就是一个非常勤奋、敬业、低调、自爱的人。

后来他调到扬州，在一所中学任副校长，听说从来没有离开过讲台。毕业三十周年、四十周年，我们两次学生聚会，都真诚地邀请他，盼望他能够参加，但他都因特殊情况没能来。有情况是事实，恐怕更多的还是他不愿意往人多的地方扎堆。

去年，一次小范围的同学聚会，他参加了。多年不见，他的头发花白了，但气色很好，言谈举止还是当年的样子。交谈中，得知他女儿大学毕业快两年了还没有正式就业，我们都为他着急。他有那么多学生，有的早已当了领导，有的成了大老板，只要他开口，这个问题应该不难解决，但他就是不肯麻烦别人。

好老师多亦师亦友。而今，蒋老师就像老朋友似的，天天在微信上与我互致问候，分享信息。有时候，我写点小文章请他指教，他再忙都会认真阅读，予以点评。他从不以老师自居，那种虚怀若谷的态度，如春风拂面，让我感到很温暖。

上善若水，厚德载物。蒋老师的优秀人格至今还一直感召着我们，认认真真做事，老老实实做人。

慧骐兄，文如其人

慧骐先生的《青色马文存》新鲜出炉不久，承蒙他厚爱，就特地让人从南京给我捎来了一套，这让我萌生起一种受宠若惊的感觉，几十年了，没有想到，他居然还记得我这个不声不响的人。慧骐先生姓王，是江都文化系统的老领导，20世纪80年代初，江都行政体制调整，文化和教育分设，他是第一任文化局局长，因此，至今我还是习惯称他为王局长。

对王局长我一向很崇拜。1984年初，我从部队转业到县委宣传部工作不久，就听说文化局年轻的王局长散文诗写得好，找了几篇读了以后，打心眼里佩服他的文采，他的文字落地生花，处处洋溢着青春气息，读起来让人怦然心动。小城有这样的文化人，应该说也是一道风景线，那个时候，我们都住在县委招待所，我常常看到王局长身边簇拥着一些年轻的粉丝，我不敢造次，只能远远地向他行注目礼。他高高的个子，人很精干，戴一副近视眼镜，往那儿一站，活脱脱地就是一个诗人的模样。后来听说散文诗泰斗柯蓝很赏识他，自然，我对他就格外崇拜了。他调往南京后，我失去了走近他的机会，但这一点不妨碍我在心灵上对他的追随，无论是他在《风流一代》，或在《东方明星》，还是调到了新华日报社，我一直都关注他的行踪，只要在报刊上读到他的文章，就有一种特别的亲切感。

王局长的文章有汪曾祺的味道，写人叙事，状物抒情，很圆通、很在理，在结构上看不出一点雕琢的痕迹，文字也很平实，几乎每一篇都是娓娓道来。苏东坡在给他侄儿的信中曾说过，"凡文字，少时须令气象峥嵘，彩色绚烂，渐老渐熟，乃造平淡，其实不是平淡，绚烂之极也"。王局长的文字应该说是绚烂之后的平淡，当年他的散文诗是那样的华丽多彩，而今的平淡不能不说是一种升华。

散文是生活的碎语，心灵的歌咏，一字一句皆是对生活的观察，好的散文清新淡雅，温润圆融，素雅中往往蕴藉着深意，王局长的大作中很多鲜活的细节就很耐人寻味。一套《文存》共三卷，开头的"烟火"这一卷，写了很多凡人小事，有出租车司机，有开理发店的，也有开餐馆的……"人间烟火气，最抚凡人心"，如此接地气的文章，读起来让人特别亲切，特别舒服。《幸福的模样》中喝酒的老人，连筷子都没有一双，抿两口酒，就用手去拈那碗里的鱼，一副悠然自得、旁若无人的样子。《何不删繁就简》里的三轮车车夫，半蹲在自个儿的踏板上，老荷叶包着的熏烧猪头肉往座椅上一摊，二两五的小酒瓶子抓在手上，不时地呷上一口，脸上很快就有了几分酡红色；浴室里一些老浴客，出浴后毛巾一裹，就打发跑堂的给他去下饺面，端过来了，呼啦啦几口就下了肚，如此"小雅"的状态，不经意间就让人觉得，有时候幸福就是这么简单和平常。

王局长是性情中人，对底层生命好像有着天生的亲近，他的许多文章都浸润着对芸芸众生的脉脉温情，用心品味，觉得每一篇都很有道道。《老街上的老人》15岁就跟着姐夫学做布鞋，而今87岁了还在坚守，成了高淳老街上最大的亮点，不少远道而来的外国友人、港澳台同胞在店里与他合影，青奥会期间两任奥委会主席罗格和巴赫，还专程到店里欣赏他的制鞋手艺。老先生的磁吸效应，让王局长想到，文保不仅要保护建筑，也要保护这些老人。想想也是这理儿，有这些老人在，老街老宅才会显得有气息，游客大老远地赶过来，要看的不就是这些鲜活的历史遗存吗？

文章透着一个人的人品，读王局长的大作，不难看出他那博大的人文关怀。在生活中他对同事、对朋友的情感也是格外绵长而深厚。王局长可谓文坛大家了，原先我以为他会恃才矜己，不好接近，而事实上"望之俨然，即之也温"。就他所从事的编辑工作而言，几十年来不知扶持、提携过多少文学新人，据说经他整理、修改而发表的文章和出版的图书就有一两千万字。我退休后，没事找事写了一点姑且算是散文的东西，前年心血来潮还出了本集子。书出来以后，曹义田兄动意，请他的老同学慧骐局长为我写篇评论，我以为他会不屑一顾，谁知义田兄替我把书寄过去以后，他居然随即带在身边，一有时间就读一点，而后不但认真地为我做出了点评，还向南京一份颇有影响的报纸做了推介，这让我好一阵子有点汗颜，在此我要对王局长深深地道一声：谢谢！

文如其人，慧骐的大作，跟他人一样率真通透、有情有义。读了《青色马文存》，又一次强化了我对他的印象。

金牌姥姥

　　来美国之前，就经常听到孩子们夸这位姥姥，说她人好，性格开朗，跟哪个都合得来；还说在小区里，中国人提到她都会竖起大拇指，称她是金牌姥姥。

　　孩子们的介绍，引发了我们对这位姥姥的好奇心。才到美国的那一个周末，几户中国人相约去俄亥俄州的一个公园看森林红叶，孩子们要带我们一起去，由于时差还没有倒过来，我和夫人都想待在家里歇歇。"去吧，姥姥也去呢。"听说姥姥也要去，我们动心了："好的，去就去吧。"

　　到了停车场，下了车就看见姥姥背着一个双肩包，穿一件米色风衣，在人群里有说有笑。一见到我们，她就热情地与我们打招呼，跟我夫人还来了个热情的拥抱。在这之前，我们已经知道，姥姥年龄与我相仿，但见到面怎么也看不出来是个年近古稀的人，她身材匀称，脸色白里透红，浑身上下充满了活力。那一天，可能是季节未到，森林里看不到一片红叶，大家都觉得有些扫兴，但姥姥乐此不疲，爬山崖，涉溪流，走栈道，过小桥，一会儿拍照一会儿录像，生怕漏掉一个景点。真佩服姥姥的心态！听孩子们说，姥姥可会玩了，去年她还和孩子们一道，出去玩过射箭和漂流呢。

俄亥俄州之行，中午饭是在一个草地上解决的，这是一处专供游客用餐的地方，有桌子有凳子。开饭前，姥姥像个家长又像个餐厅主管，拼桌子、铺台布，她既动嘴又动手，熟门熟路，井井有条。这是一次愉快的聚餐，"百家饭"各具特色，烧的、炒的、蒸的、烤的，满满当当摆了一桌子。草地上就我们几家子，VIP 的待遇，恣意潇洒的享受，彻底消解了大家未见红叶的遗憾。野外聚餐，姥姥可有经验了，饭前就把垃圾袋挂在了行李箱的拉杆上，餐毕，台布一卷，场地立马干干净净。

后来，我们和姥姥几乎天天一起散步，姥姥无话不说，心胸敞亮得犹如透明的窗户。没几天，我们对她以及她的家庭就有了一个大概的了解。她生在北京，长在西宁，成家后随丈夫进了西安交大，供职于组织人事部门，20 世纪 90 年代后期，又追随丈夫到了美国。她老公比她大九岁，祖籍江苏盐城，老公的父亲毕业于黄埔军校，原系重庆国民党联勤总部上校台长，国共合作期间与共产党有过交道，解放前夕带着 300 多部电台率部投诚，列编西安解放军通讯培训中心。"文革"期间，由于这一段历史，拖家带口转业至安康。姥姥的这位老公，"文革"前考入西安交大，毕业后分配至青海西宁，跟姥姥走到了一起。恢复高考后，他又去西安交大读研，二次毕业，再去西宁，几年后调西安交大，再之后就到了美国。这位姥爷不简单，快八十岁了，至今还在底特律的一家汽车公司上班。

在美国，我们不太习惯吃这里的面包，总觉得有些不对味，自己蒸馒头做花卷，又总是做不好。姥姥知道了，特地拉了个场子，给我们做了一个全过程的示范，和面、擀皮、捏包子、做花卷等一些关键环节，她还让我现场试了几次。过去和面我都是反复折腾，水多了加面，面多了加水，结果做出来的馒头或花卷，没有一次像样的。出锅时间也把握不好，馒头或花卷蒸在锅里还马马虎虎，出了锅不知咋搞的一个个瘪塌。现在我晓得了，和面时每500克面粉加280克水，出锅时间控制在关火之后几分钟，这样，每次做的馒头或花卷，个个都是暄扑扑的，吃起来特别松软爽口。

姥姥的爱心是全方位的。早上我们送小外孙去等校车，姥姥见到中国孩子，总是抱抱这一个，亲亲那一个。"姥姥早上好！"孩子们也很懂道理，见到姥姥都会热情地跟她打招呼。美国的万圣节，小朋友们有刻南瓜的习惯——在一个个黄澄澄的大南瓜上，刻出各种各样的图案，有奇奇怪怪的人脸，还有奇奇怪怪的飞禽走兽。今年的万圣节，为了孩子，几户中国人又聚在一起时，其他人都在喝茶聊天，只有姥姥耐心地跟孩子们在一起，帮助他们挑选图案，手把手地教他们操刀镂空，细心得像一位辛勤的园丁。

邻居好，赛金宝。孩子们去年刚刚搬到这个小区，能遇到这样一位金牌姥姥，是他们的运气，我们从内心为他们感到高兴。

胡老师的回国梦

胡老师两口子，来美国不久就赶上疫情，三年多了还没有能回去，胡老师那个急呀，谁看到都很同情。在小区里散步，几乎每见到面，她都会跟我们说起回国的事。我们完全能够理解她老人家的心情，老两口一个 88，一个 90，人老了没有根啊，这种焦急背后的顾虑，哪个听了都心知肚明。

但不能推波助澜，每次我们都是劝她既来之则安之。"这里也是你们家呀，跟孩子们在一起，不是蛮好嘛。""有什么好的，上班的上班，上学的上学，家里连个说话的人都没有，跟坐牢似的。""真要回去，您儿子放心吗？""问题就在这里唉，其实有什么不放心的，小区里六栋楼都是中科院的，相互熟悉得很，果真有个情况，找人也方便。"知道我们要回国了，她提出来要跟我们一起走，我老伴儿只好安慰她："没有问题，只要您儿子同意，我们送你们回北京。"可是，她那孝顺的儿子怎么可能会同意呢。

胡老师南京人，说话多少有点南京腔，她老伴郑先生生在上海长在上海，说话还是上海人味道，他不说回国的事，喜欢说解放初期上海的陈毅市长，看得出来，他是陈毅的铁粉。胡老师一家都是大知识分子：她本人退休前是北京林业大学的教授；郑先生是中科院的资深研究员；儿子现在就职于著名的卡内基梅隆大学，是生物工程方面的终身教授；儿媳是学计算机的，在美国一家IT公司工作；两个孙女，大的去年进了麻省理工读大学，小的正在匹兹堡一所公校读高中。

胡老师得子很迟，可能是工作关系，起初总是流产，后来经人介绍，去云南劳改农场请一位老中医把脉，吃了几个月中药，直到38岁才保住了这么一个宝贝疙瘩。儿子出生后一家人都很高兴，但喜欢归喜欢，该严格要求的照样严格要求，生活上自己能做的事情让他自己做，学习上更是一着不让。这孩子懂道理也很争气，5岁就能帮助家里做些力所能及的事，学习上更是妥妥学霸一枚，中关村二小、人大附中，一路开挂，进了清华。毕业后赴美深造，以优异的成绩在加州理工大学取得了博士学位。

这老两口看起来身体还不错，郑先生身板儿笔直，走路还算稳健，倒是胡老师腿脚不太方便，拄个拐棍，只能慢慢悠悠地在家门口转转。她这毛病跟工作有关，说是年轻的时候多次带学生到小兴安岭实习，一去就是半年，时间久了就落下了这个病根。

胡老师是位好老师，更是一位好母亲，跟天下所有的慈母一样，心里放不下的永远是身上掉下来的亲骨肉。儿子刚到美国那阵子，她好长一段时间夜里睡不着觉，眼泪汩汩地想儿子。明明知道儿子不在家了，下午到了放学时间，还会情不自禁地到楼下去看看。退休后，她跟老伴每年都来美国照顾孩子们，如今腿疼得更厉害了，还在坚持为孩子们洗衣、做饭，灶台边上放一张凳子，做饭时腿疼得站不住了就坐下来歇歇。

回国前一天，她来给我们送行，坐在椅子上，两个手按着拐棍，不停地在喃喃自语："好啊，还是你们好，终于可以回去啦。"那一种羡慕与期盼的神情令人动容。她还特地跟我老伴加了微信，要我们回去以后跟她保持联系，国内在疫情防控方面有什么好消息及时告诉她。我们叫她多多保重身体，她点点头含着泪跟我们说："谢谢你们了，你们也要多保重哦。"一阵闲聊之后，我们还是劝她安心待下来，她却坚定地说："回去，一定要回去！我已经跟儿子说了，你们尽孝了，我们也知足了，这把老骨头不能丢在美国。"

直航恢复后，她随即就闹着要回国，儿子理解她的心情，答应暑假陪他们回北京住一个月，然后再带他们回来。听到这个话，胡老师急了："回去，就待在北京了，哪儿都不去。"儿子没有办法了，只好吓唬她说："不回美国也行，那我就辞职在北京陪你们。"听到儿子说要辞职，她慌了，好一阵子没有再提回去的事。

前几天，我们又来美国了，隔了两天老两口就来看我们，闲聊了半天，没有过多说回国的事。后来听说，他们家里已商量好了，来年春天，儿子送二老回北京看一看，待段时间再接他们来美国，然后安排他们住养老公寓养老。

可怜天下父母心。胡老师一定是舍不得再为难儿子了。罢了，心安哪儿都是家，我衷心祝愿两位老人家晚年愉快，健康长寿。

梁大哥

梁大哥叫梁守基，是这几年我在美国认识的新朋友，青岛人，已年近八十了，但很健硕，他不像山东大汉，个头不算高，长得很精干。和我们一样，他跟夫人也是来美国看孩子的。

他们住在隔壁一个小区，天天上午到我们这边来，我们这边中国人多些，热闹。大家都叫他梁大哥，称他夫人为刘大姐。我们在一起散步、聊天，有时候也打扑克，在我们两口子影响下，一帮人都学会了掼蛋，梁大哥最厉害，很快就悟出了门道，他出牌灵活，配合默契，往往在关键时候，会掼出炸弹，扭转乾坤。

梁大哥跟我一样，当过海军，也都在政治机关工作过，不过，他在北海，我在东海，他是前辈，我是新兵。尽管他大我一轮，但毕竟都在海军干过，我们之间共同的话题自然多了很多。他思维敏捷，谈锋甚健，讲话还喜欢借助手势，讲得兴奋时，就像球迷谈比赛、谈球星。这种聊天风格，起初我还有点不习惯，时间长了才发现他并不是夸夸其谈的人，只有在谈到毛主席著作、毛泽东思想，谈到政治历史、国内外形势时，才会那样滔滔不绝。

真佩服梁大哥的记忆力，聊天时他能大段大段地引用毛主席的话，还能准确地记得出自哪一篇。对不同版本的《毛泽东选集》的出版日期、删改细节，他如数家珍，说得一清二楚。他说过一段趣闻，转业之前，有一名年轻同事，跟他扯到了《毛选》第四卷的出版日期，年轻人说是 1966 年，他说是 1960 年 10 月 1 日，年轻人不服，要跟他打赌，结果在事实面前，愉快地输掉了一桌酒席。

梁大哥说，他这一生最喜欢读的书就是毛主席著作。入伍头几年没有选集，只有单行本，他见到就买，买了就读，曾经先后买过、读过 100 多本。他说，那时候做梦都想有一套属于自己的《毛选》，曾经三天两头逛书店，走一处找一处，第一次通过熟人买的一套旧的，还是竖版的，直到 1962 年在上海南京路才买到了一套新的，横版的。这两套选集，他先后读了不少于五遍。他夫人说他走火入魔了。这几十年，见到新版的毛主席著作就买，家里珍藏的毛主席著作，几乎应有尽有，精装的、简装的，新版的、旧版的，四卷本、五卷本、三卷本，还有没有公开出版的那八大本。夫人说他，一直喜欢睡在床上回忆毛主席文章，遇到模糊不清的问题，夜里也要爬起来搞个明白，直到现在还是这个习惯。

毛泽东思想，是梁大哥全部生活的精神支柱。谈到学习毛主席著作的收获，他就像沉浸在贝多芬、舒伯特的音乐里，那种陶醉的感觉溢于言表。闲聊时，他喜欢用毛泽东思想分析问题，讲现象，讲本质，讲历史，讲未来，处处闪烁着辩证思维的火花。他不止一次跟我们说过，他这一生最大的收获就是读了毛主席的书，是毛主席的书提高了他的水平，坚定了他的信念，让他平平安安地走到现在。

梁大哥生活简约，思想浓烈，除了读毛主席著作，对政治历史、国内外形势也充满了热情。他有个好习惯，过去随身携带收音机，现在天天上网观天下，对国内外重大新闻，从来不会轻易放过。1981 年 6 月，《关于建国以来党的若干历史问题的决议》发表的那一天，他正在吉林蛟河出差，山区信号差，为了收听广播，他特地爬到山顶上一字一句听了一遍。每年总理在全国人大上作的《政府工作报告》，他都是一口气读完。今年我们走到一起时，恰逢"一带一路"峰会在北京召开，那几天他不顾时差天天盯着会议实况，三番五次研读习近平总书记的重要讲话，跟我们聊天时，对习近平总书记提出的"和平之路、繁荣之路、开放之路、绿色之路、创新之路、文明之路"的重要指导思想，以及"和平合作、开放包容、互学互鉴、互利共赢"的核心理念，能一条一条说得清清楚楚。

梁大哥有着明显的时代烙印，他有思想、有定力，充满了正能量，积极但不"左"倾，进取却不偏激。如果说兴趣爱好是学习进步的不竭动力，那么理想信念则是人生前行的指路航标。从梁大哥身上我又一次看到了无比强大的精神力量。

"巴根草"的心意

她是一个地地道道的农村妇女，50来岁，敦厚结实，一副吃苦耐劳的样子。那两年，她受雇于一个搞花木的老板，天天骑一辆电瓶车，从乡下赶到豪园来帮人家打理院子，张家忙到李家，其中也有我们这一家。两年前，我们家的那栋小别墅已经易主了，但她还深深地留在我们一家人的记忆里。

雇她的老板是个生意虫子，头脑活络，能说会道。起初，他在小区里植树种草为人家打造院子，后来凭着三寸不烂之舌，揽下了十多户院子的管理业务。业务到手后，他只动嘴不动手，打理院子事全都交给这位妇女，一户一年收费七八千块钱，十几户就是十二三万，他给这位妇女开三四万块钱工资，剩下的八九万算是顺带赚到的外快。

打理院子的主要任务就是除草、施肥、治虫、浇水，别看活儿不重，十几户加在一起，任务真的不轻。豪园是个别墅区，每户人家院子都有二三百、三四百平方米，里面的杂草出奇地多，特别是那种巴根草、狗尾巴草，还有一种像马齿苋一样的杂草，长起来特别疯狂，往往前番刚刚拔完，三五天一过，又开始铺天盖地。而且这个地方是沙土，夏天一早一晚都得浇水，一户人家浇一次就得半个多小时，十几户全部浇一遍，至少也得八九个小时。好在她做事情泼辣，蹲在地上拔草，眼到手到，一边拔一边挪动脚步，一蹲就是老半天。浇水，迎着晨曦来，披着星星走。就这样，有时候还得叫女儿过来帮忙。

她做事情泼辣，性格却有些内敛，每次在我们家里忙活时，看她累得直不起腰，老妈和爱人都会端张小板凳过来让她坐坐，她都说，谢谢谢谢，不要不要，农村人就跟这巴根草一样，没得那么娇气。她说话声音不大，多多少少还有点羞赧。

这个人会做事也会做人。那两年夏天，她隔三岔五就给我们带来一点瓜果蔬菜。记得第一次她带的是黄瓜，装在一个方便袋里，一刷水的深绿色，水灵灵的，每一根好像都是上手挑过的。她是在门外递到我老妈手上的，老妈说，她不想要，但又不好驳人家面子。过了两天，她又带韭菜过来了，这一次，我听到老妈在门口跟她说："你不要客气，老这样客气，我们心里不过意。""不要不过意，家里长的，又不值钱。"她的回答本本分分，听得出来诚心诚意。又过了几天，她又带来了一袋苋菜，这一回，我爱人和老妈一起跟她说，你的心意我们领了，下次千万不能再带了哦。她还是坚持说："不值钱，家里长的，吃不了。"后来，她怕我们不过意，再带菜的时候就一声不吭，悄悄地放在门口。

她话不多，人很透气。有一回，她早上过来上班，看到我们从外面拎回来几块酥头令，过了两天，就不声不响地做了几块带给我们。看得出来，那是她特地为我们加工的，油很多，一圈黄灿灿的，咬上一口，那一种香啊，真的叫人欲罢不忍。我们家院子里有两棵景观树，本不在她的服务范围，但她还是主动帮我们修剪，而且很用心，每次都修得像模像样。

这个人懂得感恩，标准是你敬她一寸，她敬你一尺。她老是说我们家里人好，待人客气。其实，我们并没有什么特别的地方，无非是：她来拔草的时候，老妈和爱人陪她说说话，或者蹲下来跟她一起拔拔草，渴了，给她倒一杯水，累了，端张板凳让她歇歇；她的女儿和小外孙来了，爱人喜欢逗孩子玩玩，给小家伙拿点橘子、苹果什么的；老板来了，我们有时候为她说说好话，敦促老板不要克扣她，给她加点工资。要说这一些，都是起码的为人之道，也都是不足挂齿的小事，但她居然都一一记在心里了，还一而再再而三地表示谢意。

院子交给她打理，我们是开心的。可谁知，第二年春节过后，老板可能在外面接到工程了，突然回我们说不干了。得到这个消息，我们一家人都想到她，老板回牌了，会不会把她也给丢下呢？如果老板不用她，干脆我们联系几家让她做。为此，我特地打老板电话问了她的情况，老板说她已经到一家搅拌站去上班了。

她的离开，好一阵子我们有些不适应，不仅仅是一时措手不及，更觉得好像是若有所失。荒唐的是，相处了两年，我们竟然不知道她叫什么名字，知道的就是她那巴根草的自嘲。

草木有本心。"巴根草"，生活中越是卑微的人，往往越容易知足，越懂得感恩。真喜欢这样的"巴根草"，养眼又养心，在我看来，他们才是人世间最美的底色。

山里的朋友

知道我们要去宜兴，亲家公和他的一个朋友一定要请我们到山里住两天，他们还提前去做了些准备，又在现场给我发来了视频。如此盛情，我和妻子只好答应客随主便了。

"五一"前夕，我们自驾出行，一到宜兴，就换乘亲家公的车，直奔山里而去。刚刚下过一场雨，车窗外面湿漉漉的，道路两旁的行道树，干干净净，郁郁葱葱。亲家公小车开得很溜，半个小时左右就到了目的地。这是一片刚开发的小区，位于宜兴西南方向的溪山深处，粉墙黛瓦，青山绿水，映入眼帘的，到处都是立体画。

我们入住的地方是一栋精装修的小别墅，上下两层，200来平方。落地门窗大客厅，气派而又敞亮。一方天井，建亭台水榭，设小桥流水，几块石头，几株绿植，含蓄典雅，韵味十足。

亲家公的朋友，人称王老师，待人很热情，我们还没有到，茶已泡好了。这王老师不仅客气也很帅气，高高的个子，体形很匀称，一双清亮的眼睛，神采奕奕，两鬓虽然添了几根白发，但黑发依然很浓密，白白净净的脸庞，看不出一点皱纹。开始我以为他50来岁，听了介绍才晓得，他也60多了。

这一次山里之行，就我们三家子，去之前我反复叮嘱亲家公，简单、简单、再简单。但事实上还是给人家添了不少麻烦。早餐、中餐在小区食堂就便，倒也能够接受，但两个晚上的家宴，真让人过意不去。王老师的高徒赵先生，亲自备料、掌勺，他忙里偷闲，下午来晚上走，为了这两桌酒席，准备了好几天，荤的素的，全是提前向山里人家订购的，纯天然，无公害。

　　两天的休闲，就是喝茶聊天，观光散步。山里的美景，小区的环境，可圈可点的地方实在太多，但我最想说的，还是王老师和赵先生，这里不妨对他俩再多说几句。

　　先说说王老师吧。这位老帅哥，勤奋好学，精明能干，插队回城后，先在镇上一家钟表店当学徒，师傅干不了的他敢上，什么绕个游丝，在轴心上钻个小孔，只要屏住呼吸，照样游刃有余。

　　后来钟表修理这一行歇业了，他就回去跟太太一起做茶壶，这一做，神了，没有几年工夫，便创出了一门独门绝技：在壶体上嵌金构图。原先他就爱好美术，修钟表又养成了一种特有的细心，干这一行，算是对路了。我看了他的作品，真是绝了，花鸟人物，栩栩如生，细如发丝的线条，根根清晰，熠熠生辉。他告诉我，制作这样的一把壶，少则几个月，多则半年。制坯、绘图、雕刻、嵌金，出炉以后，还要用玛瑙慢慢地打磨，直到温润如玉了，才能算成功。这样的冷板凳，一般人受不了，但他乐此不疲，几乎每天都沉浸在他的陶艺世界里。现在有人建议他申请专利，但他不想这么做，他的愿望就是分享成果，让更多人受益。

再说说赵先生吧。这位兼职"厨师"曾经有过一段让人羡慕的履历：苏州大学金融系毕业，在深圳一家证券公司打拼，几年时间，有房有车，但他认为，这一切都不是他最想要的，40岁那年不顾家人劝阻，毅然辞职回乡投奔到了王老师门下。他的家在宜兴市区，王老师住在丁山镇上，宜兴到丁山有10多公里，学徒3年，他每天骑着电瓶车来回，风雨无阻，从来没有请过一天假。而今他跟王老师学习已经7年多了，过得很开心，制壶、嵌金都大有长进。下厨那两天，他说过几次，他的最爱就是做壶、做菜。的确，论做菜，他也是一高手。特别是他做的红烧肉，色香味形，几乎美到了极致，吃起来，肥而不腻，入口即化，堪称一绝。

写到这里，该画句号了，但有一点要补充一下，我们住了两天的小别墅，既不姓王也不姓赵，而是他们一个朋友的。买栋别墅，自己没有入住，先让朋友们享受，这朋友也真的是太铁了！这不，我们还没有离开，上海的朋友又要来了。

两天的相处，师徒俩给我留下了深刻的印象，真羡慕他们的生活状态，干一份喜爱的工作，交几个知心朋友，衣食无忧，身边有爱，有这样的生活，夫复何求？其实人生不就是如此吗？率性而为，随遇而安，或许幸福会离你更近。

跟着孙总去钓鱼

    ·

"丁叔啊，今儿天气不错，有兴趣玩玩吗？"我正在捣鼓手机，孙总的语音到了，他说的玩玩就是约我去钓鱼。

待在美国，孩子们怕我无聊，他们知道孙总会钓鱼，也晓得我有这个爱好，就给我办了个证，让孙总带着我玩玩。孙总宁波人，50岁不到，年轻时候随父母来了美国，大学毕业后，成立了一个小公司，采集中国的小商品，到美国销售，用中国人的智慧赚美国人的钱，小日子过得有滋有味。

他人很客气，总是一口一个丁叔地叫着："丁叔啊，我12点半左右过来接您。""丁叔啊，快到您家门口了。"

跟孙总钓鱼，我是VIP待遇。他不但包接包送，还什么不用我带，渔具、鱼饵，就连盛鱼的桶，都是他给准备的。

钓鱼，孙总绝对是一把好手，我们住的匹兹堡一带，哪里有鱼，什么季节钓什么鱼，他一清二楚。开始几次，赶上的是春天，他带我去的一个地方，好像是一个大水库，纵横交错，水阔岸多，钓点在密林深处，环境十分幽静。他说这个季节，这儿鳜鱼多，好钓。

在国内，我也算是一个垂钓爱好者，但一直用的是手竿，鱼线挂在竿梢上，直接伸到水里的那一种，浮漂就是几根鹅毛梗一样的东西，白色的居多。而跟孙总出去用的是抛竿，前后两节套在一起，后面带个放线盘，浮漂就一个，不是圆的就是长的，红的、绿的、黄的都有，颜色很鲜艳。后来有朋友告诉我，说是这叫"路亚"。这玩意儿我没有用过，第一次到了河边，孙总先给我把鱼竿收拾好，接着又给我做了几次示范——

"打开卡子，钩住鱼线，轻轻地抛。"他一边说一边做，唰唰地，每一次浮漂跟着钩子，都飞得很远。

"来，您试试，很简单的。"收回鱼线，他笑呵呵地把竿子递给了我。照着他的样子，我小心翼翼地举起竿子，望着远处刚一挥手，"扑"，钩子却在跟前下了水。

"钩住线，抛的时候要松手。"按照孙总的提醒，我又抛了几次，开始还是不行，接着再试，好了，一次比一次好，最后一次竟然抛了大概有二十多米远。

"对，就这样，多抛几次就行了。"看到我差不多会了，他才开始收拾自己的渔具，登上了一棵倒伏的树干上，树干横斜在水面上，伸得很远，我看看都害怕，他却显得若无其事。

第一次在美国钓鱼，我有点迫不及待，挂上鱼饵（鲜活的小鱼），就赶紧开钓了。"嗨！咬钩了，咬钩了。"站在树干上，孙总还在关注我。浮漂下去的那一刻，我猛地一提，哪晓得线放在水里太长了，这一头起竿，那一头根本没有反应。

"抛出去以后，要把线收紧些。"孙总是有经验的，按照他的要领去做，时间不长，我接二连三钓上几条小鳜鱼。孙总那边情况更好，几乎是频频起钩，而且鱼都比我的大。就在我心心念念，也想钓大的时，照着孙总那个方向，一竿出去，钩子钩到了倒伏的树枝上，孙总随即放下鱼竿，走到那一根杈头上，晃晃悠悠地探出身子，一手拽住树枝，一手帮我摘下了鱼钩。可谁知道，不一会儿，又钩上去了。

这一次远了，他够不着，我只好硬拽，刚扯了几下，线就断了。

"没关系，没关系，鱼钩多的是。"孙总说着就从树上走了下来，非常熟练，三下五除二，给我扣了个新的钓钩。

重新起钓后，情况还是不错。那一天，我钓了11条，清一色的野生鳜鱼，小的二三两，大的七八两。孙总更厉害，大大小小，钓了有30多条，一样的也都是鳜鱼。收竿的时候，他硬是往我桶里扔了几条大的。

好地方是吊胃口的，后来我们又去过几次，每次收获都不少。但孙总却说，6月份以后就难钓了。他好像懂得鱼的习性，果真，小暑以后再去，基本上就没有动静了。

鱼转场了，必须换地方。最近一次，他把我带到了一个大坝的闸口边上。还是那一片水系，但完全不在一个方向，环境跟原先的地方也完全不同，坝上光秃秃的，一棵树也没有。优势，施展的空间大；弱点，晒得很厉害。孙总说，这个季节这儿鱼多，鳜鱼、鲇鱼、太阳鱼，什么鱼都有，运气好，还能碰到鲈鱼。听说有鲈鱼，我很兴奋，太阳再毒，也觉得无所谓了。

孙总胆大，就坐在闸口边上下钩，我不敢，只好在他边上平坦的地方找了个位置。不一会儿，他捷足先登，真的钓了一条鲈鱼，差不多有筷子那么长，我看得心里痒痒的，但他倒好，抓在手上让我看了一下，就把它给放了。

"怎么不要啦？"

"不到十五寸，不能拿。"

"十五寸，什么概念？"

他想了想说："这是英寸，38厘米左右吧。"38厘米，快一尺三啦，这河里有这么大鲈鱼吗，我有点信心不足了。

那一天，可能太晒了，鱼总体上不活跃，等了半天，孙总钓了几条鳜鱼，我是一无所获。太阳快下山了，我正准备收竿子，浮漂好像抖了两下，忽然沉下去了，我像触电一样，猛地一提，乖乖，劲不小，拖到边上一看，也是一条鲈鱼，跟孙总的那一条差不多，还能要吗，只好把它也给放了。咬钩了，就有希望，果真时间不长，浮漂又下去了，这一次劲更大，竿子弯得像弓，线拉得吱吱地响，来回溜了几下，发现是一条大鲇鱼。这家伙坏得很，到了岸边，直往石头缝里钻，孙总手疾眼快，伸出网兜照着头，一下就给绰住了，拖上来一看，足足有三斤多重。来了个后手翘，我不想再钓了，孙总说他再钓最后一钩，说着说着，真的又上了一条鲈鱼，这一条比第一条大得多，但他抓在手上看了又看，还是给放了。

"还不够大？"

"估计还差一点点。"

回头的路上，我想想还是问孙总："拿了会怎么样？"

"轻则罚款，重则取消钓鱼资格。"

"一个人都没有，谁能看到？"

"不能侥幸啊，丁叔，在美国人面前我们不能丢中国人脸。"

孙总的回答，让我很惊讶，万万没有想到，一个长期待在美国的中国人，还能如此顾及国人形象。原本我就对孙总心存感激，那一刻，立马又多了一份敬意，真打心眼里佩服他的修为与人品。

都说钓鱼是一种休闲，跟孙总出去，我觉得更是一种学习。

人生之灯

1984 年初，我转业到宣传部工作时，老部长刚刚退休，他偶尔来部里坐坐，都是先拢我们秘书科。他笑嘻嘻的，说话不多，留给我的第一印象就是和蔼可亲。

老部长江西樟树人，"文革"期间从南京下放到江都，先在公社任党委书记，后来调到县里当宣传部部长。他姓简，部里上上下下没有一个人叫他简部长，都亲切地叫他老部长。

老部长很关心人，尤其对年轻人呵护有加。在任公社党委书记的十年时间里，连续培养出了八九个科级干部，说到老部长，现在这些人仍然很动情，在他们眼里老部长就是一位慈父。对此，我亦感同身受。

刚到宣传部那阵子，我被派到了乡下应差事，老部长知道后，便跟部里领导说，要用其所长，不能让他在下面荒掉。我调回来以后，他听说我的文字不错，又跟他们说，要放手使用。在老部长的关心下，回到地方一年有余，我就当上了秘书科长。

说到对人的关心，老部长对得起身边所有的人，唯独亏欠了自己的子女。他大儿子的精神出现了异常，小儿子在一家企业下岗，凭他当时的影响，完全有能力帮助小儿子再找一份稳定的工作，但他就是不肯麻烦别人。他有那么多弟子，有人曾主动要给予关心，但都被他婉言谢绝了。他总是说，路要靠自己走，孩子们的事还是让他自己解决吧。就这样，若干年过去了，他这个和他一样自爱的小儿子，至今还在做着小本生意。

宣传部老少一家亲，我在那里工作了三年，始终觉得有一种家的温暖，不得不说这种氛围是老部长营造的。那几年，每年春节老部长都把部里的同志召集到家里吃一顿团圆饭，简师娘亲自下厨，姑娘、儿子当助手，老部长则笑嘻嘻地陪大伙儿聊天，为大伙儿续水。他家的房子只有七八十平方米，客厅也是房间，我们有的就坐在床边上，喝茶聊天。开席了，大伙儿围坐在一起，老部长亲自斟酒，率先举杯，一举一动流淌的全是真情实意。受老部长的感染，席间你来我往，觥筹交错，气氛比家里的年夜饭还热闹。

离开宣传部多年了，老部长对我的关心从未间断过。2002年秋天我在上海做眼角膜移植手术，回到家的第二天，他老人家就拎着枸杞、蜂蜜、黑芝麻来看我。那时候，他已快80岁了，提着东西爬上三楼，我躺在床上，看着老部长气喘吁吁的样子，眼泪一下子夺眶而出。他坐在我的床边，拉着我的手问长问短，那一刻，我真的感觉，仿佛老父亲又回到了身边。

老部长多才多艺，退休生活丰富多彩。"老年赢得清闲日，笑对斜阳赏落红。"这是他的诗句，也是他退休生活的真实写照。退休后他担任过老年大学副校长、诗词协会理事长，还当过京剧爱好者联谊会理事长。他会操琴，能自拉自唱，我曾有几次看到他骑着自行车驮着京胡，去跟票友聚会，但就是没有机会听老部长拉一曲，真是抱憾终身啊！他快到七十岁才开始写诗，且乐在其中一发不可收，并常有作品见诸报刊，八十岁前还连续出了四本诗集：《稀龄初吟》《稀龄续吟》《龙吟骊歌》《八秩回眸》。

没想到，这么一个热爱生活、精神矍铄的耄耋老人，刚过了九十岁说走就走了。那天晚上我接到他小儿子的电话，一夜没睡好，脑子里一再出现老部长的形象：慈眉善目，鹤发童颜。我非常自责，老部长在医院住了几个月，因为不知道，居然没有能去看看他老人家。告别的时候，我走近他身旁，久久地不忍离开，我看他一眼，又看他一眼，止不住的泪水夺眶而出。

老部长是我人生路上的一盏灯，想起他，我的灵魂就会受到一次洗礼。

友昭兄的君子之风

前不久，听说张友昭要到建湖，时间敲定后，我们几位战友特地从上海、南京、扬州等地赶过去陪他玩了几天。多年不见友昭了，他还是那样温文尔雅，不失君子之风。

友昭，字萧野，河南巩县人氏，世居邙山脚下。因其人格魅力，在部队时，总有一帮战友围拢在他的身边。那会儿他在政治处当宣传干事，我在俱乐部放电影、管理图书，我们之间的相处比起其他战友又近了许多。他善良、正直、豁达、通透，谦谦君子般的品德给我留下了深刻的印象。

我与友昭虽为战友，但完全不在一个量级上。他早我六年入伍，准确地说，他是我的老哥、老师、老领导。多年来，他也确实一直拿我当兄弟，一句"小丁儿"，浓浓的河南腔，如春风拂面，叫得我心里暖暖的，至今我还是喜欢听他这样叫我。

近五十年了，我与友昭往来不断。在部队时，后来我也去政治处当了干事，跟他同事了两年。转业后，我回到了江都，他去了安阳。大约在 1991 年前后，他带人到江浙一带参观学习，特地来江都看过我一次。2016 年夏，我们同去杭州参加战友聚会，回头他又随我到江都小住了一个晚上。自从有了微信之后，我们之间天天问候早安，经常互通情况。

友昭手不释卷，酷爱读书。我在俱乐部工作时，他三天两头过来借书，图书室的几千册图书，几乎都被他翻了个遍。原本他就比较豁达，大量的阅读，使得他的灵魂格外通透，他好像真的参透了人世间的一切，什么金钱、地位，乃至生死，在他那里都无足轻重。战友中有人说他就像一座佛，对此，我深以为然。

友昭有个好习惯，一直坚持写日记。在部队那会儿，只要开会，他的笔记本下面总是垫着一本书和日记本，常常一边听会，一边读书、记日记。近二十年的海防戍边，他的日记一天不拉，而今，这些历史记录，哪一篇都弥足珍贵。从他这几年公开发表的部分日记内容看，许多篇目的文字也很漂亮，有的就像文学随笔。

接近渔山列岛时，风更狂，浪更大了，暴雨夹着浪花，铺天盖地而来。舰艇像一匹陷入洪水中的烈马，在暴躁地跳动着，挣扎着，奔腾着。

雨后的清江渡，空气清新，山清水秀，夕阳晚照下，几个渔民在碧波的江面上撒网打鱼，肥大的野鸭扑棱棱地腾空而起，激起的水花如珍珠一样晶莹剔透。

火红的太阳升起来了，明朗清晰的黄浦江畔，显得分外温暖、柔和，巨大的轮船在江中缓缓行进，就像一座移动的山丘。

如此生动的场景描写，在他的日记中随处可见。

友昭喜欢记日记，更喜欢写诗作画。他的诗作通俗明畅，朗朗上口，颇有几分白居易的味道。这里不妨选录两首，请君赏读：

《乡居之歌》——洛水潺潺流，经春又到秋。邙岭有我家，乡居望月楼。身如脱缰马，心似白云悠。晨迎曙光起，暮送夕阳走。名利身外抛，梦想求自由。一日三餐好，红薯吃不够。粗茶淡饭香，胜过鱼鸭肉。热爱黄土地，最喜云水游。书画常作伴，诗卷不离手。坦然看世间，潇洒度春秋。

《古稀年华》——一卷诗书一盏茶，幽室静居度年华。远离浮躁听清音，贴近素雅赏兰花。心修禅意仙入门，爱递红尘福进家。日暮笑看夕阳红，夜临喜望月光洒。抛弃名利自超度，不闻是非除乱麻。

他喜欢画画，尤其擅长工笔山水。这次聚会，他特地给战友们带了几幅，每一幅构图都很严谨，线条也很流畅，整个画面洋溢着凝重恬静之美，俨然一副宋人山水的味道。

友昭好山水，喜游历，在部队时就经常带我们去登山、越野。那一年在厦门，有一次我和另外一位战友，随他爬上了一座山顶，走着走着忽然找不着道了，我们都有点小紧张，他却泰然自若，领着我们坚定地朝着一个方向走，直到太阳西垂，终于在南普陀寺那个地方走出了大山。如今，他七十多岁了，前不久居然还饶有兴致地一个人去了一趟银川、西宁、西藏、云南。他随性洒脱，颇有一些古代名士的风范，在部队时每逢中秋佳节，都会邀上我们几个聊天、赏月。他好像特别钟情月亮，很多东西都喜欢跟月亮挂钩，诗作为望月歌，老宅为望月楼，微信昵称为望月公子。

他天性慈善，走到哪儿行囊里都装满了爱。这一次在建湖参观荷园时，他看到观光车司机累得满头大汗，下车后，特地走到师傅跟前，拍着师傅的肩膀，笑眯眯地道了一声："师傅辛苦了！"结束聚会的那天晚上，晚宴散席时，他又特地过去跟坐在一旁的厨师和服务员打了个招呼，一连说了几声"谢谢"。这些小事，看起来虽不起眼，却折射出了他的善良本性。其实，人与人之间的品性差异，不一定都在宏大的地方见分晓，而往往表现在一些日常的细微之处。看到他这些表现，我不禁在心底感叹，一个人要修炼到何等程度，才会无时不在地在心里升起这一份爱的自觉啊！

友昭一贯不肯麻烦别人。这次到建湖，我本想好好陪陪他，带他到扬州或者到别处走一走，但他什么地方都不去，只是在建湖住了三晚就执意地回去了。

跟友昭在一起，人感觉很舒服。离别后的这段日子，我们几个天天在微信上念叨他的好，他超凡脱俗，为人和善，那种非同寻常的君子之风，我敢说，任谁跟他在一起都会被感化的。

兄弟，仁昕

赵师傅，熟悉他的人都叫他仁昕。仁昕开车，跟我在一起十五六年，在我心里他早就是一个难得的好兄弟了。

认识仁昕，是从 1996 年夏天开始的。那一年，市里派我到邵伯区工作，区里当时有两名驾驶员，除了仁昕，还有一位刘师傅。后来撤区，人员分流时，市里只能解决一名驾驶员，刘师傅比仁昕早到区里一段时间，这个名额自然非他莫属，而仁昕则被安排到了一个镇上的工业公司。

撤区以后，我到了检察院工作。之后，仁昕经常来找我，反映工业公司收入没有保障，想让我把他带到检察院开车。我有些为难了，但又很想帮帮他。在区里这一年，他给我的印象不错，突出的有两点：一是他喜欢看报，经常一个人坐在值班室里，专心致志地阅读，晚上只要我住在区里，都能看到他坐那儿一看就是一个晚上；二是他精神状态好，做事利索，浑身上下好像有使不完的劲。另外，我知道他负担比较重，一个姑娘一个儿子都在上学，爱人又没有工作，在区公所门口开了个巴掌大的小卖部，靠卖油盐酱醋贴补生活。考虑到这些情况，我还是想办法把他借用到了检察院。后来办公室安排他为我服务，就这样，我们开启了朝夕相处的模式。

仁昕驾驶技术一流，大车、小车都能开，而且还会修理，机械部分拆开来重装，绝对没有问题。据说，他原先是开拖拉机的，开汽车纯属野路子，但野路子一样让人叹为观止。在基层工作，下乡是经常的事，有的乡村公路很窄，两边的沟渠又很陡，硬质路面，弄不好就会掉下去。会车时，有的轮子一半悬在外面，遇到这种情况，我都捏一把汗，但他总是不慌不忙，有惊无险地开过去。在城区路边停车，常常前后都是车辆，中间的位置很有限，一般人不敢往里塞，但仁昕不怕，先进后退，三花两绕，就能停得稳稳当当，下车看看，前后车距顶多也就二三十厘米。

除了技术，我更欣赏仁昕的精气神。每天上班他来得都很早，我下楼时，他不是在擦车子就是在水池上洗擦车布，他喜欢用一块蓝色的擦车布，如果刚好在水池上，见到我了，总是一边擦手一边小跑。一路小跑好像是他的习惯，无论我去哪里，他接我送我，见到了都是一路小跑，以致这么多年了，那一块蓝色的擦车布，以及他一路小跑的样子，一直清晰地印在我脑子里。

他性格开朗，不管多累，始终乐哈哈的。这么多年，我们除了在家门口转转，远处的若干地方也没有少跑，上海、杭州、宁波、舟山、武汉、长沙、烟台、济南……一脚油门，从早到中，从中到晚，有时候还要日夜兼程，他有高血压，途中有不适的感觉了，就吞一粒降压药，不管不顾，继续前行。仁昕个头跟我差不多，1米7多些，长得不算瘦，但没有一点赘肉，一看就是个吃苦耐劳的人。据说，他在厂里开大卡车时，经常去东北送货，来回一次十来天，吃住基本就是在车子上。他夫人身体不算好，家里稍重一点的农活和家务事，诸如割稻子、种麦子、洗被子、充煤气等，都是他一个人亲力亲为。

仁昕人缘好，与人自来熟。我们小区后面是一片城中村，靠近小区后门口的这一家，门口很热闹，经常坐着一帮人聊天，仁昕像老邻居似的，也喜欢坐那儿跟他们谈天说地。那时候，他三天两头跟我一起参加活动，在我的朋友圈里，他一样无拘无束，有说有笑，有人嫌他话多，要我说说他，但我内心喜欢他这样的性格，天天在一起，什么话都不敢说，那岂不是要憋出毛病？可能是经历相似，性格投缘，我们在一起总是有说不完的话题，说过去，说现在，说家庭，说人生，越说越开心，越说越合拍。退休之后，我们彼此都很不习惯，我曾经想把他继续留在身边，他也流露过这样的愿望，但我终究不具备条件，只能忍痛给他介绍了其他工作。

仁昕为人直率，内心敞亮，有仁昕陪伴的那十几年我是最开心的。感谢仁昕，这份兄弟情我一辈子不会忘记。

附　录

念旧者重情

——读丁志方散文集《暮色炊烟》有感

王慧骐

岁暮年初，老同学曹义田兄从江都用快件给我寄来丁志方最新出版的散文集《暮色炊烟》，并希望我抽空读一读，有可能写一篇读后感。

像是一位久违的朋友突然造访，记忆让我回到三十多年前那方映照着我们青春脸庞的天空之下。

那时候的丁志方大约也就 30 岁吧，我们同住在县委招待所一栋两边对开门的平房宿舍里。我还是单身汉，他好像已有了个两三岁的女儿。记忆中没有太多深入的交流，见到面会说几句话，大多是问候一些工作上的情况。当时他从海军部队转业刚回来不久，在宣传部工作；我才大学毕业，被安排在团县委干活。比较深的印象是他长得帅气，人堆里一站，哪怕不穿海纹衫，也透着一股水兵的英武。那时彼此都年轻，忙工作也都没日没夜的，坐一块吃吃吹吹的事还真的是没有。1987 年我调南京了，这以后好像没再有过什么交集。谢谢他隔了这许多年，还能记着我当年这个邻居。他题签赠我的新书上，那么客气地称我为老师。这可是万万不敢当的。

而这一点恰恰是我读了他这部新著后感触最深，也是我这篇小文想说的话题，那就是志方兄的念旧。在他这部收有一百多篇近作将近28万字的作品集里，我翻了翻，总有一半以上的篇幅写那些无法忘怀的旧日风情——儿时戏水捕鱼的"大印汪"，邻居家借来一用的通人性的老黄牛，黄昏时分村庄里四处可见的缕缕炊烟，麦收时节田垄晒场男女老少齐上阵的火热忙碌……掏鸟窝，钓河虾，捉知了……隔壁大妈家的两个儿，西边有点智障的大爹爹……一幕幕，一幅幅，电影镜头、水墨画似的逶迤而出，生动而又逼真地矗立于读者眼前。不只有乡里乡亲淳朴憨笃的身影，也不只有充满童稚的眼里言说不尽的无穷乐趣，念旧的背后，其实是一份忧伤而美丽的情致，一种挥之不去浓得化不开的乡愁乡情。

跟随志方兄左开右阖以念旧为主调的笔触，我们得见裹着小脚的奶奶背着她心头肉的长孙，跑出外乡"躲摆子"；在供销社饮服部门当经理的父亲，坚决不同意他管辖的旅社服务员给儿子单独的房间住；还看到暴雨中被淋成落汤鸡的母亲，与临时找来的村人一起抢修那突然坍塌的屋墙；在听得见寒风呼啸的陋室里，妻子把幼女一双冻得冰凉的脚一次次抵在自己的怀中……这些发生在至亲（祖孙、父子、母子、妻儿）之间的历历往事，因了描述者真情实感的注入，虽被岁月染成了黄页，但这种亘古不变的亲情，因其细节的饱满与强大，而令外人读来也一样无法不为之动容。

志方兄的念旧，还有几篇作品我也读后难忘。一是《两件藏品》，写他一直收藏着当兵时的帽徽领章以及在检察院工作时的检徽和"两证"（工作证、执行公务证）。珍藏的是自己无法重返的那些岁月，更有一份对自己曾经投身的事业的热爱、留恋和"无问西东"的无怨无悔。再一篇《海之痛》，写四十年前一次出海途中一位不慎落水葬身大海的战友。以从容的叙事方式，再现了悲剧发生时的场景，写其怎样落水和"十几条舰艇耕田一样"的全力搜救，包括出事后全舰官兵阴云笼罩的面孔。如泣如诉的忆旧里，字里行间分明流淌着对已故战友的扼腕、哀叹与追思。而由《海之痛》再读另一篇《情满西湖》，对作者四十年后赴杭参加战友聚会因激动而五次挥泪的描述，则有了更深刻的理解，也由此觅得一线贯穿的情感渊源。看中故人，难忘旧情，实乃重情重义之标识。而生活中如志方兄这样特征的人，无疑可处可交，尽可卸却遮拦，以心相见。另有一篇《老部长》，写20世纪80年代便已退休的县委宣传部简老部长，笔墨中也是处处见情。不仅写了老部长当年对年轻干部的着力培养和放手使用，还写了他一以贯之的清正廉洁和待人接物的长者风度，以及退休后雅趣充溢的晚年生活。我在江都工作过，对老部长的口碑亦知一二，读到这篇文字，除了尤觉亲切，伤其离世之外，还体悟到为文者弥漫其间的感恩之情。

我的一位远在云南昆明的对文章之道探寻颇深的文友，提出过这样一个观点：语言和细节之外，最能见写作者性情的，在于隐藏在文字背后的爱意。爱意并非无端的抒情，也不是华丽辞藻的堆砌，它在不弄噱头的平实描述中，自然而然地流露出来，有时甚至就在那若隐若现不经意的话语之间。志方兄的不少念旧之作里，我以为能捕捉到他内心深处泄出的那份暖暖的爱意。

年龄的关系，我们似乎都到了盘点人生、回首过往的这个阶段。鲁迅先生的许多精彩篇札大都也是在他过了五十岁后的"朝花夕拾"。世俗的名利场，在我们眼里已黯然失色，而沉潜于心的，往往是人世间最珍贵也最柔软的那点情义。于散文而言，最核心的元素其实就在一个情字。志方兄一定谙得此道，他在娓娓道来的怀旧念旧里，捡拾生命沙滩上那些曾经最亮的贝壳，以不无庄重的姿态呈现于人前。而从这里面，我们惊喜地发现了写作者对于这个世界已然消逝的人情世态，充满慨叹的不绝情愫。

当然，志方兄的这部新著，可圈可点之处绝不仅限于上述这些，我只不过拣了一点印象最深的说了。

（作者曾任江苏文艺出版社副社长）

情满江海

——读丁志方《暮色炊烟》

李景文

　　丁志方先生的故乡坐落在长江以北、通扬运河以南，这里河道纵横、水流清清，流淌着他童年、少年和青春的记忆。后来，他在海军某部任新闻干事，常常登舰跟官兵们一道驰骋江海，劈波斩浪。再后来，退休的他，因为女儿、女婿在美国任教，便有机会和爱人在大洋彼岸的墨西哥湾亲近大海……当我读完丁志方的散文集《暮色炊烟》（南方出版社，2017年12月版），细细品味，掩卷沉思，便有一种氤氲之气在眼前升腾，这就是作者倾注于笔端、跳跃于字里行间的乡情、友情与亲情，他厚积薄发，发自肺腑，时而如涓涓细流，时而似潮起潮涌，带着自己的体温、生命的轨迹及对世界的认知，溢满文学的江河湖海。

　　在丁志方的笔下，故乡的人和事，像一幅卷藏的水墨丹青长卷，一次次被勾勒描摹，亦如一坛陈年老酒随着时间的推移越来越浓。开篇的《大印汪》，作者就绘声绘色给我们讲述流经村子的一条河，因为水中有一个圆圆的小"岛"，老辈人说是老天爷在这里盖下的一枚大印，单单这一神奇的传说，就把我们带入一种神话的世界，激起某种阅读的期待。《暮色炊烟》是村庄的夏归图，人归家，鸟归巢，男人浇园，女人浣洗，小儿垂钓，老牛哞叫，萤火闪烁，丝竹不绝。作为单篇它是怀旧的风俗画，冠以书名，可以说蕴含着作者的某种社会理想，它既让我们想到陶渊明的"羁鸟恋旧林，池鱼思故渊"，又让我们十分向往孔圣人赞赏的"浴乎沂，风乎舞雩，咏而归"的清明世界。此外，麦收时节丰收的喜悦，提知了、掏鸟窝、钓河虾的童趣，甚至一头最终被宰杀的牛的命运，这些家乡的记忆，都有着酸甜苦辣的滋味。丁志方有着一颗炽热而敏感的心，他在作品中倾诉的种种情怀，并没有因岁月的流逝而冲淡，却始终如水兵帽上的飘带在他的心头飘荡。《珍惜》通过忍痛海葬"大黄"这只信号台的狗，写出了军民间的鱼水深情；《编队过马祖》，由穿不穿枪衣的细节，描绘了演练中箭在弦上的紧张氛围和上级指挥若定的气度；《难忘东山岛》则追忆了皮定均将军直升机失事的痛。《情满西湖》《军旗下的感动》《重返老军港》这三篇，作者写了四十年后他和战友的几次聚会，参加者有战友的遗孀、有坐着轮椅的、有来自大洋彼岸的，还有一次是迎军旗活动，讲的是某部在退出海军序列时，一位老战友收藏了军旗的故事，这让他一次次感动，有一次竟然五次落泪。"男儿有泪不轻弹"，作为曾经"与大海结过生死缘的弟兄"，那种血浓于水的战友之情在他诉诸笔端时，有着激荡人心的力量。

在作品集中，有一种更加细致绵长的情愫，就是丁志方对亲情的回忆与眷顾，它如寒冬的阳光、炎夏的凉风掠过我们的心头。《三间老房子》，作者先叙述了寄人篱下的种种不堪，房东的大奶奶竟然多次将羊屎塞进弟弟的嘴里，母亲下决心砌的那三间房子，是她靠没日没夜织布换来的。在儿子心目中，这房子简直就是母亲的化身。《一把干米饭》，写母亲在超强度的挑河中，坚持每天从嘴中省下一口饭，并将它晒干带回家的情景。这让我联想起莫言小说中的母亲，回家后第一件事，就是把筷子捣进喉咙，将整吞进胃里的黄豆吐出来。这两处描写一是写实，一是虚构，却有异曲同工之妙，母爱的伟大与无私让读者动容。《家谱里的老太爷》对丁氏门宗来说具有史料价值，说的是作者的老太爷在六七岁时成了孤儿，放牛时由于贪玩被收养的本家扔到河里，幸亏被好心的长辈救起。读罢该文，我浮想联翩，感慨万千。还有，《奶奶》《怀念父亲》《在女儿高考前后》等诸篇，那饱满的情感、细腻的笔触、生动的语言，使一个个可敬可亲的人物栩栩如生地呈现在读者面前，或让我们会心一笑，或让我们潸然泪下。

对于志方兄这位从江淮之都走向大海，现又游历于海外的赤子来说，文学不仅是他年轻时的梦想，也是人生"第二春"的寄托。正因为"咸淡随意，冷暖自知"的写作姿态，抛弃了世俗的功利色彩，他所构建的散文世界才如此通透，如水一样清澈，似海一般蔚蓝，不管是乡情、友情与亲情，其实都是他对这个世界的深情回眸与真情告白，并以一种"润物细无声"的含蓄滋润着人们干涸的心灵……

（作者系江都区作协原主席）

炊烟升起的时候
——读丁志方散文集《暮色炊烟》

曹利民

一场倒春寒带来的雨里，柳芽与草尖，杏花俏立的枝头，落英缤纷的小径，格外鲜嫩，格外清爽。农历二月，春色是谁也按捺不住的文学梦，历经种种风寒与压抑，还是会出芽生长，开花成景。

这样的天气，宜闲庭信步，宜谈文学人生，也宜读书，比如《暮色炊烟》。翻开来，纯朴与亲切，干练与真实，如杏花如春雨，瞬间温润了被琐事所挤占所烦躁的心情。

曾有朋友说过，从事新闻或公文写作的人，很难再拾起纯文学的笔，因为你那点风花雪月的心思，早在鞭打快牛式的各种要求与规范里风化。写过新闻，且以公文谋生的我，深以为然。偶尔涂鸦之际，遇上事务，打心眼里生出莫名的厌烦，如此下来，与人与事无好态度，为人为文亦不得长进。

去年圣诞夜，文友约聚。哑光漆的木质方凳上，静卧着三百六十四页的《暮色炊烟》，部队宣传干事出身，先后在宣传部、组织部、经信委、政府办、检察院等部门任职的丁志方先生，给了大家一份沉甸的圣诞礼物。一张方正阔气的脸庞，明明是张标准公文脸，在柔和的橘黄灯光下，竟成了闲情与逸致的代名词。有四十年新闻与公文写作经历的他，在退休后的两年时间里，养花种草，含饴弄孙，还建造出一个二十万字的大世界。那个清雅而温暖的冬夜，大家喝酒聊天，谈诗说文，我心中对人对事的模糊感也一再被刷新。

这不是我第一次读丁先生文字。大约一两年前，无意中见到江都报副刊上出现"丁志方"的名字，带着诧异读下来，竟不枝不蔓，简练清爽。后来，在碧军编辑的牵线下，结识了他，读到他更多写乡土与乡亲的文字。

家谱里的老太爷，慈祥善良的奶奶，西边的大爹爹，后边的二大爷，都活生生地跃然于纸上。比如隔壁大妈家的老大："100多斤的石锁信手拈来，手提、肩扛、单滚，玩起来前后左右，花样翻样，他轻轻一抓就能举过头顶。"还有妈妈做的菜，老家的种树习俗，乡亲们串门、乘凉，还有迎亲祝寿用的"细吹细打"，都是家乡的味道，都是朴素文字里逸出的菜根香气。

在技术流意识流逆向思维等概念泛滥，词语被折腾得面目全非的今天，朴素与诚实已成为一种美德。翻开《暮色炊烟》，首先吸引我的是《捉知了》："一旦发现目标，就悄悄地伸出竹竿，只要听到'嘎'的一声，就知道知了落网了。也有落网不叫的，那是母的，叫的则是公的。"还有《掏鸟窝》："胳膊粗的树枝被拽得弯弯的，树上的孩子横斜着身子，脚钩在树干上，手吊在树枝上……掏到的鸟蛋不能抓在手里，只能含在嘴里，能含几个是几……"这些生动的文字，没有真实的体验很难写出来。

这个功利化的时代，闲情是钢筋水泥构建的建筑物里缝隙处蔓生的绿意与绽放的花儿。我们缺的并非速度与效率，是无关紧要与散漫无用，是发呆，是看风，也是听雨。读《庭院秋雨》时，我被这样的画面打动："绿色的草坪，像吃饱喝足的婴儿，很滋润地躺在母亲怀抱里，挺着个小肚子，尽情地舒展着四肢"，"这草坪很丰润，也很迷人，四周呈深绿色，越往中间越淡，像罩了一层橘色的灯光"。文字里的他带着人听雨，也带着人怅然若失："我仿佛听到了小草在雨中轻轻呢喃，听到了风和雨联手演奏的交响曲，听到了树叶哗哗啦啦的……听着听着一种淡的惆怅在心底油然而生。"这是文人与秋雨，就像蒋捷那句"而今听雨僧庐下，鬓已星星也"，非文人性情而不能有。

人是要有一点精神的。有了这一点精神，即便遇到挫折，即便走到山傍水尽，从终点又回到起点，也能走向另一片风景。当年的农村青年丁志方，从参军入伍，到东山岛上演练，滩头登陆，编队过马祖，为乘客看管行李，战友在眼前落水而逝，等等，都让他得到历练，也让他感悟人生、思考人生。比如初到海军报社，初来乍到的种种不适应，就连海军呢制服也让他感到自卑，"其实不是因为呢制服的格格不入，而是内心不自信、不强大造成的……狂妄的人麻木不仁，夜郎自大，结果往往会一败涂地，懦弱虽然比狂妄温柔，但逃避现实，胆小怕事，同样会一事无成"。后来他因为家庭的原因不能留京而离开海军报社，满心痴迷的文学梦就此中断，但他的人生并没有因此黯然，历经种种磨炼后，他成了江都人口口相传的丁检。回读此类引发人生抉择的小片段小思考，有如长者谈心，教给我们做人与做事的态度与担当。

曾有人说：为人要正，为文要曲折。回看《暮色炊烟》，并没有太多曲折，就文字而言，或许不够有技巧也不够玄妙。但整本书读下来，我看到一个青涩的年轻人，走在生活与工作的路口，如何掌控内心的风浪，如何稳舵远航，一步一步走向成熟与坦荡的中老年。不禁想，若是早几年能读到这些文字，之前鲁莽的为人处世方式能改变一点，人生际遇或许会有所不同。这不能不算是文字之外的又一种收获。写完此稿，抬头看天，已是炊烟升起之时。薄雨初歇，微风送来清寒，此起彼伏的鸟鸣声里，满是清新与安宁。

此刻，青草与柳枝，雨滴与花瓣，远处暮色里升起的缕缕纯白，皆是诗。

（作者系江都区作协主席）

后　记

出这一本《窗外的柿子红了》，我是有些纠结的。2017年底，我曾在南方出版社出过一本《暮色炊烟》，至今，还有一百来本堆在家里。不是舍不得送人，而是不想滥送。老同学、老战友、老同事、老朋友，凡是有兴趣的，有一个送一个，除此，没有再搞什么其他的"赠阅"。写作毕竟是小众的，即便是要好的朋友，也不一定都感兴趣，为送而送没有必要。因此，我担心再出又添累赘。

但烂在电脑里，任其以后散失掉，又心有不甘，毕竟写作这些东西，还是花了一番心血的。尽管现在此类文章铺天盖地，我的这些东西更无足轻重，但对于我而言，每一篇又都是唯一的。家人和朋友理解我的心思，在他们的鼓励和支持下，我的自恋情结占了上风，出就出吧，不为别的，为的就是对自己有个交代，给家人留下一点别样的记忆。

这本集子所选用的稿件，内容比较杂，既有过往的打捞，也有当下的记录，人与事，情与景，基本上都沾边了，还有一些境外的所见所闻。如此杂七杂八，林林总总，我有些拿捏不准，但有的朋友却认为杂一点好。萝卜白菜，各有所爱，他们说杂一点，才会适合更多人口味。谢天谢地，但愿如此！

文章千古事，得失寸心知。平心而论，从一定意义上说，写作是自讨苦吃。我的体会是，哪有什么下笔如有神，要想成文拿得出手，都得经过一番折腾。坦率地说，我的这些小文，从拟题到谋篇，从立意到表述，都是经过反复推敲的。我有躺在床上思考写作的习惯，人老了，反应慢，记性不好，很多时候，想到得意之处，哪怕再晚，也要爬起来，记录在手机的备忘录里。事实上，我的不少文章，都是先在手机上写个大概，而后才到电脑上正式写作的，写好了放一放，再一次一次修改、打磨。有时候，一句话、一个词甚至一个字，就要来回推敲好多次。

然而，写作又是快乐的。年轻时候，我就喜欢写点东西，但由于忙于工作，加上底子薄又不够执着，没有弄出什么动静。退休后，时间宽裕了，自然而然又捡起了这个爱好，无意成名成家，就想自娱自乐。这个目的应该说达到了，现在，只要往电脑跟前一坐，就会忘记一切烦恼，觉得时间过得飞快。写作是会上瘾的，写惯了，一旦停下来，还会有些若有所失，惶惶不安。

收集在这本小书里的文稿，绝大多数是这几年新写的，只有几篇是以旧翻新。比较上一个集子，可能会成熟一些，从已经发过的稿件情况看，有不少得到了编辑和读者们的肯定。但不足之处依然存在，无论是思想性还是艺术性，都还有不少不能尽如人意的地方，在这里敬请各位读者朋友予以批评指正。

出这个集子，得到了许多朋友的帮助与支持，扬大中文系孙德喜先生，在百忙中欣然为我奉献大序；扬州报业集团原董事长王根宝老战友，热心为我谋划出版事宜；南方出版社的编辑老师，精心编排审稿；解放军报社总编室原主任凌翔大校，倾情组织出版发行……在此，我一并表示衷心的感谢！

2024 年 2 月 26 日